CINQUANTE BOUGIES
ET TOUT RECOMMENCE

DU MÊME AUTEUR

chez le même éditeur

KRAMER CONTRE KRAMER
LE VIEUX QUARTIER

AVERY CORMAN

CINQUANTE BOUGIES ET TOUT RECOMMENCE

roman

traduit de l'américain par Dora Pastré

ÉDITIONS ROBERT LAFFONT
PARIS

Titre original : FIFTY
© Avery Corman, Inc., 1987
Traduction française : Éd. Robert Laffont, S.A., Paris, 1988.

ISBN 2-221-05529-2
(édition originale :
ISBN 0-671-60249-7 Simon & Schuster, New York)

Pour Judy

1.

Après un examen de l'œil, Doug Gardner s'assit en face du Dr Jeffrey Weiss dans un bureau si sombre avec son lourd mobilier de cuir, son papier mural marronnasse et son faible éclairage, que lui vint l'idée qu'il s'agissait là d'un stratagème. Le patient quitte les lieux persuadé d'être menacé de cécité et d'avoir le plus grand besoin de la science du Dr Weiss. Le docteur était svelte, plus d'un mètre quatre-vingts, une épaisse chevelure blonde. Il était sûrement de ceux qui doublaient Doug sur la piste de jogging de Central Park, où celui-ci se traînait lamentablement. Tout le monde doublait Doug. Il détestait courir, mais s'y forçait à cause de tous ces articles qui vantent les bienfaits de cet exercice, censé fortifier le cœur et prolonger l'existence. Sans que personne donne jamais de chiffres, évidemment. Combien rapportent mille kilomètres de cette course fastidieuse, six jours ou six semaines de plus ? Et quand touche-t-on son bonus ? Tout de suite, en assez bonne forme encore pour avaler un sandwich au pastrami, ou à la fin, en dernière extrémité, dans le service de réanimation ?

— A quand remonte votre dernier examen ? demanda sèchement le Dr Weiss.

9

Ce praticien sévère devait approcher de la quarantaine, estima Doug. L'ennui, pensa-t-il soudain, ce n'était pas tant les migraines ophtalmiques ou de ne plus avoir les bras assez longs pour lire confortablement, c'était de devenir plus vieux que les médecins.

— Cinq ans environ, dit Doug.

— Cinq ans! fit le Dr Weiss d'un ton de reproche. A votre âge, monsieur Gardner, vous ne devriez pas attendre cinq ans.

— Pour quoi que ce soit?

L'humour laissa de marbre le Dr Weiss. Que cela signifie-t-il? Dispose-t-il là, sur son bloc, de renseignements alarmants?

— Vous souffrez de troubles de l'accommodation, classiques à votre âge, dit froidement le docteur. Vous avez ce que j'appelle les yeux de la cinquantaine. Il vous faut des lunettes pour lire.

— Juste pour lire?

— Oui. Mais je vais vous donner un conseil. Si vous pratiquez un jeu de balle, quel qu'il soit, squash, tennis, ou autre, prenez des verres en plastique. Vous n'imaginez pas combien je vois d'accidents des yeux chez des hommes de votre âge. Soyons clairs, chez vous, la coordination de l'œil et de la main commence à se dégrader.

— Je n'en espérais pas tant.

— Je n'invente rien, monsieur Gardner.

— Je le vois bien.

— Je vais vous faire une ordonnance pour les lunettes, et je vous suggère de revenir dans six mois.

Qu'avait-il besoin d'évoquer cette coordination de l'œil et de la main? Doug avait eu autrefois d'excellents yeux. Son coup d'œil en avait fait l'un des bons joueurs de base-ball de son temps. Marchant dans la 42e Rue bondée de Manhattan, l'air misérable parmi tant d'autres passants aux traits tirés par l'agitation de New York, il admit que le base-ball n'était plus de son âge. Il ne s'était jamais glorifié de ne pas porter de lunettes. L'idée ne lui en était simplement jamais venue. Maintenant qu'il devait en mettre, sous peine de maux de tête, il se faisait l'effet de grincer comme un homme en fer-blanc mal huilé. Il avait aussi une raideur dans l'épaule gauche. « Capsulite adhésive », avait dit l'orthopédiste. Doug s'était réveillé un matin incapable d'enfiler sa manche gauche. « On se demande comment ça démarre, ça fait penser à une tendinite. » Il lui avait prescrit des mouvements de gymnastique. Epaule raide. Vision qui flanche. Deviendrais-je hypocondriaque ? Ou est-ce le début de la décrépitude ? D'ailleurs, où est la différence ?

Entrant chez un opticien de Madison Avenue, il fut abordé par une séduisante jeune femme d'une vingtaine d'années de type hispanique. Une alliance au doigt, des yeux en amande derrière des lunettes légèrement bleutées.

— Puis-je vous aider ?

— Je cherche une paire de lunettes. Ma première paire. J'ai une ordonnance.

— Il faut d'abord choisir une monture qui convienne à votre personnalité. Quelle est votre personnalité ? fit-elle, l'air aguicheur.

— Si je le savais.

— Nous avons plus de mille montures.

— On y trouvera sûrement la mienne.

Elle le fit asseoir devant une petite table surmontée d'une glace. Il chaussa la première monture qu'elle lui présenta.

— Celle-ci a beaucoup de succès. C'est la Mondaine,

dit-elle, lui montrant une monture qui ressemblait à des lunettes d'aviateur.

— La Mondaine ?

Il se regarda dans la glace et, ignorant les lunettes, scruta son visage. Doug Gardner avait la figure taillée à coups de serpe, comme si un imagier primitif l'avait sculptée en hâte. Un nez épais, cassé plusieurs fois dans une jeunesse sportive, des yeux bruns, des tempes dégarnies, un mètre soixante-quinze, soixante-dix kilos. Depuis quelque temps il se pesait tous les jours. Suis-je présentable ? Cette beauté hispanique mariée qui voit des hommes toute la journée m'accompagnerait-elle chez moi ? Bien sûr que non. Si pourtant c'était son fantasme ? Eh bien, soit. Admettons que c'est son fantasme.

Il s'étudia avec les lunettes.

— On dirait des lunettes d'aviateur, dit-il.

— Non. L'aviateur, c'est ce modèle-ci, fit-elle lui montrant une version plus typée que la première.

— Avez-vous les Bertolt Brecht ? Les Franz Kafka ?

— Nous ne faisons pas ces modèles.

— Des lunettes qui annoncent : voici un homme intelligent, qui a du caractère.

Elle était perdue. Il vint à son secours :

— Des lunettes rondes toutes simples à fine monture d'acier.

— Oh ! La Bibliothécaire, s'écria-t-elle, triomphante.

Elle alla la chercher. Il l'essaya.

— Ça vous va à merveille !

Doug se laissa convaincre.

— Je les prends, dit-il, se regardant une dernière fois dans la glace.

Célibataire, il ne se trouvait pas mal. Marié à Susan, il s'était senti beau. Il aimait sortir avec elle. Il la trouvait si jolie, toute mince, avec ses grands yeux marron, ses cheveux noirs et raides, et ses fossettes, quand elle souriait. Quand elle souriait encore.

Doug Gardner habitait Manhattan dans un vieil immeuble de la 78ᵉ Rue Ouest. Il disposait de trois chambres, d'un salon et d'une cuisine-salle à manger. Tout le mobilier avait été acheté chez Conran en un seul frénétique après-midi. Course folle dans le magasin pour choisir des lits, un canapé, des sièges, des tables, de la vaisselle, des verres, de façon à recréer tout de suite un nouveau cadre de vie. Pour recouvrir les murs, il s'était fourni ce même jour à la Poster Gallery. Il n'allait tout de même pas rester là à broyer du noir, comme certains de ces nouveaux divorcés qui vivent dans des pièces vides parmi des cartons et soupirent après leurs épouses, gardiennes de leur goût personnel. Les enfants étaient avec lui ce jour-là pour choisir l'ameublement de leurs chambres. Ils avaient eu du mal à le suivre à travers le magasin. Il emménagea sans illusion. Ce décor n'avait pas d'âme ; pas un objet ancien, rien de vivant. Mais c'était fait. Il n'avait pas eu besoin de Susan et de son fameux œil. Je peux me débrouiller seul, merci. Susan avait gardé leur ancien appartement de West End Avenue et le mobilier de leur mariage. Il aurait pu, se dit-il, proposer un article au service décoration du *New York Times* : « Comment, en quelques heures, j'ai effacé toute trace de mon ancienne vie et de mon ancienne compagne. » Les mœurs sexuelles avaient changé depuis son entrée dans la carrière. D'après les nouvelles règles, si une femme refusait de coucher avec vous dès le deuxième ou troisième rendez-vous, c'est que vous ne l'intéressiez pas, ou que vous-même n'auriez pas dû vous y intéresser. Mais si elle couchait avec vous, cela ne voulait rien dire de plus. Dans les deux années qui avaient suivi son divorce, sa plus longue liaison avait duré trois mois, avec une rédactrice en publicité, qui, une belle nuit, lui avait annoncé son départ de New York pour un poste de directrice de la création dans une agence de Chicago. Une occasion comme celle-là, avait-elle déclaré, ne se refusait pas. Lui avait ses enfants à New York... Depuis la révolution sexuelle, la femme ne se gênait plus pour se retourner de l'autre côté et s'endormir la première après l'amour. Et depuis la révolution féministe, elle refaisait sa vie sans plus d'embarras.

Doug et Susan Gardner se comportaient maintenant comme les deux associés d'une épicerie qui ne s'adresseraient pas la parole. Lorsqu'il était petit, Doug avait été témoin d'une relation semblable chez « J and S » dans Amsterdam Avenue. Jimmy et Sal étaient beaux-frères et brouillés depuis longtemps, brouille muselée par l'intérêt. Comme Jimmy et Sal, Doug et Susan se faisaient bonne figure en public, mais n'avaient pas grand-chose à se dire. Ils se faisaient donc bonne figure devant les professeurs et les médecins de leurs enfants et devant les grands-parents. Mais, lorsqu'ils avaient à se téléphoner pour des questions pratiques, ils prenaient un ton de contrôleurs aériens. Il leur fallait de temps en temps se rencontrer pour résoudre certains problèmes concernant les enfants. Ils tenaient alors leurs assises dans un café situé à l'angle de Broadway et de la 70ᵉ Rue, si bruyant qu'il imposait à leurs rencontres une sécheresse d'huissier. Ils traitaient leurs affaires et se séparaient. Doug et Susan avaient la garde conjointe de leurs enfants. Tous les quinze jours, ces derniers débarquaient, seuls, ou déposés par la partie adverse, et s'annonçaient par le bourdonnement de l'interphone, qui lui rappelait le « Vol du Bourdon » de Rimsky-Korsakov.

Doug était chroniqueur au *Sports Day,* quotidien sportif national, installé à Houston, avec des bureaux dans plusieurs grandes villes. Celui de New York se trouvait dans le Chrysler Building. L'équipe se composait de Doug, qui donnait trois chroniques par semaine, d'un secrétaire de rédaction, d'un reporter et d'une secrétaire-réceptionniste. Il y était entré deux ans auparavant, après avoir quitté le *New York Post,* où il était chargé de la rubrique sportive. Son bureau était un foutoir, capharnaüm de presse, de photos d'athlètes, de trophées, de cartes de snack. Il avait sur la table une télévision pour suivre les événements sportifs et un ordinateur, grâce auquel il transmettait ses articles à Houston. Il était mieux payé qu'au *Post,* c'est pourquoi il en était parti. Un divorce, avait-il découvert, était plus coûteux qu'un mariage acrimonieux. Il avait pour collègues Pat Lahey, le secrétaire de rédaction qui préparait et envoyait la copie, et Brian Wilkes, qui couvrait les grands événements du calendrier sportif de New York. Agé d'une vingtaine d'années et imprégné de télévision, Wilkes avait le style « dessin animé ». Onomatopées et interjections. « PAF ! Winfield gifla si fort la balle qu'il en fit jaillir le jus, SPLASH ! » Sally Cole, la secrétaire-réceptionniste, était une svelte jeu-

15

nesse de vingt et un ans aux cheveux bleus rasés en brosse sur un côté du crâne. Elle était vêtue ce jour-là d'une combinaison en treillis, comme si le *Sports Day* était en alerte militaire.

— Bonjour, monsieur Gardner.

Elle l'appelait monsieur, et était seule à le faire avec la Chinoise de la laverie, qui était plutôt compassée. Quant à Sally, elle m'appelle monsieur parce qu'elle doit trouver que je fais vieux.

— A votre avis, Sally, j'ai quel âge ?

— Vous ne savez pas votre âge ?

— Quel âge me donnez-vous ?

— Je n'y ai pas réfléchi.

— Devinez.

— Je n'en sais rien. Cinquante et quelques. Cinquante-six.

Je me mets immédiatement au régime.

— Cinquante-six ?

— Vous paraissez le même âge que Mr Lahey, et il a cinquante-six ans.

Lahey était un type bedonnant et mal fagoté au nez bourgeonnant.

— J'ai quarante-sept ans, Sally.

— Oh ! Quarante-sept ! C'est pas si mal.

Pas si mal. Abattu par cet échange avec une fille de vingt et un ans, lorsque le chariot du snack parvint à sa hauteur, il commanda un muffin et un chocolat chaud. Le régime attendrait.

Lorsque Pat Lahey entra dans son bureau, Doug travaillait à un article sur la brutalité dans le hockey. Il déposa devant lui un exemplaire du *Houston Chronicle,* ouvert à la page « Affaires ». Lahey avait coché un paragraphe d'un article sur les National Communications, le conglomérat installé à Houston qui était

16

propriétaire du *Sports Day*. Interrogé sur les résultats du journal, le président des National Communications s'en déclarait satisfait, ce qui ne l'empêchait pas d'étudier plusieurs offres d'achat dont l'une émanait d'un groupe de Houston et une autre d'un groupe européen.

— C'est une invitation en bonne et due forme à la surenchère, dit Lahey. Nous n'avons plus qu'à faire nos valises et foutre le camp.

— Je ne vois rien là-dedans qui touche mon avenir ou le tien.

— Il y aura de nouveaux arrivants ; ils se débarrasseront des anciens.

— Qu'en pense Doug ? demanda Brian Wilkes en les rejoignant.

Wilkes était pour Doug un reproche vivant. Du même gabarit que lui, il amenait tous les jours au bureau sa sveltesse et son vélo.

— Doug est encore sous le choc. Attendez qu'il s'aperçoive qu'il y a peut-être trois boulots dans le monde où l'on est aussi libre qu'il l'est ici, que deux sont pris et qu'il occupe le troisième.

— Pat nous voit déjà rédigeant des demandes d'emploi.

— Pat était avec le *Trib* quand il a cessé de paraître et avec le *Mirror* quand il a cessé de paraître. Il a l'habitude.

— Et ça te fait plaisir, fit Lahey, qu'on dise que ton journal est en vente ?

— Que veux-tu que ça me fasse ? Je ne peux pas l'acheter, dit Doug.

— Doug a raison. Nous nous inquiéterons en temps utile. Pour le moment ce n'est qu'une rumeur.

— En attendant, je continue. J'ai un papier à donner, ajouta Doug.

— Moi aussi, Pat, dit Wilkes.

Et il sortit de la pièce.

Lahey prit l'article et le tendit à Doug, l'obligeant à le regarder de nouveau.

— Maintenant que le petit n'est plus là, causons.

— Ecoute, Pat, vente ne veut pas forcément dire licenciement.

— Ah ! « forcément », le mot est lâché.

— Les Européens ? fit Doug en parcourant l'article.

— Précisément. Que connaissent-ils des sports américains ? Ils feront de nous un *Football Magazine*.

— Je t'en prie, Pat. Ne me stresse pas davantage. J'en ai ma dose pour dix ans.

Entre autres coups de téléphone, Doug avait reçu un appel de Tony Rosselli, qu'il connaissait depuis le collège. Rosselli était agent immobilier, mais ne rêvait que de promotion sportive. Des années auparavant, il avait eu l'idée d'installer un complexe sportif dans le New Jersey, assez près de New York City pour attirer la population new-yorkaise, tout en s'assurant le public régional. Faute de notoriété, il n'était pas parvenu à trouver le financement nécessaire, et s'était fait doubler : peu après on annonça la création du complexe sportif de Meadowlands. Il n'avait pas non plus réussi à constituer à New York une équipe junior de base-ball ; Doug avait jugé l'idée intéressante et l'avait défendue dans son journal. Mais Rosselli manquant de surface, l'affaire n'avait pas abouti.

Rosselli proposa à Doug de prendre une bière. Ils se retrouvèrent dans la 45ᵉ Rue Est, au Blarney, longue salle étroite avec une télévision à chaque extrémité. C'était un repaire d'ouvriers, que fréquentaient aussi quelques journalistes. Il y avait une arrière-salle avec une dizaine de boxes où, pour un hamburger et une bière, Doug pouvait toujours s'installer.

— Doug, j'ai un scoop. Je te le file, en exclusivité, au nom de notre vieille amitié.

— Qu'est-ce que tu lances, Tony?

— Je ne lance rien. Pas besoin de lancement. C'est un événement majeur.

Rosselli jeta un regard circulaire pour s'assurer que personne n'écoutait.

— Ne t'inquiète pas, Tony. Ici, tu n'as pas de concurrence.

Rosselli ne tenait pas en place. C'était un petit homme sec, nerveux et trépidant, sans arrêt en train de tripoter quelque chose. Il aimait les costumes brillants et les chemises en soie ouvertes au col, qu'il ne cessait de réajuster. Il lançait des coups d'œil dans toutes les directions comme un rugbyman courant à l'essai.

— C'est une affaire sensationnelle, Doug. J'ai pris une fille-louve sous contrat.

— Répète un peu.

— Une fille-louve. Elevée par des louves au fin fond de la Colombie. Douze ans. Elle court comme un loup.

— Sur quatre pattes?

— Aussi vite. La coureuse la plus rapide de l'histoire de la piste. La plus rapide du monde au mile.

— Les loups courent le mile?

— Je vais vendre les droits à la télé. Une course contre la montre. Elle va peut-être battre les trois minutes.

— As-tu essayé quelqu'un d'autre? Barnum?

— Il faut que tu voies par toi-même. Viens au Yankee Stadium. Samedi matin, 10 heures. C'est pas croyable, je te dis. Du fin fond de la Colombie.

19

Trois colonnes par semaine, il fallait le faire, et, dans l'espoir que la prétendue fille-louve lui ferait un bon papier, Doug prit son chronomètre et se rendit dans le Bronx où il y avait une piste de quatre-cents mètres.

Rosselli l'attendait. Il portait un costume marron phosphorescent, des mocassins de même couleur et une chemise en soie blanche. La fille-louve n'avait pas encore fait son apparition. Une vieille Buick déglinguée apparut dans la rue. Elle s'arrêta. Deux hommes de type hispanique en sortirent, encadrant une frêle gamine. Rosselli s'approcha d'eux ; il y eut, semble-t-il, remise d'argent, puis, demeurant près de l'entrée, ils poussèrent la fille vers Rosselli, qui l'escorta jusqu'à la piste, où se tenait Doug. La fille-louve portait un short de gym et un T-shirt, et, sur la tête, une peau de loup qui paraissait tout droit sortie de chez un costumier.

— C'est quoi ça ? C'est pour sa forme ? fit Doug.

— Tu comprends l'anglais ? lui demanda Rosselli.

Elle émit une sorte de grognement.

— Tu cours le mile ?

Rosselli se mit à courir sur place pour se faire comprendre. Elle ne manifesta pas le moindre signe d'entendement. Doug fit à son tour une tentative ; il désigna le piste d'un geste circulaire pour indiquer le nombre de tours qu'elle aurait à faire.

— *Cuatro,* dit Doug. Je ne sais pas comment ça se dit en loup.

La fille fit signe qu'elle avait compris. Elle prit la position de départ. Doug déclencha son chronomètre, lui tapa sur le bras et dit : « *Go !* »

Elle partit dans un sprint endiablé, à une allure vertigineuse. Rosselli criait : « Bestial ! » A l'autre bout de la piste, elle sortit du terrain et se dirigea vers les deux hommes qui se rapprochaient imperceptiblement de leur voiture.

— Hé! fit Rosselli. Que se passe-t-il ?

A présent tout le monde courait, les deux hommes, la fille-louve et Rosselli qui les poursuivait en criant :

— Hé! Revenez! Rendez-moi mes trois cents dollars!

Rosselli courait, glissant dans ses mocassins avec d'affreux gémissements, mais la distance entre la fille et lui ne cessait de croître. Doug se rappelait un prétendu garçon-loup. Le féminisme était en progrès : la première fille-louve escroc. Il ne mêlerait pas le nom de Rosselli à cette histoire, sinon on ne le prendrait jamais plus au sérieux, mais il tenait un sacré papier. Rosselli pourchassait toujours son argent, comme s'il s'enfuyait à tire-d'aile. Mais l'entreprise était désespérée, et il abandonna la course, tandis que la fille-louve, qui avait perdu sa tête de loup, sortait du parc et de la légende.

L'interphone bourdonna. Les enfants, Andy, quinze ans, et Karen, douze, avec Harry, mi-cocker, mi-beagle — le chien dont il avait la garde conjointe —, étaient en bas. Doug ouvrit la porte et embrassa Karen, qui l'embrassa à son tour. Andy baissa la tête, autorisant son père à lui effleurer les cheveux de ses lèvres. Andy n'aimait plus qu'on le touche ; il refusait dorénavant de se laisser embrasser, de donner la main pour traverser la rue, de s'asseoir sur les genoux de son père. Tout occupé par l'approche de la virilité, le garçon se tenait sur son quant-à-soi. Harry entra en remuant la queue à l'adresse de Doug. Ce chien — Doug en était convaincu — ne savait pas à qui il appartenait.

Les enfants se ressemblaient, mais Doug ne croyait

pas que ce fût à lui. Ils avaient tous les deux hérité les traits harmonieux de Susan, ses yeux et ses cheveux sombres. Andy était un solide gaillard aux larges épaules, Karen, une fille menue et fine. Ironie du sort, Andy ne s'intéressait guère au sport, alors que Karen était une excellente gymnaste et une artiste. Elle arrivait justement avec des fournitures de dessin. Ils mirent leurs affaires, valises et cartables, dans leurs chambres, et entreprirent de les défaire. Cela faisait deux ans qu'ils menaient cette vie de famille écartelée. Attablés devant une pizza qu'avait commandée Doug, ils lui firent le compte rendu des deux semaines passées.

— A l'école, nous avons fait un dossier. Chacun de nous à tour de rôle était censé occuper un poste dans l'administration de la ville, dit Karen. J'étais au conseil municipal.

— C'est intéressant.

— J'ai commencé par faire décréter Halloween jour férié. Les écoles fermées.

— Voilà qui me plaît bien, dit Doug. C'est la plus belle fête des enfants.

— Moi, dit Andy, j'aimerais diriger la commission des taxis.

— Je pense qu'il y a des boulots plus intéressants, fit Doug.

— Ah! Ah! Il s'inquiète. Mais je pourrais bien être sérieux.

— Moi aussi, je voudrais m'occuper de la commission des taxis, dit Karen pour le taquiner.

— Ne t'inquiète pas, papa, nous nous en tirerons, dit Andy.

— C'est bon, vous m'avez eu. C'était mon côté conservateur.

— Et puis, la commission des taxis, ce n'est pas si

mal, poursuivit Andy. On influe sur la vie des gens. Leur attente sous la pluie. La place pour les jambes.

— Moi, j'aimerais être propriétaire des taxis. Comme ça, pas de problème pour en trouver, dit Karen.

— C'est tout? fit-il, rentrant dans leur jeu.

Les œuvres de Karen, des aquarelles en majorité, étaient accrochées dans tout l'appartement; elle avait installé son atelier dans un coin de la cuisine. Les chambres des enfants étaient décorées d'affiches et de prospectus défendant des causes humanitaires. Karen s'intéressait plutôt aux animaux, à leur protection, à l'interdiction de la vivisection. « Les chiens sentent la douleur », affirmait-elle avec son innocence d'enfant. Plus âgé, Andy voyait plus loin : la sauvegarde de la planète, la prolifération nucléaire et les atteintes à l'environnement. Leurs noms figuraient sur des fichiers; ils envoyaient de petits dons et entraînaient la participation de Doug. Il était, à sa connaissance, le seul journaliste sportif de New York affilié à la Société anti-vivisection de la Nouvelle-Angleterre.

Ils prenaient leur petit déjeuner ensemble, lorsque Karen dit :

— Papa, si tu te remaries, ta nouvelle femme sera notre belle-mère, n'est-ce pas?

La question parut intéresser Andy qui se tourna vers Doug.

— Oui. Ma femme serait pour vous une sorte de mère, mais juridiquement, elle serait votre belle-mère.

— Et le père et la mère de la nouvelle femme deviennent beaux-grands-parents? demanda-t-elle.

— J'imagine.

Ils étaient tous deux perplexes.

— Mais n'oubliez jamais, dit Doug, vos grands-parents seront toujours vos grands-parents. Et même si votre maman et moi vivons avec quelqu'un d'autre, nous serons toujours votre maman et votre papa.

Il effleura le visage de Karen et prit la main d'Andy qui se laissa faire.

— Je suis votre papa pour toujours.

Lui aurait-on dit à ses débuts de reporter, à cinquante-cinq dollars la semaine, qu'il serait un jour un journaliste sportif connu dans tout le pays et gagnant plus de cinquante mille dollars par an, il aurait jugé cela aussi incroyable que de devoir reconnaître que cinquante mille dollars par an suffisaient tout juste, à New York, pour se loger, se nourrir, s'habiller, mener une vie sociale et élever deux enfants. D'après les termes du divorce, les frais d'éducation des enfants étaient partagés par moitié, *sauf* les frais de scolarité. « Les règlements de divorce sont affaire de solvabilité », avait déclaré l'avocat de Doug. Susan ne pouvant faire davantage, Doug payait leurs études. Il avait justement sous les yeux une lettre lui annonçant une augmentation de six cents dollars pour chacun des enfants. Il lui en coûtait quinze mille dollars par an pour les envoyer dans des collèges privés. Doug et Susan avaient essayé de mettre Andy à l'école publique ; il avait passé trois ans dans une école élémentaire du West Side. Mais les effectifs des classes ne cessant d'augmenter, le niveau de baisser, les options de diminuer, ils l'avaient inscrit à la Bradley School de Riverside Drive, où Karen l'avait rejoint. Les écoles privées n'étaient plus aussi élitistes qu'à l'époque de Doug ; elles étaient maintenant fréquentées par les enfants des classes moyennes. Son frère, Marty, propriétaire d'une teinturerie, envoyait

24

aussi les siens à Bradley. L'enseignement privé était la norme, mais une norme atrocement chère. Il avait commis une erreur en se faisant adresser directement les factures. Il aurait dû les faire envoyer à Susan pour qu'elle les voie. Elle ne se doute probablement même pas à quel point leur scolarité est ruineuse.

A 1 h 12 du matin, Doug ne dormait toujours pas. Lorsque les soucis vous ont tenu éveillé, on sait toujours vaguement l'heure, et on sait aussi que si l'on ne s'endort pas très vite, on sera fatigué toute la journée du lendemain. Ces pendules digitales donnent l'heure à la minute ; si je ne m'endors pas dans les trois minutes, demain je serai une vraie loque. Susan dort-elle ? A-t-elle quelqu'un dans son lit ? Comment se comporte-t-elle au lit, maintenant qu'elle est libérée du mariage, libérée de lui ? Qu'aime-t-elle maintenant ? Suce-t-elle tout le monde ? Il fut saisi par cette vision : Susan suçant des hommes. Il en frissonna. Fantasme pervers. Elle est partie depuis longtemps. Tant pis. C'était irrésistible. Il ne voulait pas résister. Il gagna la salle de bains et, sous prétexte que cela l'aiderait à dormir, il se masturba, imaginant Susan le suçant, puis le chevauchant, agrippée à ses cheveux, fiévreuse, chaude et haletante.

Ils se virent quelques semaines plus tard, et il eut un moment de malaise, comme si elle avait pu savoir ce qu'il avait fait. C'était à l'école, à une réunion de parents. Susan avait des talons hauts, de sorte qu'elle n'avait que cinq centimètres de moins que Doug, et une élégante robe imprimée avec des oies en vol. Des oies ! Susan est la personne la plus éloignée de la nature que je connaisse. La marche, pour elle, se résume à arpenter Bloomingdale, lorsque la climatisation est branchée. Bon, ça va. C'est une jolie robe, tu es en forme. Tu portes les cheveux un peu plus longs, mais tu as toujours ta frange. C'est importable après quarante ans, à moins d'avoir un joli visage, ce qui est ton cas. Mon Dieu, Susan tu as déjà quarante-deux ans. Tu ne les fais pas. Tu n'es pas bien différente de ce que tu étais il y a vingt ans, lorsque nous nous sommes rencontrés. Il avait du mal à écouter ce que disaient les professeurs. D'ailleurs c'était de la routine. Les enfants travaillaient bien. Vingt ans. C'était avant la garde conjointe et les divorces modernes comme celui-ci, où les parents arborent un visage souriant et vont ensemble aux réunions de parents, comme si de rien n'était.

Après la réunion, ils s'arrêtèrent sur le trottoir devant les bâtiments.

— Alors, tout va bien, dit-elle.

— Ce sont de bons enfants.

— Comment vas-tu ? Quoi de neuf ?

— Rien de particulier. Tu as vu l'article sur la fille-louve ?

— Non.

— Tant pis.

— Il n'est stipulé nulle part que je doive lire ta prose.

— C'est vrai. Tu pourrais peut-être voir les chèques que je signe. Le collège a augmenté. Six cents dollars par enfant.

— Ça fait quinze mille par an.

— Je pensais que tu ne le savais pas.

— Je le sais. C'est ce qui me pèse le plus, que tu paies leurs études. Mais je m'en occupe.

— Bonne nouvelle.

— Doug, je change de boulot. Ça va peut-être accélérer les choses. Mais au début, ce sera une opération blanche. En fait, je gagnerai un peu moins.

— Vraiment !

26

— Je me rattraperai avec les primes.

— Eh bien, je te souhaite bonne chance, dit-il en lui serrant gauchement la main.

— Est-ce qu'Andy te laisse encore le toucher ? demanda-t-il.

— Pas aussi souvent qu'avant.

— Où est le temps où les enfants se blottissaient sur nos genoux, pendant que nous leur lisions des histoires avant de s'endormir ?

— Les enfants ont grandi, Doug.

— Ce n'est pas exactement ce que je voulais dire.

Ils se regardèrent un instant, puis detournèrent les yeux.

— Alors, laisse-moi le temps. Je vais essayer de régler ma part, dit-elle.

Il étendit le bras et lui toucha les cheveux. Je t'aime encore. Et je te hais toujours.

2.

Le *Sports Day* fut vendu, non pas à des Européens, mais aux Houston Enterprises, nom bien inoffensif pour une société rapace, dirigée par Robby Reynolds, trente-six ans, qui avait débuté dans les affaires avec l'argent que sa famille tirait du pétrole, puis s'était mis à acheter des sociétés immobilières et d'électronique ainsi que des journaux. Un télégramme fut envoyé aux membres du personnel, annonçant le passage de Reynolds dans toutes les villes où le journal avait un bureau pour les rencontrer personnellement. Il arriva à l'heure dite dans la salle de conférence du bureau de New York : Reynolds et son grand sourire de Western, costume gris impeccable, bottes de cow-boy, un mètre quatre-vingt-cinq, mince, une belle gueule étroite et des cheveux noirs ondulés ; il aurait pu jouer son propre rôle dans le feuilleton de sa vie et de sa famille. Il se déploya dans un siège en face de Doug, Lahey et Wilkes, les pieds sur la table de conférence. Doug remarqua que les semelles de ses bottes ne présentaient pas la moindre éraflure, qu'elles étaient absolument propres. Comment peut-on marcher et avoir des semelles propres ? Ça tombe sous le sens. A un certain degré de richesse, on n'est pas tenu de marcher dans la rue.

28

Ils devaient l'appeler Robby. Il allait s'intéresser de près au journal dont il se nommait patron. Avant de l'acheter, il avait fait faire une vaste étude de marché.

— La diffusion est stable, mais nous ne sommes pas très bons dans certaines des principales régions métropolitaines. J'aimerais savoir à quoi vous imputez cela.

Doug n'aimait pas beaucoup cette entrée en matière. Si Reynolds avait en sa possession les résultats d'une étude valable, il connaissait probablement la réponse.

— Pat?

— La publicité n'a peut-être pas été assez puissante. Ça coûte cher de faire de la publicité dans les grandes villes, et il n'y en a peut-être pas eu assez.

— Peut-être.

De l'avis de Doug, Lahey n'avait pas réussi l'examen. Reynolds se tourna ensuite vers Wilkes.

— Brian?

— Dans les grandes villes les gens regardent plus le sport à la télé?

— Pas de rapport avec nos écarts de diffusion, dit-il avec une nuance d'ennui.

— Doug?

— Ce serait plus simple que vous nous le disiez tout de suite, Robby.

— Ce qui m'intéresse, c'est votre avis.

— D'accord. Mon sentiment est que les quotidiens d'information des grandes villes possèdent des rubriques sportives très étoffées. Un lectorat fidèle. Et c'est là que la concurrence sera la plus rude.

— Je suis tenté d'être de votre avis.

J'avais réussi.

— Il nous faudra développer des stratégies nouvelles, dit Reynolds. Couvrir ce que les journaux des grandes villes ne couvrent pas. Les sports marginaux, comme le catch.

— Le catch n'est pas un sport, dit Doug.

— Ne coupons pas les cheveux en quatre. Nous allons ouvrir une chronique de catch et publier les résultats des rencontres.

Reynolds exposa ses autres idées : une nouvelle rubrique consacrée aux grands matchs que rédigeraient le cas échéant d'autres journalistes du groupe dépêchés à New York. Lahey veillerait à leurs besoins. Wilkes se spécialiserait dans les portraits de personnalités, du style : « Qui est Hulk Hogan ? » Reynolds considérait Doug comme un « journaliste complet ».

— Mais, ajouta-t-il, j'espère que vous nous ferez la faveur de quelques papiers sur le catch.

Il disserta encore du sport en général et conclut :

— Nous allons revoir la maquette, surclasser la concurrence et gagner !

Après le départ de Reynolds, Lahey fit observer :

— Il a drôlement la pêche ! J'ai l'impression que nous travaillons pour le bon vieux Dempsey.

— Rien de vieux chez lui, dit Doug. Au contraire, c'est tout le nouveau style de gestion. Etude de marché, bilan démographique et production. Et si le catch se vend, donnez-leur du catch.

Selon une coupure du *Women's Wear Daily* que lui avait envoyée Jeannie Martin, l'une de ses amies, propriétaire d'un bureau de relations publiques spécialisé dans la mode, Susan était engagée par une nouvelle affaire de promotions de vente, Merchandising Unlimited, comme « consultante fédérale en promotions pour les grands magasins ». C'était donc ça, l'opération blanche, ce sur quoi elle pariait pour gagner des primes. Les hommes qui doivent payer les études et tous les extras que les règlements de divorce laissent dans le vague — centres aérés, stages de gymnastique et cours de peinture —, ces hommes-là ne peuvent pas se permettre d'opérations blanches. Si une fée apparaissait et demandait : « Que souhaites-tu le plus au monde ? » Je répondrais : « L'égalité. » Un partage égal des charges. Lorsqu'on divorce et qu'on obtient la garde conjointe des enfants et du *chien,* on devrait aussi partager les soucis. Le *Women's Wear Daily* désignait Susan sous le nom de « Susan Brook ». Jusque-là elle avait conservé son nom de femme mariée. Ce retour à son nom de jeune fille persuada Doug qu'elle avait décidé de se débarrasser de ce dernier souvenir de lui.

Robby Reynolds envoya à Doug une note de service en style moderne. Un voyant lumineux apparut sur l'écran de l'ordinateur de Doug, lui signifiant qu'un message l'attendait. Doug le fit apparaître.

— Je remarque qu'il y a cette semaine des matchs de catch dans votre secteur. Vous pourriez y jeter un œil.

Il montra l'écran à Lahey :

— Big Brother est vivant, fit-il.

— J'ai reçu le même message. A la différence près que je suis censé m'assurer que tu t'exécutes. Il vaudrait peut-être mieux que tu y ailles. Ensuite, tu en feras ce que tu voudras.

— Tu fayotes, Pat, ou je ne m'y connais pas ?

— Ce n'est pas si terrible. J'ai une nouvelle amie qui meurt d'envie de faire ta connaissance. On boira quelques bières, on rigolera bien.

— J'ai le sentiment qu'il écoute. Qu'on va voir

apparaître sur l'écran : « C'est vrai, Doug, ce n'est qu'une nuit. Qu'avez-vous à perdre ? »

— Il faut que tu y jettes un œil, Doug.

Lahey était séparé ou divorcé de sa femme depuis des années. Il n'avait guère donné de détails à Doug. Il avait deux filles mariées qui vivaient à Long Island, et lui-même habitait le Queens. Ils prirent un taxi pour Madison Square Garden et s'arrêtèrent en chemin du côté de la 30ᵉ Rue pour prendre son amie, une blonde mûrissante à l'opulente poitrine.

— Voici Rhonda. Rhonda, je te présente Doug.

— Je n'en crois pas mes yeux. Je lis tous vos papiers.

— Merci. Vous aimez le sport ?

— J'ai vécu avec un joueur de football, mais je ne peux pas vous dire son nom, parce qu'il était marié. Vous n'écrirez pas ça, n'est-ce pas ?

— Bien sûr que non.

— J'adore le catch, dit-elle. Pas vous ?

Doug était abonné à dix-neuf périodiques. Des heures de lecture l'attendaient chez lui, et au lieu de ça il allait assister à un match de catch. Ils étaient installés dans les premiers rangs, mais juste hors de portée des managers, des lutteurs et des chaises, souvent projetés au-delà des cordes dans ce genre d'exhibition. Rhonda glapissait d'excitation. Lahey signalait les plus beaux coups, nommait les prises pour l'impressionner.

— C'est une double clé arrière, chérie.

— Ce n'est pas la manœuvre d'Heimlich ? demanda Doug en s'enfonçant dans son siège.

Il avait mal dormi la nuit précédente et était sur le point de s'assoupir, en rêvant d'Antonino Rocca, le catcheur vedette de son enfance qu'il avait si souvent regardé sur l'écran minuscule du téléviseur démarqué de ses parents, sans savoir que les matchs étaient truqués. Il enviait l'ingénuité de Rhonda.

— Qu'en penses-tu ? demanda Lahey, lorsque Rhonda alla aux toilettes.

— C'est une course cycliste sans vélos.

— Tu peux le resservir. Mais ce n'est pas ce que je te demandais. Que penses-tu de Rhonda ?

— Elle me plaît. S'enthousiasmer pour ce genre de truc, c'est formidable ! Et Carla, là-dedans ?

Carla était la précédente compagne de Lahey.

— Je la vois toujours. Tu sais ce que c'est...

— Pas vraiment. Ma vie n'est pas si compliquée.

Si seulement elle pouvait l'être ! Si seulement je pouvais sortir à la fois avec Jacqueline Bisset et Julie Christie. Même pas, une seule suffirait. N'importe laquelle. Au moins on comprend ce qu'elles disent. Nous n'irions pas à des matchs de catch. Nous irions dans un chinois. Ou bien alors, je ferais des croquettes de thon à la maison. C'était l'un de ses plats de prédilection pour les enfants, vite fait et plein de protéines. Ces actrices à succès sont saturées de nourriture exotique. Au début, les enfants pourraient être là, ça ferait bien dans le tableau : un bon père et un habile cuisinier. Il avait vu dernièrement la photo de l'une d'elles. C'était à un festival de cinéma, quelque part en Europe ; elle était avec un beau mec, un Européen du genre tombeur. Jackie et Julie étaient-elles habituées aux Européens ? Il se demandait s'il pourrait se retenir suffisamment longtemps pour les satisfaire. Elles ou Rhonda. Comment en était-il arrivé à Rhonda ? La fréquence sautait, la transmission glissait, ses fantasmes s'estompaient. La dernière femme avec qui il avait couché était une acheteuse de robes, passionnée de diététique, dont il avait fait la connaissance par son amie Jeannie. Ils avaient passé quelques nuits ensemble et s'étaient nourris dans des restaurants végétariens ; à la maison, elle préparait des repas de légumes à la vapeur, sans beurre ni sel. Avec elle, tout était sain et fade comme ses légumes. « Sexe récréatif », c'est ainsi que les magazines définissaient les accouplements sans conséquences. De l'avis de Doug, « sexe interchangeable » était plus approprié pour définir ces petites liaisons frustrantes qui ne menaient nulle part. Il fut tiré de sa rêverie par la clameur de l'événement majeur : Mega-Killer Chandler contre Bronco Billy Chandler dans « le premier combat à mort entre frères de sang ». Le match se clôtura par l'arrivée sur le ring, en habit de nonne, de Mother Superior Chandler, la mère des garçons, elle-même lutteuse, qui triompha des forces du mal en mettant knock-out ses deux fils.

Doug avait fait son enquête et décidé de ne pas consacrer de chronique à ces pantalonnades. Comme Lahey, Rhonda et Doug remontaient le bas-côté, ce dernier fut interpellé par Raymond Morri, petit homme râblé d'une cinquantaine d'années, qui organisait des matchs de boxe.

— Doug Gardner ! L'homme que je cherchais ! J'ai déniché un catcheur... Je ne vous dis que ça. Vous vous rappelez l'Ange suédois ?

— Oui. Il y en a même eu un deuxième, autant que je me souvienne.

— C'est le même genre. Il faut que vous fassiez un papier sur ce type. Il est fabuleux.

Ils avaient atteint le vestibule et Morri vendait toujours sa salade.

— Il mesure un mètre soixante-sept et pèse cent quatre-vingts kilos. Je l'appelle le Chou-Fleur suédois.

— Le Chou-Fleur suédois ? Le couronnement de la soirée.

— Quand pouvons-nous organiser une interview ?

— Moi, ça ne me concerne pas. Mais je ferai passer le tuyau, si jamais nous inaugurons une rubrique alimentaire.

Il reçut un mot de Susan. Sa nouvelle société avait des problèmes de démarrage ; les règlements rentraient mal et on lui devait deux payes. Doug pouvait-il régler la facture jointe des vestes d'hiver des enfants ? Elle le rembourserait plus tard. Il lui répondit que c'était d'accord et qu'elle n'aurait qu'à rembourser sa part quand elle pourrait. Trois cent quatre-vingt-quinze dollars pour deux blousons de ski. Il avait passé plusieurs hivers de son enfance dans un caban de marin à vingt-cinq dollars.

Un samedi matin, il emmena les enfants acheter des chaussures de sport et quelques paires de chaussettes ; il en eut pour plus de cent dollars. C'était Susan qui leur achetait leurs vêtements. Doug se chargeait de les chausser. Cela remontait à leur petite enfance, lorsque l'achat de souliers dans des magasins bondés était une entreprise délicate, exigeant des trésors de diplomatie pour les empêcher de s'exciter. Il avait toujours été très patient avec eux et n'avait aucun mal à pénétrer dans leur monde, si bien que coucher, bains, bulles et canards n'avaient pas de secret pour lui. Le rôle de père — il en avait la certitude — était celui qui lui convenait le mieux.

Le samedi à 11 heures du matin, Karen avait un cours de gymnastique de deux heures. Pendant ce temps, Andy lisait ou faisait ses devoirs. Après l'achat des

35

chaussures, Karen alla donc à son cours. La journée étant belle et fraîche, Andy proposa à son père d'aller jouer au foot à Central Park. Andy ne s'intéressait pas au sport, mais il lui arrivait de lancer de telles propositions. Ils gagnèrent le parc. Les passes d'Andy étaient désordonnées et il rattrapait gauchement le ballon. A côté d'eux, se mirent aussi à jouer un père et son fils. Le garçon avait plusieurs années de moins qu'Andy et était plus petit, mais ses passes étaient rapides et précises, et il rattrapait en souplesse. Andy avait le visage défait, comme s'il eût voulu, pensait Doug, lui dire : « J'aimerais en faire autant. Pour toi, papa. » Pas pour moi. Uniquement pour toi. Il aurait voulu prendre dans ses bras son fils de quinze ans, l'embrasser, en dépit de son respect humain, le tenir comme quand il était petit. Ça ne fait rien. Je t'aime plus que tu ne pourrais le croire. Je ne te demande pas d'être un joueur de football.

Les meilleurs amis de Doug étaient son avocat, Bob Kleinman, et Jeannie Martins. Ils s'étaient rencontrés dans une résidence d'été d'Amagansett, dont ils étaient copropriétaires. Ils étaient alors célibataires. Leurs mariages respectifs, suivis de divorces, n'avaient en rien altéré leurs relations. Bob Kleinman était spécialisé dans les contentieux entre cabinets juridiques et avocats indépendants. Du même âge que Doug, il était trop gros. La nature conflictuelle de son métier était écrite sur son visage. Il était facilement renfrogné et soupçonneux. Il avait épousé Helena, féministe et juriste, spécialisée dans le droit matrimonial. Après son divorce, Bob avait mis au point une stratégie de remariage. Un an plus tard il trouvait la femme de sa vie, Sarah Steinmetz ; elle était jardinière d'enfants dans une maternelle de synagogue, mais estimait qu'une femme juive avait mieux à faire, que sa vocation était d'être l'épouse d'un homme comme Bob, la mère de ses enfants et la pourvoyeuse de ses repas chauds. Pour jouir dans son ménage d'une suprématie, que l'on ne retrouvait, de l'avis de Doug, que dans le monde animal, Bob dut passer par l'allumage des bougies, alors qu'il ne s'en était jamais soucié, et l'observance de fêtes juives, dont il n'avait jamais entendu parler.

— Je voudrais te demander quelque chose, fit Doug pendant le déjeuner. Est-ce qu'il t'arrive de te masturber ?

— Quoi ?

Bob prit un air très gêné et regarda autour de lui dans le restaurant chinois pour voir si quelqu'un pouvait l'entendre.

— Tu veux que je te fasse un dessin ?

— Je comprends parfaitement. Mais pourquoi me demandes-tu cela ?

— A qui veux-tu que je le demande, au Dr Ruth ?

— Tu veux dire... régulièrement ?

— Je veux dire... en général.

— Ecoute, je suis marié.

— Bob...

— Bon, disons que pendant une période, nous n'avons pas baisé. Nous étions fatigués. Sarah était malade, la grippe, un rhume...

— Je connais tout des maladies des voies respiratoires à New York.

— Il peut m'arriver de rencontrer quelqu'un lors d'un dîner. Nous connaissons une Israélienne étourdissante, et tu sais ce que c'est, dans ce cas-là, étant privé depuis longtemps, on se met à fantasmer. Je dis bien dans ce cas-là.

Bob semblait très mal à l'aise ; il ajustait sa cravate.

— Je te le dis à toi.

— Je sais au moins que je ne suis pas le seul homme de mon âge en Amérique à le faire, dit Doug. Je vais te dire ce qui m'inhibe. J'ai peur d'avoir un infarctus en pleine action et d'être découvert en flagrant délit un samedi soir, sans fille à côté de moi.

— Si ça m'arrivait, Sarah estimerait probablement avoir été trompée.

— Et voici la question à mille dollars. Après avoir rompu avec Helena, t'es-tu jamais branlé en pensant à elle ?

— Tu l'as fait en pensant à Susan ?

— J'en ai bien peur.

— Moi aussi, lâcha-t-il dans un souffle.

— Tu as fait ça ? Derrière mon dos ?

— Seulement après ton divorce.

L'absurdité de leur dialogue les fit éclater de rire.

— Et en pensant à Helena ?

— Jamais, dit-il sans cesser de rire. Je ne voulais pas lui donner cette satisfaction.

Robby Reynolds appela Doug de Houston.

— Comment ça se passe à New York ? Vous devez être drôlement occupé pour ne pas donner à votre patron ce qu'il demande. Où est le catch, Doug ?

— Dans le journal. Je vois que vous publiez les classements de catch, comme vous l'aviez dit.

— Vous savez quel est le sport qui attire le plus de spectateurs dans votre Etat ?

— Vous voulez me faire dire le catch ? Mais ce n'est pas un sport.

— Alors qu'est-ce que c'est ?

— Du cinéma. Mettons les choses au point, Robby. Pour ce qui est d'une chronique sur le catch, n'y comptez pas. Les variétés, c'est pas mon truc.

— Vous écrivez tellement de papiers. Je ne comprends pas pourquoi vous ne pourriez pas en faire un de temps en temps.

— Je viens de vous le dire, Robby. Je suis chroniqueur *sportif*.

— Je comprends. Intégrité et tout ça. Je suis pour l'intégrité. Et je respecte votre intégrité. C'est un luxe aux frais du journal.

— Mon intégrité, un luxe?

— Ça plaît aux lecteurs. Alors, gardez votre intégrité, Doug, je ferai avec. Voici ce que nous allons faire. Donnez-moi un papier sur le catch. Je ne vous dis pas ce que vous devez écrire. Je vous demande seulement d'aborder le sujet.

— Pourquoi cela est-il si important pour vous?

— Parce que le catch est devenu important. Et que nous n'avons rien lu de vous sur le sujet.

— Non sans raison.

— Nous voulons vous lire là-dessus. Les gens veulent savoir ce que vous avez à en dire.

— Ce que j'aurais à en dire serait négatif. Ce n'est pas ce que vous attendez.

— Tout ce que je veux c'est un papier de Doug Gardner sur le catch. Y a-t-il rupture de contrat? Extravagance de ma part? Un papier. Vous dites ce que vous voulez. Je ne vois pas pourquoi vous refuseriez.

— En effet, fit Doug, vaincu. C'est sans doute pourquoi je travaille pour vous et pas le contraire.

Il dormit mal cette nuit-là aussi. Compte tenu de tous ses ennuis professionnels, financiers et matrimoniaux, il valait mieux, en conclut-il, ne pas dormir seul. Il téléphona à Monica Davidson, qu'il avait rencontrée dernièrement à une réception donnée par A.B.C. pour la presse sportive et qui travaillait dans un bureau de distribution. C'était une blonde dynamique d'une trentaine d'années, avec une queue de cheval. A son initiative ils passèrent leur première soirée dans un restaurant mexicain de la Troisième Avenue. Il y était l'un des plus vieux et le bruit y était tel que le maître d'hôtel devait hurler les noms des plats du jour comme un commentateur sportif. Monica mit un terme à la soirée en décrétant tout à coup qu'elle devait travailler tôt le lendemain, et elle prit un taxi pour rentrer chez elle. Lorsqu'il rappela, elle parut ravie de l'entendre, et l'invita à aller écouter avec elle l'orchestre des *Cats*. Elle avait repéré certains de leurs membres en vue de films publicitaires pour la télévision. Monica prétendait pouvoir prédire au premier coup d'œil le succès ou l'échec de n'importe qui. Et Doug était fasciné par cette assurance toute juvénile. Que savait-elle vraiment? se demandait-il. La première fois qu'ils étaient sortis ensemble, ils étaient passés devant un magasin qui affichait un poster de Clark Gable et de Grace Kelly, un agrandissement en noir et blanc, tiré du film *Mogambo*. Elle savait qui était Clark Gable, car elle avait vu *Autant en emporte le vent*.

— Qui est-ce? demanda Monica.

— Grace Kelly.

— Oh! C'est Grace Kelly. C'est bien ce que je pensais. C'est pas mon époque.

Ça se dit directeur de distribution, ça prend des décisions susceptibles de peser sur la carrière des gens,

40

et ça n'est même pas capable d'identifier Grace Kelly.
Ils prirent place dans la salle de spectacle, et Doug
chaussa ses nouvelles lunettes pour lire le programme.

— Ça te dirait de faire des films publicitaires?
demanda Monica en étudiant son visage.

— *Moi?* comme dirait Miss Piggy.

— Nous cherchons des gens ordinaires.

— Ordinaires?

— Je veux dire que tu n'as pas l'air d'un acteur. Tu es
quelqu'un d'ordinaire.

— Tu t'enfonces.

— Je ne me fais pas bien comprendre. Tu as un
visage intéressant, et tu n'as pas l'air d'un acteur
professionnel.

— Merci. Restons-en là.

Le spectacle commença. Il vit tout de suite qu'ils ne
réagissaient pas de la même manière. Elevé dans la
tradition des comédies musicales américaines avec
livret, musique et paroles, Doug s'impatientait. Il aurait
aimé entendre « The Rain in Spain ». Monica, quant à
elle, était ravie de ce numéro musical.

— C'est formidable, tu ne trouves pas? demanda-
t-elle.

— J'ai trouvé. C'est bien de chats qu'il s'agit.

Elle l'autorisa cette fois à la raccompagner chez elle
pour « boire un verre en vitesse ».

— Il vaut mieux que je te prévienne tout de suite,
dit-elle lorsqu'ils eurent terminé leurs verres, je ne
couche pas avec tout le monde. Il faut d'abord que
j'aime un homme.

— Qu'est-ce que l'amour? L'amour est un moment
de folie.

— Quoi?

— C'est dans une chanson.

41

— Ah !

Il jeta un regard circulaire. C'était un studio sans lit.

— Monica, où dors-tu, quand ça t'arrive ?

— Le fauteuil se transforme en lit.

— Le célibat ou l'art du minimum. Elles ouvrent le soir des fauteuils, mais pas pour moi...

— Quoi ?

— C'est aussi dans une chanson, en partie. Merci pour le spectacle.

— N'oublie pas les films publicitaires.

— Ce n'est pas mon truc, mais c'est gentil d'y avoir pensé, dit-il.

Elle était assez plaisante dans son genre. Il reconnaissait les avantages des femmes jeunes : peau douce, visages lisses et ventres plats. On se sentait jeune soi-même. N'était-ce pas là l'idée maîtresse ? C'est ce que Karen apprenait à l'école, à dégager l'idée maîtresse des textes qu'elle lisait. Un homme de quarante-sept ans comme moi, qui surveille son poids et ses cheveux, est capable de saisir l'idée maîtresse. Et si Monica et celles de sa génération n'étaient pas concernées par la Seconde Guerre mondiale, ignoraient Roosevelt, Staline, Churchill, la guerre de Corée, les Kennedy et Grace Kelly, elles ne savaient pas davantage que l'amour est un moment de folie. Après avoir fait l'amour avec un de ces jeunes corps, il lui arrivait de chanter « How Long Has This Been Going On ? » et lorsqu'il disait que c'était un des meilleurs moyens de dire « Je t'aime » dans l'histoire de la musique populaire, la fille ne savait pas de quoi il parlait. Il n'y a pas de dialogue possible avec elles. Elles ne connaissent pas Ira Gershwin. Elles seraient incapables de fredonner le refrain de « Star Dust » pour un jeu télévisé, même si des vacances aux Caraïbes en dépendaient, et elles n'avaient probablement jamais entendu parler du solo de Harry James dans « Sing, Sing, Sing ». Elles ne sauraient pas davantage qu'Irving Berlin a écrit « Better Luck Next Time » et ne sauraient pas non plus le fredonner. Peut-on coucher avec des femmes qui ne connaissent pas les mêmes chansons que vous ?

3.

« Bonjour, Doug, vit-il apparaître sur son écran. Nous nous sommes mis d'accord. Un papier. L'Amérique attend. Robby. » Cauchemar électronique : il allumerait un soir la télévision dans sa chambre pour découvrir un message de Reynolds : « Vous ne pouvez pas m'échapper, pas plus que vous n'échapperez au catch, Doug. Où que vous soyez, nous vous débusquerons. »

Contraint d'obtempérer, il évita les stars du catch pour consacrer son article à un type d'une ligue mineure de Trenton dans le New Jersey. Il qualifia ses performances de catch squelettique. Il écrivit qu'un catcheur s'était écroulé sur une ruade qui l'avait manqué d'un mètre. Un autre s'était lui-même mis knock-out, numéro qui faisait peut-être bien en répétition, écrivait-il, mais qui passait mal sur un petit ring. L'artiste qu'il avait pris pour cible était « Mafia Joe Falco ». Il se produisait dans un costume à larges rayures, avec chemise noire et cravate en soie. Il profita d'un instant d'inattention de l'arbitre pour sortir successivement de son habit un couteau, un revolver et une corde, et feignit d'étrangler son adversaire, le malheureux « Petit Filipino Mike ». Descendu pour le compte, Mike se relevait haletant, se tenant la gorge, et en appelant à la foule, tandis que Mafia Joe était conspué pour son ignoble conduite. Pour quelqu'un de jeune et de naïf, écrivait Doug, c'était du théâtre, pas du sport. Il concluait, en disant qu'avec un tel numéro « Falco pouvait redonner bonne réputation à la Mafia ».

— Bien joué, lui téléphona Reynolds.

Il avait été en Amérique du Sud et avait appelé Doug, dès son retour.

— Nous recevons un flot de lettres. Les fanas du catch ne sont pas très contents. C'est comme si vous leur disiez que le père Noël n'existe pas.

— On y vient. On va voir débarquer un type avec une grande barbe et un habit rouge, et il mettra tout le monde knock-out avec son gros ventre et ses paquets-cadeaux.

— Vous pourriez en faire votre prochain article.

— Il n'y a pas de prochain article.

— Il le faut, Doug. Nous avons reçu près de trois cents lettres. Nous allons ouvrir un courrier du catch où nous publierons les meilleures. Il y aura des réponses. On peut faire durer le plaisir. Et on compte sur vous pour la relance.

— Nous avions dit un seul papier.

— C'était avant que vous n'ayez fait du si bon travail. Vous ne pouvez pas laisser les lecteurs en plan.

— Et pourquoi pas ?

— Doug, je ne vous demande pas d'improviser un autre papier. Tout ce que je vous demande, c'est de répondre aux lecteurs qui se sont donné la peine de vous écrire. C'est une remise à jour. Un journaliste sérieux se doit de le faire.

— Ecoutez...

— Si vous aviez une rubrique politique, vous le

45

feriez. Devant une telle lame de fond, vous réagiriez. Il y va de votre responsabilité journalistique.

— Je prendrai une lettre ou deux et je répondrai dans le journal.

— Je ne vous en demande pas plus.

— D'accord, Robby.

— Et d'ici un mois ou deux, vous devriez aller voir ce que devient Mafia Joe et faire un papier sur lui. Pour donner une suite à ce que vous avez déjà écrit. C'est ce qu'on appelle du bon journalisme. Content d'avoir bavardé avec vous, Doug.

Il se dépêcha d'écrire l'article, en se disant que la rapidité neutraliserait le fait que son nouveau patron lui avait extorqué deux papiers sur un sujet qu'il ne souhaitait pas traiter et en attendait un troisième. Le jour où parut le deuxième, il reçut un coup de fil de Tony Rosselli, apparemment remis de l'aventure de la fille-louve.

— Doug, j'ai un truc pour toi. Maintenant que tu es un fana de catch...

— Tu ne m'as pas bien lu.

— Je n'en ai parlé à personne d'autre.

— Ça ne m'intéresse pas.

Lorsque Doug quitta le bureau, ce soir-là, Tony l'attendait dehors dans un costume noir étincelant.

— Je sais que j'ai du culot, mais c'est très important.

— Désolé, Tony.

Rosselli se dirigea vers une voiture rangée le long du trottoir. Un petit Oriental sec et nerveux, pieds nus et vêtu d'un peignoir blanc ceinturé en sortit d'un bond.

— Voici Kwan Doo Duk.

L'homme salua.

— C'est le plus grand catcheur nain du monde. Maître dans l'art du Hinsai. C'est très rare. Si rare que ça n'a jamais été vu dans ce pays.

— Sûrement pas sans raison.

Doug s'éloigna. Il y eut soudain un grand cri : *Hayaii !* et l'homme s'agrippa des quatre membres à la jambe de Doug.

— Qu'est-ce que c'est que ce con-là ?

Doug secouait la jambe pour essayer de s'en débarrasser, mais l'homme ne voulait pas lâcher prise.

— Superbe. Impossible de parer à cette prise de Hinsai, commenta Rosselli à l'adresse de la foule qui se formait.

— Rappelle-le, Tony !

Rosselli lui fit lâcher prise.

— Tu parles anglais ? demanda Doug à l'homme.

Celui-ci fit non de la tête.

— Pour ta première leçon d'anglais, tu apprendras une phrase qui pourra t'être utile : « Ce n'est pas le bon truc pour passer dans le journal. »

— On s'est un peu emballé, Doug, mais c'est la classe. On va mettre les gongs et tout le tremblement.

— Je ne crois même pas que ce soit un nain. Combien mesure-t-il ?

— Un mètre soixante-cinq.

— Tony !

Sans se démonter, Rosselli arbora un large sourire.

— C'est ce qui en fait le plus grand du monde.

A la résidence d'été d'Amagansett, Jeannie était la plus jeune avec Doug et Bob ; c'était maintenant une femme entre deux âges aux cheveux roux et crépus, dont la sveltesse était, à ce qu'elle disait, le résultat de force cours de gymnastique. En plein mouvement féministe, elle avait divorcé de son agent de change de mari ; Susan et elle appartenaient alors au même groupe d'éveil. Jeannie célébrait dans son bureau l'anniversaire de sa société. Doug se tenait à l'écart avec Bob et sa femme, Sarah, pot à tabac au visage ingrat, aux cheveux et yeux bruns, affublée d'une robe sans chic de couleur sombre. Ils étaient tous les trois les plus bourgeoisement vêtus de toute l'assemblée. Doug leur racontait sa récente expérience avec Monica et les *Cats*.

— Doug, tu es fou, fit Bob.

— C'est le rythme qui l'est. Chacun son truc...

— Ecoute. Si tu me dis qu'une femme parle d'amour avant d'aller au lit avec toi, je peux comprendre. Mais si tu me dis que tu n'as pas l'intention de la revoir parce qu'elle n'apprécie pas Ira Gershwin à sa juste valeur...

— Il s'agit de désaccord culturel, dit Doug. Si tu sors avec une Paraguayenne, le Paraguay fait alors partie de la relation.

— Mannequins, Doug ! fit Jeannie, s'approchant d'eux. Veux-tu que je te présente ?

Doug aperçut à l'autre bout de la pièce plusieurs beautés dans des poses étudiées.

— Ignores-tu l'étendue de mon inexpérience ? Je n'ai jamais baisé de mannequin, ni de Noire, ni de Russe, ni d'Esquimaude.

— Il y a un mannequin hawaiien ici. Je vais te présenter.

— Hawaii... Les boissons y sont un peu sucrées, mais ça m'intéresse.

— Qu'est-ce qu'elles ont dans la tête ? demanda Sarah Kleinman, faisant allusion aux mannequins, parsemant la pièce tels des confetti.

— Le souci d'être belles, répondit Jeannie.

Elle repéra le mannequin hawaiien, grande fille d'une vingtaine d'années à la chevelure noire, qui proclamait son ethnicité en arborant un haut fleuri et un sarong.

— Croyez-vous que je vais pouvoir dénicher du coca ici ? furent les premiers mots qu'elle adressa à Doug.

— Je ne pense même pas que vous trouverez un Mai Tai, répondit-il en riant devant l'impossibilité d'une quelconque entente.

Lorsque tout le monde fut parti, Doug, Bob, Sarah et Jeannie restèrent à boire du thé et du café.

— Je me demande ce que font ces mannequins quand elles deviennent moins bien, dit Sarah.

— Elles ont quelques bonnes années, répondit Jeannie. Ensuite elles épousent un homme riche qui pourvoit à leurs besoins.

— Ça, c'est une notion qui date d'avant le M.L.F., fit Doug en manière de taquinerie.

— En vieillissant, on n'est plus trop sûr de rien.

— A ce que je vois, le M.L.F. est mort, annonça Bob.

— Dans ton cas, il n'a jamais été très vivace, répliqua Jeannie.

— Je veux dire dans les affaires, dit Bob. Les femmes ne savent plus où elles en sont. On assiste à un retour de balancier.

— On revient à la case départ, fit Doug. Et qu'est-ce que ça nous a apporté ?

— Le divorce, répondit Jeannie.

Le divorce. Une fois rentré chez lui, il songea à cette époque, dans les années 70, toute cette rhétorique, l'attention des médias braquée sur les femmes, les articles, les livres, et puis les articles et les livres sur les articles et les livres.

Ils dînaient chez des amis. Bob Kleinman, leur hôte, avait préparé et servi le repas, tandis que sa première femme, Helena, se pavanait dans un fauteuil, un cigarillo au bec ; on aurait dit Wyatt Earp. Les hommes étaient désemparés. Les cinq mâles présents s'étaient levés comme un seul homme pour débarrasser la table dans la plus grande bousculade, afin de prouver qu'ici il n'y avait pas de salauds. C'était une époque historique, celle où les hommes débarrassaient la table.

Tous les mercredis soir, Susan allait à ses séances d'éveil. Elle avait son monde secret. A la deviner si impatiente, dès les dernières lueurs du jour éteintes, Doug avait le sentiment de voir sa femme partir pour quelque rendez-vous galant. Rentrant un soir de l'une de ses réunions, elle fit comme s'il n'était pas là. Elle s'assit dans le salon, l'air pensif.

— Comment ça s'est passé ?

— C'était extraordinaire.

— Dans quel sens ?

— C'est impossible à décrire.

— Que veux-tu dire ?

Elle ne répondit pas.

— Susan...

— Les émotions. L'atmosphère, prononça-t-elle d'un air las.

— Par exemple ?

Elle haussa les épaules. C'était indescriptible. En parler reviendrait à en banaliser l'essence.

Susan annonça qu'elle-même et ses sœurs allaient effectuer d'importants changements dans leurs vies. Des emplois du temps établis une fois pour toutes répartiraient les tâches de manière équitable. Doug

50

devrait accepter un programme précis comprenant les courses, la cuisine, la vaisselle, le bain des enfants, le ménage. Il n'aimait pas l'idée d'une règle absolue. D'autant plus qu'il s'occupait davantage de la maison et des enfants qu'aucun homme de sa connaissance.

— Dérisoire. Je ne peux pas croire qu'après un an de séances, vous, les femmes, n'ayez rien trouvé d'autre.

— D'abord ne dis pas « vous, les femmes ». Ensuite ça n'a rien de dérisoire. C'est fondamental. Il en va de nos vies. Et ce n'est pas négociable.

Pour préserver la paix de son ménage et sa liberté, il respecta cet emploi du temps, quelque déplaisir qu'il lui en coutât. La vigilance requise pour l'appliquer lui était insupportable. Il n'avait pas besoin d'emploi du temps pour lui dicter son rôle. Il le connaissait. Il était là pour les virus, les conjonctivites et les toux matinales, et pour la mort du poisson rouge et pour les hamsters, celui qui avait été piétiné, qu'il avait dû ramener à la vie et qui pour le remercier l'avait mordu. Etait-ce celui d'Andy ou celui de Karen ? Leurs virus et leurs hamsters respectifs commençaient à se confondre dans sa tête.

Susan s'était remise à travailler. Avant la naissance des enfants elle était acheteuse de sportswear et elle venait d'entrer dans un bureau d'achat qui avait pour clients des magasins de la périphérie. Ils engagèrent une femme de ménage à temps partiel, de sorte que leur arrangement devint caduc. Doug s'occupait comme par le passé de la maison, et lorsque Susan quitta ce job parce qu'elle n'y était pas « heureuse », Doug paya les factures, tout comme il le faisait auparavant. Lorsqu'elle quitta le job suivant pour des questions de « personnalité », le mythe de l'égalité des rôles avait vécu. La charge financière de la famille lui incombait, comme il en avait toujours été. La nuit elle dormait, tandis que lui était debout à 1 h 36, 2 h 49, avec ses problèmes d'argent.

— Si les factures t'empêchent de dormir, arrange-toi pour gagner davantage. Qui t'oblige à rester au *Post*? Rien ne te retient au *New York Post*. John McCarthy en est parti et réussit merveilleusement bien. Tu peux faire comme lui.

— Des livres-témoignages?

— Des livres, les relations publiques d'un club de danse, que sais-je? Je ne t'ai jamais poussé à ce boulot, c'est toi qui l'as choisi. Si tu as tellement de problèmes d'argent, gagnes-en plus. Je n'y suis pour rien.

— De la part d'une féministe, c'est vraiment formidable. Gagne plus d'argent. Si on gratte un peu, on s'aperçoit qu'en fait c'est un papa gâteau que tu veux.

— Et toi, ce que tu aimerais, c'est une bonne petite épouse, qui t'accueille le soir en tortillant son cul et qui fasse les quatre volontés de son petit canard.

— Regarde-nous un peu. Champions du mariage moderne, et nous ne ferions pas cinq minutes à l'émission « Tournez manège ».

Ils n'avaient pas la même conception de l'éducation. Lorsque c'était lui qui s'occupait des enfants, il les laissait se débrouiller avec leurs devoirs et se montrait coulant pour l'heure du coucher. Susan estimait que ce n'était pas ainsi qu'ils acquerraient le sens des responsabilités.

— Je ne veux pas toujours avoir le mauvais rôle.

— Susan, nous ne sommes pas dans un studio de

télévision. S'ils dépassent un peu l'horaire, ce n'est pas dramatique. Elle fut engagée comme conseillère indépendante par un service de marketing de mode. Ses horaires et ses émoluments étaient irréguliers. Leurs disputes à propos d'argent, de style de vie, d'enfants revenaient si souvent qu'ils auraient pu les enregistrer. Et, de fait, avec Susan sans cesse entre deux villes, courant d'un grand magasin à l'autre, et Doug lui-même, quittant parfois New York pour couvrir un match de base-ball, ils en étaient bel et bien arrivés là. Il lui semblait parfois que leur mariage avait atteint un point limite, en deçà duquel tous les espoirs étaient permis et au-delà duquel on ne pouvait plus rien attendre que le chaos. Leur ménage allait à la dérive. Seules les rassemblaient encore les questions matérielles : la scolarité des enfants, achat des vêtements, de bicyclettes ou de chaussures. Doug lui reprochait ses absences, ses voyages, les samedis et les dimanches en quête de magasins de détail, les dîners d'affaires et les pots soi-disant utiles pour son boulot. Il pensait qu'elle se servait de son travail pour s'éloigner de lui. Elle prétendait que si elle avait été un homme, on n'aurait rien trouvé à dire à ses horaires. Et leurs rapports basculèrent. Plus elle s'intéressait à son propre travail, moins elle s'intéressait au sien et à lui, et moins lui-même s'intéressait à elle et à son travail. Ils se laissaient porter par le rappel de ce qui les avait à l'origine attirés, des éclairs de chaleur, d'humour, de désir. Un mariage au ralenti.

Il se rappelait le jour des noces, lorsqu'il s'était mis debout et avait chanté avec l'orchestre : « J'ai épousé un ange. » Et le jour de ses trente-cinq ans, où il avait le cafard. Quelle idée ! Avoir le cafard à trente-cinq ans. Trente-cinq ! Tu parles d'un score ! Susan était entrée chez un disquaire, avait sorti du rayon tous les albums de Frank Sinatra et lui en avait fait cadeau sur-le-champ. Quelle idée géniale !

Et cette froide journée d'octobre, où les feuilles hésitaient entre le rouge et le jaune, arbres citadins en habits d'automne. C'était en fin d'après-midi, le soleil était bas, les ombres s'allongeaient. Susan portait un chandail irlandais et une salopette. Il était en treillis avec une chemise en flanelle et un chandail en shetland. Ils rentraient chez eux, bras dessus bras dessous. Les enfants — est-il possible qu'ils aient été aussi petits ? — traînaient derrière. Et il se disait que tout ce qu'il pouvait raisonnablement souhaiter était contenu dans cet instant.

Au début de leur mariage, ils étaient comme un immense ballon multicolore au-dessus de la ville, qui tous les ans se dégonflait un peu. Si peu qu'on le remarquait à peine, mais un jour il ne resta plus rien.

Un soir de semaine que les enfants étaient avec lui, il lisait dans le salon et Andy faisait ses devoirs, dans sa chambre. Karen vint se blottir à côté de lui sur le canapé.

— Comment va le vieux papa ?

— Ça va.

— Tu vois quelqu'un en ce moment ?

— Non, personne de spécial.

— Avant, je me disais que maman et toi, vous vous remarieriez. Au début, c'est ce que j'imaginais. Maintenant, je sais que ça n'arrivera pas.

— Ce n'est pas possible. Nous nous sommes éloignés l'un de l'autre.

— Je sais. Mais vous êtes tous les deux si gentils.

54

— Vous en souffrez toujours. Et je ne peux rien y faire. Je le regrette profondément.

Les enfants lui semblaient fatigués. Il ne savait pas s'il fallait incriminer les dispositions du divorce. Ils s'accommodaient depuis plus de deux ans d'une garde conjointe, passant d'un appartement à l'autre, acceptant le système, son caractère provisoire, les oublis, les vêtements et les livres indispensables laissés dans l'autre appartement. Les générations précédentes n'avaient pas connu la garde conjointe. Ces enfants l'inauguraient. Est-ce dans le vent, comme telle façon de se nourrir ? se demandait Doug. La garde conjointe est-elle au divorce ce que le bar à la vapeur d'algue est à la nouvelle cuisine ?

Il fallait qu'il en discute avec Susan. Le café où ils se retrouvaient habituellement ne lui paraissait pas être le lieu adéquat, et il lui proposa de prendre un verre après le boulot à l'hôtel Hyatt. Le matin, il s'appliqua à assortir chemise, cravate et veston, s'en voulant de le faire, mais le faisant quand même, et se disant qu'il ne serait totalement libéré d'elle que lorsqu'il serait capable de l'affronter sans avoir à se soucier de sa mise.

Après que le garçon eut apporté leur commande, il lui demanda si elle avait relevé chez les enfants des signes de fatigue, ou s'ils s'étaient plaints de leur vie actuelle. Susan reconnut que leur emploi du temps était pénible ; mais ils ne s'étaient pas plaints à elle.

— Lorsque je suis au plus bas, dit Doug, je me demande s'ils n'auraient pas une vie plus agréable en restant avec toi.

— Laissons les choses dans l'état. Je ne veux pas leur donner le choix. Sinon — elle hésita et prit un air vulnérable qu'il ne lui avait pas vu depuis bien long-

55

temps — ils pourraient te choisir. Et j'en aurais le cœur brisé.

— Ce n'est pas ce que je voulais dire. J'essaye de voir ce qui est mieux pour eux.

— Avoir un peu de chacun de nous deux. Il faut que nous fassions avec.

Il parut un instant que la correction d'épicier qui caractérisait leurs rapports était sur le point de céder, mais Susan se ressaisit et redevint guindée et neutre. Doug en fit autant. Il rentra chez lui en méditant sur la nature corrosive de la mauvaise volonté. Si avec un peu de bonne volonté un couple peut traverser des périodes difficiles, la mauvaise volonté, une fois installée, est indéracinable. Ses doutes à propos des enfants, pas plus que sa vulnérabilité, n'adouciraient leurs rapports. Il fut un temps où nous étions papa gâteau et maman gâteau. Maintenant, nous sommes les parents Mauvaise Volonté. Ce n'est pas drôle.

Quelques semaines plus tard, il reçut au courrier une nouvelle qui l'étonna. Susan créait sa propre affaire de promotions de magasins. Elle n'avait travaillé que quelques mois pour la précédente société. Il était convaincu que ce changement allait compromettre ses versements ; c'était fatal. Elle, elle s'exprime, pendant que moi, je suis de nouveau coincé avec les factures.

Doug fut convoqué par Reynolds à Houston. Pour satisfaire aux exigences de son patron, il lui fallait perdre toute une journée, huit heures, en comptant le vol aller et retour. Le bureau était immense, entièrement blanc. En fait d'œuvres d'art, des agrandissements en couleurs des possessions de Houston Enterprises. Reynolds était assis derrière un grand bureau blanc. Il portait un costume croisé en toile havane et des bottes en serpent.

— Doug, mon vieux ! Content de vous voir.

— C'est grand ici. Je ne sais pas pourquoi j'ai atterri à l'aéroport. L'avion aurait aussi bien pu se poser ici.

Reynolds appela sa secrétaire par l'interphone.

— Envoyez-moi Bill.

Un petit gros d'une trentaine d'années, les cheveux en brosse, apparut. Il s'appelait Bill Wall. Son visage n'exprima pas la moindre cordialité lorsqu'il fut présenté à Doug, qui crut avoir affaire à un agent du F.B.I.

— Bill est notre nouveau génie. Spécialiste du marketing et vice-président chargé du suivi.

— Doug, nous appliquons les méthodes les plus avancées à l'opération *Sports Day*, dit Wall. D'ici à un an, grâce à une étude et à des techniques de marché rationnelles, nous pouvons révolutionner le métier.

Wall présenta dans le détail ses prévisions de tirage et les stratégies de vente aux consommateurs et aux annonceurs.

— A quatre cent mille nous sommes juste derrière le *Houston Chronicle* et le *Newark Star Ledger,* si on se compare à des journaux traditionnels, ajouta Wall. Nous pouvons les dépasser tous les deux et occuper d'ici à quelques mois la tête de liste.

— Et en ce qui vous concerne, Doug, dit Reynolds. Ceci devrait vous remplir de satisfaction...

Wall posa un graphique devant Doug.

— De nos cinq chroniqueurs, c'est vous qui avez le plus fort pourcentage de lecteurs. Et le plus fort pourcentage de « termine l'article, une fois commencé », dit Wall.

— En tant que meilleur chroniqueur, vous pouvez

contribuer à nous en amener encore davantage, lui dit Reynolds.

— Toutes les semaines, nous suivrons notre lectorat sportif et les personnalités qui retiennent son attention, poursuivit Wall. Nous vous enverrons les relevés d'ordinateur par régions, tranches d'âge et sexes, qui vous diront ce qu'ils souhaitent lire. Nous pensons qu'ils vous aideront à choisir les sujets de vos chroniques.

— Du journalisme informatisé ? fit Doug.

— C'est à titre d'indication, Doug. Vos lecteurs comptent sur vous et le journal aussi, pour toucher le plus de gens possible, dit Reynolds.

— Roby, après vingt ans de sport, je crois pouvoir me fier à mon instinct, écrire ce que je sens, et je crois savoir assez bien ce qui intéresse les gens. Ça, je sais le faire.

— Personne ne le conteste, répondit Reynolds. Ecrivez à votre idée. Tout ce que nous vous demandons, c'est de ne pas négliger les données scientifiques que nous vous fournirons. Pour le reste, vous avez carte blanche.

— Si on peut appeler ça carte blanche.

— Ne jouons pas sur les mots, Doug. Lorsque le journal doublera ses concurrents et que votre chronique accumulera des records de lecture, vous vous rendrez compte que c'est la bonne voie.

— Vous recevrez les premières données dans deux semaines, dit Wall.

— Et servez-vous-en, Doug ! La conjonction du style et de l'intégrité Gardner avec la connaissance précise de ce qu'attendent les gens sera décisive. C'est une combinaison victorieuse. Je n'ai rien de plus à ajouter. J'ai été ravi de vous voir.

— Très heureux, dit Wall, fixant Doug d'un œil dur.

— Messieurs...

— Merci d'être passé, fit Reynolds, comme si Doug n'avait eu qu'à traverser le couloir.

Après ce voyage et cette longue journée, il aurait cru s'endormir d'un bloc. Mais il ressassait des discours impossibles à tenir devant Reynolds et ne trouvait pas le sommeil. Voilà où il en était pour gagner sa vie. Dans sa partie, peu de places étaient aussi bien payées ; il n'en connaissait pas de disponible. Il ne pouvait pas se permettre de démissionner pour une question de principe. Susan, elle, le pouvait, Susan, qui était censée payer la moitié des frais des enfants, et qui, un jour — mais quand ? — paierait la moitié de leur scolarité, Susan était libre de quitter son travail et de s'installer à son compte.

Dans son enfance, l'absence d'argent chez les Gardner avait toujours été une plaie. La nuit, il lui arrivait de se réveiller pour aller boire dans la cuisine et d'y trouver son père, exténué et courbé sur la table de cuisine, devant une série de factures. Ruminant les événements de la journée, Doug se sentait piégé par les problèmes d'argent, comme son père avant lui. Etait-ce une question de gènes ?

4.

Doug se rendit à la présentation aux publicitaires et aux médias de « Jocks », nouvelle agence de mannequins, spécialisée dans les athlètes professionnels. Il y avait plusieurs femmes, baptisées « jockettes », qui n'étaient pas, il s'en fallait, des Pete Rose ou des Chris Evert-Lloyd, mais plutôt des remplaçantes.

Il y amena Jeannie Martins ; ils se servaient mutuellement d'escorte, pour se sentir moins seuls. Donnée en fin d'après-midi à l'hôtel Roosevelt, cette réception attira beaucoup de monde ; l'endroit était bourré d'hommes et de femmes jeunes, mais aussi d'hommes mûrs.

— Madame Jeannie, télépathe. Du premier coup d'œil, je repère les hommes mariés.

— Ceux qui portent une alliance.

— Il leur arrive de les enlever. Je le vois à leur façon d'être. Ils ont toujours l'air pressé et sont très entreprenants.

Près d'eux, se trouvait une femme d'une trentaine d'années en tenue de bureau : tailleur, chemisier blanc agrémenté d'un ruban noué, talons hauts, Reebok dépassant d'un sac de toile. Costaude, le nez retroussé, plus américaine que nature.

— Croyez-vous que cette idée de Jocks puisse marcher ? lui demanda Doug.

— Sûrement. C'est un excellent concept de marketing.

Il se demandait comment on pouvait parler de « concept de marketing », mais il passa là-dessus.

— Cathy Vindell, ajouta-t-elle avec un grand sourire.

— Doug Gardner.

— A quel titre êtes-vous ici, Doug ? demanda-t-elle.

Jeannie sourit d'un air entendu, lui adressa un petit signe d'adieu et disparut dans la foule. Cathy travaillait chez Merrill Lynch, et Doug trouva bien vite un sujet de conversation : des dix-neuf journaux auxquels il était abonné, deux étaient des journaux d'affaires, aussi passèrent-ils bientôt du « concept de marketing » à l'influence du marché sur la politique économique de Reagan, pour se retrouver au restaurant devant une côte de bœuf. Elle l'invita à monter prendre un verre dans le studio qu'elle habitait dans un immeuble rénové de Columbus Avenue. Doug connaissait le coin depuis son enfance ; il imaginait le cordonnier italien et sa femme qui y avaient jadis vécu, avant de se trouver chassés de leur boutique et de leur appartement par l'embourgeoisement du quartier. Une analyste financière, équipée d'une télévision couleurs, occupait aujourd'hui les lieux et servait du vin à un homme dont elle venait de faire la connaissance au cours d'une manifestation médiatique. Ils se mirent à s'embrasser à bouche que veux-tu. Il s'étonnait de ce qu'ils aient pu passer aussi vite de l'économie à de tels débordements. Et sans même s'en apercevoir, il se retrouva en train de la caresser sur ses draps Yves Saint Laurent. Il allait se concentrer sur elle, prendre le temps d'explorer du bout des doigts et avec la langue le léger duvet qui recouvrait son corps et découvrir l'humidité qui était en elle. Le temps s'arrête, Reynolds s'arrête, la rubrique s'arrête, les frais de scolarité s'arrêtent, de même la part de Susan. Ça doit être comme quand on est drogué. Il ne pensait qu'à son corps. Il tint plus longtemps que d'habitude, puis la pénétra de nouveau quelque temps après. Sans complication, sans particulière tendresse de sa part à lui ou de sa part à elle. Le sexe dans toute sa simplicité. Puis il s'assoupit à côté d'elle.

— Hé! Le tigre, fit-elle en lui secouant l'épaule. J'ai un rendez-vous tôt demain matin. Tu ferais mieux de partir.

Il s'habilla, nota son numéro de téléphone qui était inscrit sur l'appareil; elle déposa négligemment un baiser sur son front, comme elle l'aurait fait pour remercier le boucher de lui avoir réservé un beau poulet.

— Appelle-moi un de ces jours, dit-elle.

Elle n'avait pas dit « demain », mais « un de ces jours ».

Il l'appela deux jours plus tard. Sa secrétaire prit le message. Elle ne rappela pas. Au bout de quelques jours, il retéléphona et elle lui répondit.

— Salut! Ça va? Ecoute, j'ai quelqu'un. Si ça ne donne rien, je prendrai contact avec toi.

Quelqu'un? Depuis ou avant lui? C'était son meilleur coup. Il avait fait le vide dans son esprit pour se concentrer sur son corps. Il ne pouvait pas faire mieux. Est-ce qu'elle se faisait toujours aussi bien mettre? Vers l'âge de vingt ans, il avait cru découvrir chez de plus jeunes une vigueur sexuelle qu'il n'avait pas au même âge. Ils étaient en avance d'une révolution sexuelle. Et maintenant ça. Si on rate une révolution sexuelle, il n'y a plus moyen de rattraper.

Une des premières directives qui lui parvint de Houston indiquait qu'un fort pourcentage de lecteurs aimerait que l'on parle de Pete Rose. Doug ne voyait pas d'inconvénient à faire un papier sur Rose, même s'il ne lui paraissait pas absolument indispensable d'en faire un de plus. Plutôt que d'interviewer Rose sur lui-même — ce qui avait déjà été fait des milliers de fois — il l'appela à Cincinnati et lui demanda comment il jugeait les nouveaux batteurs de base-ball. Puis il s'adressa aux batteurs et leur demanda ce qu'ils pensaient des commentaires de Rose, et il en tira un papier, qui n'était pas à proprement parler sur Rose, mais suffisamment proche de lui pour que Houston s'en contente, pendant un temps au moins.

Jeannie donna à Doug le numéro de téléphone d'une femme qu'elle avait rencontrée à son cours de gymnastique. Il collectionnait les numéros de téléphone ! Jeannie était l'une de ses sources ; Sarah Kleinman, qui rencontrait des tas de gens aux nombreux débats auxquels elle participait, en était une autre. Il se demandait s'il n'était pas préférable d'être un objet sexuel avec une femme comme Cathy Vindell, plutôt que l'objet matrimonial qu'il était souvent avec les « hystériques », ces mal baisées d'âge mûr, jamais mariées, ou divorcées, qu'il rencontrait dans les voyages de célibataires. Leur passivité était pénible, de même leur désir hystérique de plaire, et l'avidité avec laquelle elles buvaient les plus stupides, les plus banales

63

de ses paroles. Jetez aux orties vingt ans de libération de la femme et tous les vieux numéros de la presse M.L.F. Les hommes sont merveilleux. Et il utilisait Ultra-Brite, ses vêtements étaient propres, il était propre, droit, avait une situation, ne se droguait pas, ne buvait pas. C'était un bon parti.

Vicki Moss, la femme que proposa Jeannie, possédait une boutique d'artisanat américain à SoHo. Il l'appela au magasin. C'était une jolie petite boutique, remplie d'objets artisanaux. Il aimait ce magasin. Il se dit qu'il allait l'aimer elle aussi. Brune, la quarantaine, bien en chair, elle avait des yeux bruns et lumineux et de longs cheveux noirs. Il l'emmena dîner dans un restaurant proche, puis ils se quittèrent. Il y a des jours comme ça. Un tir dans le mille, ça ne s'achète pas. C'était raté. S'il essayait de faire de l'esprit, sa remarque tombait à plat. Il parla travail, beaucoup trop. Il sombra dans un monologue sur Reynolds. Rasoir. Le bide. Rentre chez toi et recommence une autre fois. Et pourtant elle restait assise là à le bouffer des yeux, lui ou le parti qu'il représentait. Il l'interrogea sur son travail, lui demanda comment elle trouvait les articles qu'elle vendait, si les nouveaux artisans étaient différents des anciens. Il eut honte de la banalité de ses questions, auxquelles elle répondait brièvement pour lui laisser le crachoir ; il remplissait les silences par un surcroît de bavardage inepte sur le journal et les études de marché. Elle semblait intéressée. Je suis ennuyeux ce soir. Comment pouvez-vous vous intéresser à ce que je dis ? Je cherche quelqu'un qui ne le serait pas. Qui aurait demandé, depuis déjà une heure, à rentrer. Quelqu'un devant qui je devrais me pointer avec une fanfare et des majorettes pour avoir l'espoir de la revoir.

— Je suis désolé pour ce soir, dit-il en la raccompagnant chez elle. Ces derniers temps, je suis très préoccupé par mon travail.

— Que voulez-vous dire ? demanda-t-elle, au bord de la crise d'hystérie.

La soirée s'est mal passée, vous ne rappellerez pas, nous ne nous marierons pas d'ici un an ? Ce que je veux dire ? se demanda-t-il, peiné pour elle. Voilà ce que je veux dire.

— Il doit m'arriver à moi aussi d'être hystérique, lui dit Jeannie.

Ils avaient été voir une reprise du *Septième Sceau* et mangeaient un hamburger au Blarney.

— Tu te trouves dans un cocktail, tu regardes autour de toi et tu penses, c'est fini. Il n'y a plus un seul mâle sain dans le monde. Comme si l'espèce s'était éteinte. Mais celle qui est folle, c'est cette fille de Merrill Lynch qui a couché avec toi. Prendre juste un type comme ça...

— Pas n'importe lequel. Moi.

— Tu pourrais être n'importe qui. Je le fais aussi. Un coup de folie. Il y a quelque temps j'étais dans un bar avec des femmes pour le boulot et je suis rentrée avec le barman. Un grand et bel Irlandais. Pourquoi les hommes se croient-ils si séduisants ?

— Il y a des nuits où ça ne marche pas.

— Ils devraient se confier à leurs mamans.

— C'est du sexisme, Jeannie ?

— Si on veut. Toutes ces séances de prise de conscience et cette violence. J'ai quarante-quatre ans. Peut-être ai-je fait quelques progrès en ce qui concerne ma carrière, mais je n'ai personne et je me tape un

65

barman, qui pour seule conversation me raconte comment préparer un bon kir royal.

— Peut-être as-tu fait des progrès ?

— J'ai ma propre affaire. Il est parfois difficile de définir les avantages. Je me suis débarrassée de Buddy. Je n'aurais jamais dû l'épouser. Mais une fois mariée à lui, je n'aurais peut-être pas dû divorcer. On dit qu'au bout du compte on se sent seul, mais je peux te dire qu'au milieu aussi on se sent seul.

Ils gardèrent quelque temps le silence, puis elle dit :

— J'ai déjeuné avec Susan, l'autre jour.

— Ah oui !

— Elle m'a proposé de travailler avec elle. Bizarre, non. Je t'ai mis en avant. Elle veut que je lui fasse ses relations publiques, que je la fasse passer dans *Women's Wear*, ou ailleurs, et elle me paierait. Je n'ai pas voulu lui donner de réponse avant de t'avoir vu.

— Je n'y vois pas d'inconvénient. Si ça peut aider.

— C'est Madame Touche-à-Tout. Mais cette nouvelle affaire peut donner quelque chose. Elle a reçu une avance de Filene's.

— Prends le budget. C'est dans l'intérêt général.

— Elle avait un accoutrement terrible, tout à fait hétéroclite. Une veste de maître d'hôtel sur un chemisier en dentelle et un galurin. Elle a du style, on peut pas dire le contraire.

— C'est vrai.

En rentrant chez lui, il pensa à Susan et à son fameux style. Il m'arrive de me trouver dans un magasin et d'être incapable de choisir une veste ou une cravate ; j'ai alors envie de me tourner vers toi pour te demander : « Susan, qu'en penses-tu ? » Susan...

66

Un vendredi soir, Doug regardait un match de basket à la télévision. C'était les Knicks. Karen, qui aimait bien les programmes sportifs du week-end, jetait un coup d'œil de temps en temps. Andy vint s'asseoir à côté de son père et l'interrogea sur le jeu, ce qui était inhabituel de sa part. Quelques jours plus tard, les Knicks jouaient de nouveau et Andy regarda avec son père. Les semaines suivantes Andy devint un fan des Knicks et suivit la carrière de l'équipe dans les journaux. Doug se demandait si cet intérêt soudain venait de l'école, s'il y avait joué au basket, mais ce n'était pas le cas, et lorsqu'il lui proposa de s'exercer avec lui, Andy refusa. Les Knicks devaient jouer un samedi après-midi, et Doug se procura trois billets. Le soir, au cours du dîner, Doug, l'ancien, évoqua les précédentes équipes de Knicks et leurs années de championnat.

— A l'époque, c'était formidable de couvrir le sport, la frontière entre le journaliste et le fan n'existait pas. Surtout pendant les finales ; la ville, les foules au Garden, les gens qui suivaient le match chez eux ou dans des bars, tous ne faisaient plus qu'un. Le dernier match de la finale contre Los Angeles, en 1970, c'était inoubliable. Willis Reed, qui pouvait à peine marcher et qui boitait sur le terrain, marqua ses deux premiers points et Los Angeles fut en état de choc. Le match terminé sur notre victoire, les gens sortirent des bars, des appartements, et se répandirent dans les rues ; sur les trottoirs, des inconnus se félicitaient, comme s'ils se connaissaient depuis toujours.

Doug se surprit à parler comme s'ils étaient autour d'un feu de camp.

— J'ai l'impression d'être un vieux montagnard avec son folklore. Mais c'est ça, les anciens Knicks.

— Je suis contente que tu aies connu ça, fit remarquer Karen avec tendresse.

— J'adore la façon dont tu as dit : « Notre victoire ». Ça a dû être quelque chose, ajouta Andy. Vous deux, vous êtes quelque chose. Il savait qu'Andy voulait dire : je ne peux pas jouer, papa, mais ça, je peux le faire. Je peux être un fan, comme les autres gosses. Doug les entoura de ses bras et les serra contre lui. Seul, Andy n'aurait pas aimé, mais les deux à la fois, ça passait.

— Nous sommes les nouveaux Knicks, dit Doug.

Reynolds vint à New York assister à une conférence de patrons de presse, et passa au bureau du *Sports Day*. Il s'arrêta pour lire par-dessus l'épaule de Doug l'article auquel il était en train de travailler sur son ordinateur. C'était un papier sur l'exposition canine du Westminster Kennel Club. Doug avait emmené son chien, Harry, comme « observateur » ; l'article présentait le concours de chiens de race, à travers le regard du corniaud qu'était Harry.

— C'est bien, Doug, dit Reynolds, mais ça n'a rien à voir avec nos directives. Deux papiers sur vingt et un correspondant à nos directives, ce n'est pas suffisant.

— Nous avons des méthodes différentes, Robby. Vous prenez le pouls, ensuite vous réagissez. J'aime travailler...

— ... au débotté. A l'instinct. Le vrai New-Yorkais.

— Je *suis* votre chroniqueur new-yorkais.

Robby ferma la porte du bureau de Doug.

— Doug, je me tue à vous dire que l'avenir de ce journal ne se joue pas exclusivement à New York. Il s'agit d'une publication nationale, et quand nous vous fournissons les résultats de nos études, dans l'idée

68

d'améliorer les chiffres nationaux, vous ne rendez pas service au *Sports Day* en les ignorant.

— Je ne sais pas dans quelle mesure ces études sont exactes.

— Elles le sont, et de toute façon ce n'est pas à vous de vous soucier de leur exactitude. J'ai des gens dont c'est le boulot. La diffusion est montée de dix mille. Ce journal est dans la bonne voie. Mais nous ne voulons pas de chroniqueurs récalcitrants. Surtout parmi ceux qui sont populaires. Il faut que vous soyez réaliste, Doug.

— Ce que je vois, c'est que vous êtes une forte tête, bien décidée à marquer ce journal de votre empreinte.

— Ce n'est qu'en partie vrai. D'abord je réussis. Et puis je suis très malin. Vous me prenez pour un imbécile, pour un cow-boy, parce que je porte des bottes ? J'ai développé des affaires dans d'autres secteurs, et c'est ce que je compte faire ici. Mais je ne peux pas accepter que l'une des signatures de mon journal aille à l'encontre de mes intérêts. Alors décidez-vous. Vous pouvez donner votre démission. Vous pouvez négliger la chance d'acquérir encore plus de notoriété, de gagner encore plus de lecteurs, dans un journal qui ne cesse de progresser, avec des pubs personnalisées qui vous mettent en vedette, avec dix pour cent d'augmentation. Ou bien accepter des idées de sujet pour votre chronique. Une semaine sur deux, suivez les directives et faites un papier sur un sujet désigné. Personne ne vous dit comment l'écrire, mais je veux que vous travailliez en concordance avec les études. Acceptez ces conditions, Doug. Donnez-nous-en un de temps à autre. Prenez l'augmentation. Ou donnez votre démission. A vous de décider.

— Je ne peux pas démissionner. Je n'en ai pas les moyens.

— Alors ?

— Je marche, Robby.

— Formidable, Doug. Bienvenue à bord.

Jeannie fit passer un article dans le *Women's Wear Daily* sur la promotion que Susan avait faite pour Filene's à Boston sur le thème du cirque. Jeannie dit à Doug tenir de Susan que l'argent nécessaire à lancer sa nouvelle affaire avait été prêté par les parents de Susan, le Dr et Mrs Brook.

Le père de Susan était un homme de taille moyenne, au visage lisse, dont les mains étaient toujours soigneusement manucurées. Il se faisait couper les cheveux par un coiffeur, qui venait une fois par semaine à son bureau. Ethel Brook était petite ; elle avait les cheveux et les yeux sombres de Susan. C'était une grande acheteuse qui se changeait si souvent que Doug se disait qu'elle aurait pu faire un numéro dans un night-club. Doug n'appelait jamais son beau-père Charles ou père. Lorsqu'elle parlait de lui, Mrs Brook disait « le docteur », même à Doug, et Doug l'appelait docteur, ce dont l'homme en question s'accommodait fort bien. Doug savait combien ils avaient été déçus par le choix de leur fille. Un journaliste sportif... Il ressortait de leurs propos qu'ils ne daignaient pas lire ses papiers, et avaient relégué leur gendre au bas de l'échelle du journalisme. Après la naissance de Karen et celle d'Andy, les grands-parents des parties adverses se retrouvèrent, au mépris des barrières sociales, dans l'appartement de Doug et de Susan pour fêter les anniversaires. Après le divorce, les parents de Doug et ceux de Susan ne se revirent plus.

Le père de Doug, Frank Gardner, était un homme corpulent et chauve ; il avait les yeux sombres, un double menton et mesurait un mètre soixante-huit. Norma Gardner avait le même gabarit que son mari. C'était une femme ronde, à peine plus grande que lui, au visage circulaire, qui aurait été jovial s'il n'avait été figé dans la mélancolie par les problèmes financiers. Pendant des années, Norma avait été caissière dans un café. Frank possédait une petite affaire de bijoux fantaisie, Norma Creations, qui fabriquait, selon les termes de Frank, des « articles » présentés sur carton blanc et proposés à moins de dix dollars. Son rêve aurait été de vendre sa collection à Woolworth. Si seulement il avait pu la vendre à Woolworth, ils auraient été riches et auraient pu quitter Amsterdam Avenue pour vivre dans un appartement avec ascenseur. Lorsque la chaîne des magasins Woolworth fut en perte de vitesse, il essaya, mais sans succès, de vendre aux nouvelles boutiques des centres commerciaux de banlieue. Grâce aux bons offices d'un grossiste en nouveautés, qui l'obligea à réduire ses bénéfices, il plaça sa collection dans les derniers bazars du pays. Ses efforts pour aller plus loin échouèrent tous. Jamais il ne put obtenir que son « article » vedette fût présenté pour vingt dollars dans une boîte sur un lit de satin. Norma Creations s'était installée dans une usine du South Bronx, où deux hommes fabriquaient la collection que Frank Gardner ébauchait grossièrement au crayon. Que Frank Gardner ne manifestât aucun autre intérêt artistique, ne mît jamais les pieds dans un musée et fût à peine capable de dessiner les modèles qui allaient devenir ses « articles », cela avait toujours dérouté Doug. Il estimait que son père manquait de flair et courait toujours le mauvais cheval.

Frank et Norma vinrent un samedi voir Doug et leurs petits-enfants. Frank apportait un sac en plastique plein de carrelets qu'il avait pêchés dans la baie de Sheepshead.

— Suaves comme du sucre, déclara-t-il avant de se mettre à nettoyer les poissons et à enlever adroitement les filets. Doug observait son père, le plaisir que lui procurait ce travail, la manière dont il s'activait devant l'évier avec des gestes précis, en chantonnant. C'étaient les seuls moments où Doug voyait son père manifester quelque passion.

Il pleuvait. Ils passèrent l'après-midi à la maison. Frank et Andy faisaient un gin-rummy. Norma et Karen confectionnaient un gâteau pour le dessert. Puis ils jouèrent tous ensemble au Monopoly. Après le dîner Norma prit Doug à part.

— La peinture s'écaille dans les chambres.

— Je sais. Encore deux ans et elle commencera à partir. C'est la vapeur.

— Et pourquoi ne fais-tu pas quelque chose ?

— Parce que le propriétaire utilise un peintre qui esquinterait tout, qu'un vrai peintre demande près de deux mille dollars et que je ne suis pas disposé à faire cette dépense.

— J'ai vu à la télé que les enfants peuvent avaler le plomb qui est dans la peinture.

— Ils sont grands. Ils ne mangent pas de peinture.

— S'ils en mangent, ils meurent, insista-t-elle, suivant son idée.

— Mais non.

— Le week-end prochain ton père et moi viendrons retaper les chambres. Toi, achète simplement la peinture.

— Ce n'est pas la peine.

La semaine suivante, deux personnages rondouillards affublés de casquettes de peintre s'amenèrent chez lui. Il ne fallait pas que l'on puisse dire que leur fils n'avait pas les moyens.

Les trois derniers étés, Karen et Andy étaient allés dans un centre aéré du New Jersey. L'été précédent, Andy, trop vieux pour être campeur, avait été pris comme aide-moniteur. Doug pensa qu'ils seraient peut-être contents de faire un camp, ce qui leur épargnerait pendant un temps les allées et venues entre les deux appartements. Le directeur du centre aéré avait des intérêts dans un camp du Berkshire, où Karen pourrait être campeuse et Andy travailler comme serveur. Cette idée plut aux enfants, et, après avoir passé plusieurs camps en revue, ils choisirent celui des collines du Berkshire. Le tarif était de deux mille cinq cents dollars pour Karen. Susan proposa d'en payer la moitié à l'automne, lorsqu'elle serait réglée pour le projet sur lequel elle travaillait pour Neiman Marcus de Dallas. Dans le taxi qu'il avait emprunté pour emmener Karen et Andy au départ du car, près de Lincoln Center, Doug faillit être malade à la perspective de cette séparation.

Le jour de visite était fixé au dernier samedi de juillet. Ne pouvant toucher Susan, il loua une voiture et partit seul pour le camp. Il se rangea dans un espace réservé aux voitures et pénétra dans le camp. Il vit au loin une fille à vélo, bronzée par le soleil, les cheveux au vent, une serviette autour du cou, qui ressemblait à sa fille.

— Papa ! cria Karen en se dirigeant vers lui.

Ses mouvements, sa sexualité naissante le surprirent. Il ne l'avait pas tout de suite reconnue. Ils allèrent bras dessus, bras dessous en direction des baraquements, et il aperçut Andy assis le dos contre un arbre, lisant un livre. Il avait les cheveux en bataille et lui aussi, l'espace d'un moment, lui sembla quelque peu étranger. Susan apparut, vêtue d'une robe en dentelle d'époque victorienne et coiffée d'un bonnet ancien, orné d'un ruban qui lui descendait dans le dos. Telle Claudia Cardinale dans un film de Fellini, elle évoluait avec élégance sur fond d'enfants, de cabanes rustiques et de parents habillés sans recherche. Durant les heures qui suivirent, l'acceptation du partage des enfants et la conviction qu'ils avaient besoin de leurs deux parents s'évanouirent. Où qu'il aille il la voyait, l'intruse, et où qu'elle aille elle le voyait. A la tombée du jour, ils en avaient soupé l'un de l'autre, et après avoir dit au revoir à Karen et à Andy, chacun regagna sa voiture de location sans un mot de plus.

Sur le chemin du retour, il songea à l'époque où ils avaient décidé de divorcer. Jamais, semble-t-il, ils n'avaient échangé de propos désagréables, sauf sur leurs manies de lecture. Un samedi soir, ils étaient assis avec la première édition du *New York Times* du dimanche éparpillée sur le sol. Susan regardait un supplément mode, qui n'intéressait pas Doug. Il avait pris les pages de sport et la Revue de la Semaine.

— Les habitudes sont coriaces. La Revue de la

Semaine est une des premières choses que tu regardes. Tu es le seul à faire ça.

— Il y a aussi les pages de sport. Ça t'arrive de les regarder ? Tu sais, c'est mon secteur.

— Et ça t'arrive de lire la mode ? De lire *Vogue* ? Tu as un tas de magazines et tu ne regardes jamais la mode. Tu sais, c'est mon secteur.

— Ce n'est pas tout à fait la même chose. Tu n'écris pas dans *Vogue*. Moi, j'écris sur le sport.

Elle jeta un coup d'œil à la première page du cahier de sports. L'article de tête traitait d'une course de chevaux à Aqueduct.

— Je lirais le sport si j'étais jockey. Je ne le suis pas.

— Peut-être devrions-nous tenir sur un tableau le compte de nos paroles blessantes.

— Nous pourrions aussi en rester là.

— C'est une bonne idée.

Et voilà, après des années. « Nous pourrions aussi en rester là. » « C'est une bonne idée. » Une fois la rupture évoquée, jamais plus ils ne se posèrent de questions ; l'étape suivante, c'étaient les avocats. « Nous pourrions aussi en rester là. » Elle avait fait cette proposition comme ça, elle n'avait pas dit : « Je veux divorcer. » « Je m'en vais. » « Tu t'en vas. » S'il avait trouvé autre chose à répondre que : « C'est une bonne idée », seraient-ils restés ensemble ? se demandait-il. Il se revoyait assis avec elle. Tu ne dis pas : « C'est une bonne idée. » Tu dis : « Ce n'est pas une bonne idée. » Tu dis : « Non, Susan. Quand les gosses étaient petits, nous étions proches l'un de l'autre et nous nous battions ensemble. Il faut que nous recommencions à nous battre, pour notre mariage, que nous fassions des choses ensemble, que nous nous intéressions l'un à l'autre. Et tout de suite. Donne-moi le cahier mode. Donne-moi *Vogue*. Parlons longueur de jupes. Parlons de ce que tu veux. Je t'aime. » Et tu te lèves. Tu sors de ton fauteuil. Tu traverses la pièce. Tu la prends dans tes bras. Et tu fais ça la fois suivante et la fois d'après, et tout recommence. Lève-toi ! Traverse la pièce. Ne reste pas assis comme ça. Lève-toi !

Il remâchait sa culpabilité, les moments où il lui rendait froideur contre froideur, doutes contre doutes, les occasions où il avait manqué de transcender leurs disputes et leurs crises en disant simplement : « Il nous faut dépasser ça. Notre union est essentielle. » Il n'avait d'autre garde conjointe que celle de l'échec.

Doug allait avoir quarante-huit ans. Enfant, il désirait tant vieillir qu'il forçait sur son âge. « J'ai presque neuf ans. » Aujourd'hui que son anniversaire approchait, il n'aurait jamais dit j'ai presque quarante-huit ans. Le jour venu, les enfants lui offrirent une encyclopédie sportive, et ils allèrent dîner dans un restaurant chinois où Karen et Andy firent servir pour le dessert un ananas décoré d'allumettes japonaises, tandis que plusieurs serveurs chantaient : « Joyeux anniversaire ». Il dit à ses enfants :
— C'est une joie d'avoir quarante-huit ans avec vous.
Il reçut aussi quelques cartes de vœux de Jeannie, de ses parents, de son frère et de sa belle-sœur. Aux gens de mon âge, on devrait envoyer des cartes de condoléances.

Pour Neiman Marcus, Susan reconstitua une salle de bal de la Russie impériale avec présentation de mode sur fond de miroirs, de lustres, d'hôtesses en robe de soirée, de gardes en uniforme et de barzoïs. Grâce aux efforts de Jeannie *Women's Wear Daily* rendit compte de l'événement. Doug reçut de Susan un chèque correspondant à sa participation aux frais de camp de Karen; d'autres chèques suivirent pour les études des enfants. Puis elle lui envoya un chèque de trois mille cinq cents dollars, représentant la totalité de sa part de la dernière facture du collège des enfants, c'était le plus gros chèque jamais reçu d'elle. Il commença par jubiler, puis la dérision prit le dessus. Elle le submergea à l'improviste, au bureau, alors qu'il réglait des factures. Il sentit comme un creux à l'estomac, comme un accès d'angoisse. C'est bien de moi cette trouvaille, une attaque de dérision. Vas-tu vraiment réussir maintenant que nous ne sommes plus mariés? Pendant toutes ces années, où les factures m'empêchaient de dormir, où tout reposait sur mes épaules, tu te fichais bien de nos finances, mais maintenant tu t'y intéresses. Si j'avais dû bousiller un mariage, j'aurais dû attendre que tu gagnes de l'argent. Mais c'est *maintenant* que tu réussis. Le sens en est clair, Susan. C'est l'ultime Va-te-faire-foutre.

5.

Le marathon de New York valut à Doug de nombreux appels d'assoiffés de publicité : le premier Abraham Lincoln à s'engager dans cette course (il s'agissait d'un acteur qui voulait lancer son one man show) ; un guerrier watusi en grande tenue, désireux de promouvoir la mode « Watusi grandes tailles » ; Mémé Peters, marathonienne de quatre-vingt-un ans, qui représentait les « articles de sport Mémé Peters » ; et enfin Tony Rosselli pour Kwan Doo Duk, « le plus grand nain catcheur-marathonien du monde ».

Ignorant les quémandeurs de publicité, Doug fit un papier sur le marathon. Il aborda le sujet sous l'angle financier, affirmant que le montant du prix était de nature à rétablir la réputation d'un coureur de fond bien oublié des années cinquante, Wes Santee. Santee avait été le meilleur coureur de mile des Etats-Unis. La A.A.U. (Amateur Athletic Union), qui présidait aux destinées des athlètes américains, l'avait accusé d'avoir touché quinze cents dollars de « primes » au-delà des indemnités acceptables pour sept courses. A l'époque, Santee s'était défendu d'avoir commis la moindre indélicatesse. Dans toutes les courses, les concurrents recevaient de l'argent pour couvrir leurs frais. Doug fit remarquer que, quelques années plus tard, le règlement de ces frais était devenu tout à fait normal, en même temps que le montant des prix avait beaucoup augmenté. Le point de vue de Santee était un défi au pouvoir de l'A.A.U., qui avait mis fin à sa carrière en l'interdisant à vie de compétition. Comme Doug l'écrivit, Santee avait été puni pour des délits qui avaient cessé de l'être, s'ils l'avaient jamais été.

Reynolds et Wall passèrent par New York, dans le genre tornade texane, pour présider une réunion au pas de course, avant de se rendre à Boston, où devait se tenir une réunion semblable. Ils présentèrent les résultats d'une nouvelle étude sur les taux de lecture des articles du journal. Wall fit remarquer que les sports qui étaient très performants à la question « Quel sport suivez-vous ? » l'étaient moins dans les statistiques « finit l'article ».

— Nous devons conclure, dit Wall, que les articles n'étaient pas assez bien écrits.

— Aussi va-t-il y avoir des remplacements dans nos bureaux, à moins que les gens améliorent leurs scores de « finit l'article », dit Reynolds.

Wall présenta d'autres chiffres : « finit l'article » pour le *Sports Day,* comparé au *Chicago Tribune* et au *USA Today.*

— Nous faisons mieux que le *Chicago Trib,* ce qui n'est pas étonnant étant donné que nous sommes un journal spécialisé, mais pas aussi bien que le *USA Today,* leur annonça Wall.

— Qu'est-ce que vous en pensez, les gars ? Doug, je suis sûr que vous avez une idée là-dessus, dit Reynolds.

— Vous comparez des pommes et des oranges. L'*USA Today* se cantonne dans les papiers courts. Ils sont très bons sur les articles brefs, concis. Pour ce qui est de « finit l'article », il est évident qu'ils feront un meilleur score. Et c'est bien ce qui se passe.

— Je pense que vous avez raison, Doug, dit Reynolds. Et c'est pourquoi nous inaugurons une nouvelle politique. Tous les articles courants devront être raccourcis de quinze pour cent. Toutes les chroniques de cinq pour cent. Seulement cinq pour cent, Doug, parce qu'en matière de chroniques les habitudes de lecture sont un peu différentes, elles supposent davantage de fidélité.

— Nous commençons tout de suite, dit Wall. Les ordinateurs seront programmés de telle sorte que si les textes dépassent le lignage prescrit, les écrans le signaleront.

— C'est formidable, les mecs, de définir un modèle et d'agir scientifiquement, dit Reynolds. Nous allons bientôt dépasser le *Inquirer,* les gars. Courage !

Reynolds et Wall quittèrent la salle de conférences.

— Pas si mal, dit Wilkes. On écrit moins et on touche le même salaire.

— C'est un point de vue, dit Lahey. Valable pour autant que tu te fous d'être coupé.

— Monsieur Gardner, appela Sally, la réceptionniste, monsieur Reynolds est encore là. Il veut vous voir.

Reynolds attendait dans le bureau de Doug.

— Je voulais vous parler de ce papier sur la course. Wes Santee ? Ici, ce n'est pas un séminaire d'histoire. C'était très complaisant.

— C'est normal pour une chronique. Par définition, une chronique est complaisante, sinon ce ne serait pas une chronique. Ce serait un article d'information.

Reynolds regarda Doug d'un air amusé.

— J'ai l'impression d'essayer de vous éduquer en

même temps que vous essayez de m'éduquer. De nous deux, qui va l'emporter ?

Il était important pour le développement des enfants qu'ils acquièrent de l'indépendance par rapport à leur père. Doug connaissait ça par cœur. Il avait passé tant d'heures avec ces enfants, pensa-t-il, que les affres du conflit de génération lui seraient peut-être épargnées. Illusion ! « Oui, on a déjà entendu ça, papa », lui disait Andy. Il arrivait même à Karen de dire : « Oui, tu nous l'as dit. »

Est-ce que je me répète plus souvent ? Mon cerveau serait-il en train de se désintégrer, même quand je parle ?

Andy demanda à Doug ce qu'il pensait du film *Shane,* qu'un de ses amis lui avait recommandé.

— Tu l'as déjà vu, papa ?
— Oui, il y a longtemps. C'est un bon film.
— Il est en noir et blanc ?
— Ah ! C'est là que tu me situes ? Tu crois que de mon temps tous les films étaient en noir et blanc ?

Doug emmena Karen et Andy passer le week-end dans la maison de vacances de son frère et de sa belle-sœur dans le Poconos. Marty Gardner avait un an de plus que Doug. C'était un petit roux au visage jovial. Sa femme, Ellen, une petite brune timide d'un mètre cinquante-cinq. Lorsqu'ils s'étaient connus, elle était vendeuse dans un magasin de prêt-à-porter féminin de la 72ᵉ Rue. Marty travaillait non loin de là. A la sortie du lycée, il était entré chez un teinturier et avait très vite formé le rêve de posséder un jour sa propre teinturerie. Lorsque le propriétaire était parti en retraite, il avait repris son affaire, puis ouvert un second magasin et acheté une petite maison de campagne au milieu d'un bois de 2500 m², sur un lotissement pour Américains moyens. Marty et Ellen avaient deux filles, Sandy et Ricky, dix-sept et seize ans, toutes deux très sportives ; elles faisaient de l'escalade, du vélo, et, lorsque Doug venait les voir avec Karen et Andy, on ne leur ménageait pas les activités de plein air : longues promenades, vélo... Tenant à ce que tout le monde soit content, Marty prenait les choses en main.

— D'accord ? On va faire une belle promenade. On peut aussi faire du bateau ; les gosses peuvent faire du vélo, ou ce qu'ils veulent. J'ai de magnifiques steaks pour le dîner et j'ai loué deux films pour le magnéto-scope ; on peut faire un feu, regarder un film, jouer au ping-pong...

Adultes et enfants se rendirent à pied au bord d'un lac, où ils prirent des barques. Karen planta son chevalet pour immortaliser la scène. Sur le chemin du retour, le golden retriever de Marty et d'Ellen joua avec Harry à se pourchasser. A la maison, Marty installa son barbecue à gaz.

— Vous n'êtes pas obligés de manger des steaks. Il y a aussi des hamburgers. Que préférez-vous ?

Lorsqu'ils demandèrent des hamburgers, il dit :

— Comment les aimez-vous, à point ? Ou saignant ? Vous n'avez qu'un mot à dire. Ça va, vous êtes bien ? Ce n'est pas trop cuit ?

Ce Marty... Il leur proposa toutes sortes de desserts, glaces, tourte aux pommes, coupes glacées, tout ce qu'ils voulaient. S'ils n'en avaient pas à la maison, il irait en chercher. Doug prit son frère par les épaules avec affection. Après le dîner, ils sortirent tous deux contempler le ciel nocturne.

— C'est superbe, non ? Un pays béni. Demain, nous pourrons acheter les journaux et lire tranquillement, faire un tour de vélo, un bon déjeuner...

— Tu as tiré le gros lot, Marty.

— J'ai eu de la chance avec Ellen, c'est tout.

— Comment vont les affaires ?

— Les taches de sauce sont à la hausse. Les lycéens du voisinage ont des tonnes de fringues et mangent comme des cochons.

— Tu projettes d'ouvrir un autre magasin ?

— J'ai assez de soucis comme ça. Non. Et toi, qu'est-ce que tu mijotes ?

— Rien de bien grandiose.

— Que lis-tu en ce moment ?

— Un bon truc sur le base-ball. Sur les tournées de Noirs.

— J'aimerais bien le lire. Et les femmes ? Tu as quelqu'un ?

— Pas en ce moment.

— J'aimerais te trouver quelqu'un. Ça ne devrait pas être impossible avec toutes ces filles seules qui viennent au magasin. Mais c'est difficile avec des clientes. On ne sait pas comment elles le prendraient, si je leur disais : « Voulez-vous rencontrer mon frère ? »

— C'est gentil de te soucier de moi.

— Je vais y penser. Quelqu'un de bien habillé, dit-il avec innocence.

Marty admirait Doug, qui avait été à l'université et qui était chroniqueur sportif. Mais Doug admirait son frère pour une raison dont celui-ci était loin de se douter : son style de vie. Il vivait avec sa femme, ses deux enfants et son chien dans le même appartement.

On lui apportait des vêtements et il les nettoyait. Si seulement tout pouvait être aussi simple.

Doug passa plusieurs heures à chercher un cadeau pour les treize ans de Karen. Il finit pas choisir une montre de sport et un livre sur Georgia O'Keeffe. Elle fut ravie de ces cadeaux, qui avaient coûté soixante-cinq dollars, et qu'il lui donna à l'occasion de la partie de patins à roulettes que Susan avait organisée pour elle et ses amis. Lorsqu'il la revit, elle arborait un somptueux chandail en cachemire torsadé, cadeau de Susan. Il avait dû coûter deux cents dollars.

Les vacances de Noël devaient être partagées entre les deux parents, et Susan suggéra de mettre leurs ressources en commun pour leur offrir les sports d'hiver. Les enfants avaient envie d'essayer et, à ses yeux, pour des raisons sociales, le ski n'était pas inutile. Susan avait choisi un séjour de deux semaines dans un chalet à Sugarbush dans le Vermont. Elle partagerait les frais avec Doug et passerait la première semaine avec Karen et Andy, et lui, la seconde. L'idée de faire du ski l'enthousiasmait tellement que s'il avait existé un équipement jetable, c'est celui-là qu'il aurait acheté. Il trouva au rabais dans un magasin de sport une parka et un pantalon bon marché. Il prit l'avion jusqu'à Burlington, où il devait louer une voiture pour gagner Sugarbush. L'aéroport de Burlington était plein de skieurs, étudiants ou lycéens — il n'arrivait pas à les distinguer — et toute une catégorie de gens moins jeunes, célibataires ou jeunes mariés. Une sinistre pensée le frappa, tandis qu'il faisait la queue en attendant sa voiture. Suis-je vraiment le plus vieux de tout l'aéroport ? Quelques instants plus tard, un couple âgé passait avec ses petits-enfants. Bon, d'accord. Suis-je le plus vieux skieur de tout l'aéroport ? En sortant du bâtiment, il vit Lars ou Sven, la soixantaine, Scandinave plein de santé dans une superbe veste de ski. Lars ou Sven skiait à merveille, quand il ne faisait pas l'amour à d'innombrables femmes. J'ai trouvé ma catégorie. Je suis le plus vieux débutant de cet aéroport, et peut-être même du monde.

Susan regagna New York et Doug entama sa semaine. Il s'inscrivit le lendemain à son premier cours. Karen et Andy l'aidèrent à s'équiper. Le seul fait de se courber pour enfiler ses chaussures le faisait déjà souffrir. Ils l'accompagnèrent à son cours et lui donnèrent rendez-vous pour le déjeuner. Après une semaine de ski, ils appartenaient déjà à un autre monde. Après avoir clopiné pendant deux heures dans la neige, en ramassant force gamelles, Doug découvrit qu'il détestait ce sport plus encore que le jogging. Le moniteur, solide garçon plein d'enthousiasme, du nom de Mark, put, dès l'après-midi, arbitrer sa première chute du tire-fesses.

Le deuxième jour, il faisait des virages en chasse-neige d'un train de sénateur, à peine plus vite que se forment les chandelles de glace. Les enfants évoluaient autour de lui pour lui prodiguer leurs encouragements, et en se retournant pour leur répondre il tomba, pour la trentième fois peut-être en deux jours. L'après-midi du troisième jour, il était si fatigué qu'il avait du mal à se soutenir. Je suis un vieux de quarante-huit ans sur une piste de ski du Vermont ; j'ai le nez qui coule et les pieds gelés. Je ne suis là que pour rivaliser avec mon ex-femme, qui n'est même pas ici et se trouve probablement en ce moment dans une pièce bien chauffée avec des vêtements normaux. Je le fais pour mes enfants, pour leur avancement social, et ils sont déjà si avancés socialement qu'ils me frôlent comme le vent en criant : « Salut ! » La seule personne qui n'en tire rien, c'est moi. Il en était là, lorsqu'il dérapa sur une plaque de glace, perdit l'équilibre, tomba, atterrit sur les fesses, et, comme il glissait le long de la pente, son pantalon se déchira et se remplit de neige. Il aperçut des skieurs au pied de la colline et derrière eux un chalet. Il se vit dévaler la pente sur les fesses, les dépasser, traverser le chalet et, débouchant de l'autre côté, se cogner dans Lars ou Sven, qui toiserait, plein de dédain, un individu aussi déclassé. Il réussit cependant à s'arrêter et entreprit de retrouver sa dignité et la position verticale. Sa ridicule maladresse l'accablait. Autour de lui des bambins glissaient sur des skis avec aisance. Susan, je te laisse Sugarbush, je te laisse Aspen. Je te laisse la piste des idiots, la piste bleue et même la piste noire. J'abandonne le ski.

Pour Saks à White Plains, Susan organisa une présentation de mode avec en fond une centaine de voitures de sport. Pour Neiman Marcus à Houston, elle mit en scène des jeux écossais avec joueurs de cornemuse, danseurs folkloriques et athlètes pour présenter les lainages écossais. Elle réglait désormais sans délai et en totalité sa part des études des enfants. Pour les vacances du Washington's Day, elle emmena les enfants à St. Thomas. Jamais ils n'avaient été dans les Caraïbes en famille, car avant le divorce ils s'offraient des vacances moins onéreuses. Un été, ils avaient passé deux semaines sur la côte de Jersey. Une autre fois, ils avaient été à Fire Island. Une autre, à Lake George. Une autre encore, à Tanglewood. Ce n'était pas la grande élégance, mais on était bien. A l'époque, Susan et moi ne cessions de nous parler. Des enfants surtout. Des anniversaires. Les six ans de Karen, lorsque le jeune prestidigitateur avait perdu son lapin, qui avait couru affolé dans toute la maison, à la grande joie des enfants qui hurlaient de rire. Cela valait tous les tours de magie, et en nous couchant Susan et moi en riions encore. Les heures passées sur les terrains de jeux entre les balançoires et les bacs à sable, assis sur des bancs à parler sans fin des enfants, de leurs écoles, de ce dont ils avaient besoin, de la façon dont nous devrions nous comporter avec eux et de ce qu'ils deviendraient. Et tout le mal qu'il fallait se donner pour leurs week-ends. On est si enthousiaste quand ils sont petits. Ensuite la tension physique disparaît. Finis les terrains de jeux. Ils sont trop grands pour ça et on n'y remet plus jamais les pieds. Mais pour ce qui était des terrains de jeux, des vacances et des fêtes, nous n'étions pas mauvais. Je l'oublie parfois. A l'époque nous formions une bonne équipe.

De temps en temps, les vieux copains de célibat se retrouvaient en semaine pour déjeuner. Jeannie, Doug et Bob étaient à l'Oyster Bar, lorsque Jeannie annonça que Susan et elle avaient décidé d'interrompre leur collaboration. Susan avait ouvert une agence de promotion à l'extérieur de la ville, et Jeannie ne pouvant pas lui assurer son service de presse, elle s'était mise en cheville avec un bureau de presse plus important. La rentabilité de l'affaire de Susan fascinait Bob. Elle trouvait les idées et montait les manifestations, mais c'étaient les magasins qui payaient.
— Si elle continue, elle nous dépassera tous, dit-il.

Le *Women's Wear Daily* publia un papier, présentant Susan comme « l'étoile montante de la promotion commerciale », avec plusieurs photos : Susan dans son appartement de New York, Susan à ses jeux écossais, Susan lors d'une manifestation hippique qu'elle avait organisée à Denver. Doug remarqua que le salon de leur mariage avait été complètement redécoré. Cette transformation, les frais entraînés par les enfants, les collèges, le ski, les Caraïbes prouvaient de toute évidence qu'elle l'avait déjà dépassé.

Il se demandait comment avec son budget il pourrait concurrencer aux yeux des enfants des vacances aux Caraïbes.

Le prenant par surprise, Andy lui dit :

— Samedi il y a le match Knicks-Atlanta. Avec Dominique Wilkins. Peux-tu nous avoir des places ?

— Tu veux vraiment y aller ?

— Oui.

— Et Karen ?

— Formidable !

Comme ils sortaient de Madison Square Garden, Karen prit son père par la main et Andy lui posa la sienne sur l'épaule.

Il sourit et dit :

— Vous êtes les meilleurs.

Le *Sports Day* dépassa le *Philadelphia Inquirer*, et son tirage de 510 000 exemplaires le plaçait désormais parmi les quinze quotidiens les plus vendus d'Amérique. Pour fêter ce succès, un grand dîner de travers de porc et de champagne fut offert à Houston à une centaine de cadres du groupe. Reynolds venait de nommer un nouveau directeur de la rédaction et un

88

nouveau rédacteur en chef, deux garçons d'une trentaine d'années qui venaient de *USA Today*. Il les présenta et on les applaudit. L'engagement de rédacteurs issus de ce journal était tout à fait en harmonie avec la pensée de Reynolds. Il adoptait le format et la disposition typographique d'*USA Today*, faisant du *Sports Day* une espèce de version sportive d'*USA Today*. On leur passa un film de six minutes, intitulé « *Le Sports Day, votre support favori* », qui servirait au service publicité pour vendre de l'espace. La présentation se terminait par « Bon *Sports Day* », chanté par un groupe de chanteurs professionnels et tiré de la campagne de publicité radiophonique. Doug n'applaudit pas. Il était tout à la pensée qu'il travaillait pour un journal qui avait sa propre chanson.

John McCarthy, ancien collègue de Doug au *New York Post*, lui demanda de le retrouver chez Brooks Brothers. C'était Susan qui, la première, avait poussé Doug à aller chez Brooks, et McCarthy avait suivi l'exemple de Doug. Maintenant, pour tenir son rang de grand journaliste sportif, McCarthy y commandait ses costumes. Sa femme travaillait comme infirmière à Westchester, de sorte que McCarthy demandait parfois conseil à Doug pour les retouches. La cinquantaine, les cheveux bruns clairsemés, McCarthy avait un teint clair qui tournait au rouge dès qu'il avait bu. Il avait aussi le « pneu » Kronenbourg qu'avec toute son adresse Brooks ne réussissait pas à cacher. Doug assistait au dernier essayage et affirmait que les tailleurs faisaient de leur mieux. Ils convinrent d'un dîner de hamburgers et de bière au Blarney.

— Alors comment ça marche avec Hopalong Cassidy ? demanda McCarthy.

— Il te fait dire qu'il n'est pas un cow-boy. Même s'il piétine tout ce que nous avons appris.

— Tu lui fais la vie dure ?

— Je crois que je l'amuse. J'ai l'impression qu'il veut faire de moi sa cause célèbre.

— Et puis, tu gagnes bien ta vie, tu es lu, tu es libre d'écrire ce que tu veux. Qu'est-ce que tu peux souhaiter de mieux ?

— J'ai l'impression de jouer dans un film de science fiction : « Ben Hecht et MacArthur contre l'homme-ordinateur ».

— Tu pourrais essayer de perruquer un peu.

— C'est trop aléatoire, John. Pas avec les charges que j'ai.

— Dis-toi bien que tu as un avantage sur moi : tu écris à peu près ce que tu veux. Moi, je dois faire avec ce qu'on m'apporte.

— C'est un chien qui ne lâche jamais sa proie. Quoi qu'on puisse lui dire, il est obsédé par les ventes.

— Si tu veux écrire des livres pour la collection « Témoignage », je peux t'aider. Je ne peux pas les écrire tous.

— C'est gentil de ta part, John.

— Tu es le gardien de mes secrets. Tu me connaissais, lorsque j'étais un bon écrivain.

— C'est comme ça que tu veux me convaincre ?

— Je viens de refuser un livre que tu pourrais faire. Pat Cowley, le nouveau phénomène américain du tennis.

— Ce sale gosse mal embouché, qui jette sa raquette.

— *Sale gosse !* C'est le titre. C'est bien payé. Il y a

sûrement un truc dont tu as envie et que tu pourrais t'offrir avec cet argent.

En effet. Je suis de nouveau au *New York Post*. Nous formons une vraie famille. Nous sommes à Tanglewood. Susan et moi sommes allongés sur une couverture. Les enfants jouent à chat non loin de là en attendant le début du concert. Susan et moi les regardons ; nos doigts se touchent ; nous sourions à notre bonheur. Le concert va commencer, les enfants viennent s'allonger à côté de nous, et nous formons un groupe harmonieux, comme si nous posions pour un peintre, tous les quatre de nouveau réunis.

— Doug, où es-tu ?

— Désolé, John. Je ne suis pas preneur. Si ç'avait été Hulk Hogan, dit Doug en plaisantant.

— Hulk Hogan, je suis dessus.

Un soir, quelques semaines plus tard. Susan appela Doug chez lui.

— J'ai une nouvelle importante. Doug, je me marie.

« J'ai une nouvelle importante. » Les mots dont elle s'était servie pour lui annoncer qu'elle était enceinte d'Andy. Elle était assise en face de lui, par terre, cette fois ; elle avait pris ses mains dans les siennes et avait dit : « J'ai une nouvelle importante. » Etait-ce voulu ? Ou bien était-ce la phrase qu'elle avait coutume d'utiliser dans les moments critiques ? Il s'entendit dire ce qu'on attendait de lui. « Compliments. J'espère que tu seras très heureuse. » Ces mots ne lui appartenaient pas. Il aurait voulu crier : *Quoi ?* Comment as-tu fait ? Je n'ai même pas encore quitté la ligne de départ et tu te maries. Et les enfants là-dedans, comment allons-nous vivre, comment cela va-t-il se passer ? « Bonne chance », dit-il.

Il se voyait sur une piste avec Susan ; il courait, elle arrivait à sa hauteur, le dépassait, prenait toujours plus d'avance, et se perdait au loin, en même temps que leur histoire commune, jusqu'à ce que ses yeux d'homme vieillissant ne puissent plus la discerner.

6.

Plus important qu'une ex-femme annonçant son remariage, il y avait la chronique. Le boulot. La chronique devait paraître trois fois par semaine. Un chroniqueur ne peut pas se permettre de gamberger sur le malheur de n'avoir dans sa vie qu'une amie platonique à emmener au cinéma, tandis que son ex-femme, qu'il a entretenue pendant des années, en est déjà à le remplacer, après avoir attendu qu'il ait vidé les lieux pour gagner l'argent qui aurait pu sauver leur ménage. L'écran de l'ordinateur attendait. Il le sentait impatient. Remplis-moi, bonhomme, semblait dire l'appareil. J'attends des mots, où sont-ils ? Il a fallu des millions de dollars pour me mettre au point, et tu restes là à rêver à ton ex-femme. Tu vas fantasmer sur elle, je parie, espèce de pervers. Allez, écris quelque chose. Les écrivains, ça ne manque pas, et me voilà en rade avec toi. Je pourrais travailler avec John McCarthy et ses « Témoignage ». James Michener. Il aurait déjà fait des chapitres. Enfin ! Les risques de la cendrée artificielle. Ne me demande pas ce que j'en pense. Je veux du texte, un point c'est tout.

Apprenant par Doug le remariage de Susan, Bob Kleinman déclara que l'affaire méritait réflexion. Pour donner plus de poids à la chose, il demanda à Doug de passer à son étude.

— Je me méfie d'une femme qui agit ainsi. Le règlement des factures, le nouvel homme. Tu peux t'attendre de sa part à une manœuvre, destinée à modifier les dispositions concernant les enfants. Elle prendrait prétexte d'un changement de situation.

— J'ai assez de sujets de déprime. N'en rajoute pas.

— Le rôle des juristes est justement de tout prévoir.

— Je connais Susan, elle ne touchera pas à notre accord.

— Tu connais Susan. A la mort d'un parent, j'ai vu s'écharper des frères et des sœurs pour des meubles ou des bijoux ; j'ai assisté à des pugilats pour un collier de perles.

— Pour l'instant, il n'est question que de son mariage.

— Elle s'offre une situation financière stable avec un mari, pendant que toi, en bon célibataire, tu t'envoies en l'air à droite et à gauche.

— Notre accord pourrait-il être remis en cause ?

— Son avocat pourrait l'exiger. En matière de droits de garde, tu es maintenant très vulnérable. Tu pourrais envisager de réclamer la garde exclusive. Nous nous en tiendrions alors au statu quo, ce qui l'empêcherait de l'obtenir pour elle-même.

— Tu cherches du travail supplémentaire ? Tu as l'orthodontiste des enfants à payer ?

Le pessimisme de Bob troubla suffisamment Doug pour qu'il demande à Susan s'ils pouvaient se voir ; elle proposa qu'ils prennent le petit déjeuner dans un café. Doug commença par chercher ce matin-là une de ses plus belles chemises, puis il envoya tout au diable et prit la première qui lui tombait sous la main. Elle se moquait bien de sa mise, et, quoi qu'il portât, elle n'en serait pas plus impressionnée. Elle se mariait.

Susan était éblouissante, comme peut l'être quelqu'un qui, dans le monde des célibataires de New York, le monde des célibataires vieillissants, a trouvé à se marier. Ce n'était pas une mince victoire !

— Et qui est l'heureux élu ?

— Il s'appelle Jerry Broeden. Nous nous sommes rencontrés il y a environ un an, et c'est devenu sérieux il y a six mois. Nous avons donc décidé de nous marier.

— Dans quoi est-il ?

— Les fringues. Il fabrique du jean.

Du jean. Risible. Une fois encore, la fille du docteur n'épouse pas un homme de métier. Il se pourrait bien qu'un chroniqueur sportif dépasse un homme de jean sur l'échelle sociale. Mais il fit des calculs. Jean. Est-ce qu'il se faisait une idée de la quantité de jean qui était portée ?

— Il doit bien réussir.

— Tu n'imagines pas ce qu'il en vend.

— Sûr.

— Il est très gentil avec les enfants, Doug, très espiègle.

— Où avez-vous l'intention de vivre ?

— Nous sommes sur le point d'acheter un appartement à Central Park Ouest.

— Vraiment ?

— Il y a des familles dans l'immeuble. Les gosses devraient être contents.

— C'est un grand pas de sa part de prendre les enfants dans votre vie. Il doit t'aimer vraiment.

— Oui, je le crois.

Doug la jaugea ; c'était une femme désirable auréolée par le succès. Lorsqu'on se marie jeune, on épouse un potentiel. J'ai épousé le potentiel et Jerry Broeden arrive et rafle la mise. Il décroche une femme d'affaires, photographiée dans *Women's Wear Daily* et irradiant la réussite. Il n'a pas eu à supporter les maladies d'enfants, les fièvres nocturnes et les souffrances que l'on ne peut pas prendre sur soi, la varicelle et tout le souci des marques qu'elle laissera. Il ne connaîtra rien de tout ça. Il n'aura même pas à régler seul les factures. Il va se contenter de partager le lit d'une star, et dormir sur ses deux oreilles.

— Susan, que va-t-on faire avec les enfants ?

— Comme avant. Ils passeront deux semaines avec toi et deux semaines avec nous. As-tu d'autres idées ?

Non, sinon que pour ça je t'embrasserais. Je savais bien que tu n'essayerais pas d'accaparer les enfants, et je ne l'aurais jamais fait moi-même. Tu le sais, n'est-ce pas ?

— Ça me paraît parfait, dit-il.

Ils avaient terminé. Ils sortirent et, comme ils allaient se séparer, il l'embrassa bel et bien sur la joue avec reconnaissance, et s'enfuit aussitôt.

Les jours suivants, il vit du jean comme jamais. Où qu'il regardât, il en remarquait, dans la rue, dans ses placards. Il se disait que Jerry Broeden fabriquait tout le jean qu'il voyait. Jeannie lui apprit que Broedenco était l'un des plus gros fabricants de jean des Etats-Unis. Broeden s'achetait une famille avec l'argent du jean. Doug avait épuisé la vision de Susan avec des hommes, il songeait maintenant au vol de sa place, à cet homme rôdant autour de chez lui, pendant que les enfants s'y trouvaient.

A la demande des enfants, Doug prépara ses croquettes de thon, recette qu'il tenait de ses parents et dont la simplicité l'amusait. Mais c'était tout de même mieux que les repas misérables des journaliers au chômage des *Raisins de la colère*. Il se demanda ce que les autres parents divorcés servaient à leurs enfants. S'il était du genre à posséder un chien de concours, ses enfants mangeraient-ils des croquettes de thon?

— Alors, maman se marie! dit-il, incapable du détachement qu'il aurait souhaité.

Les enfants se regardèrent, comme s'ils s'y étaient attendus.

— Eh oui, dit Andy.

— Comment est-il?

— Pas mal, fit Karen. Il la ramène.

— Comment?

— Il fait le malin, dit Andy.

— Je ne vois pas.

— Il fait un cinéma pas possible, ajouta Karen.

Comme il lui serait facile de les monter contre lui, d'ironiser sur « Jean Jerry ». Ça lui irait bien. Qu'a inventé « Jean Jerry » aujourd'hui? Voilà un jeu auquel il pourrait jouer avec eux, et même commencer tout de suite. Ils n'y gagneraient rien. Il vaudrait bien mieux pour eux qu'ils s'entendent bien avec leur beau-père, qu'ils se sentent bien avec lui et mènent une vie heureuse avec ce salopard.

97

— Il paraît que vous déménagez. Avez-vous vu le nouvel appartement ?

Ils l'avaient vu.

— Il est bien ?

— Oui, il est bien, dit Andy avec tant de réserve que Doug en conclut qu'il était gigantesque.

Il s'était efforcé de travailler en respectant les directives de Houston. Restait cependant un sujet qu'il était supposé traiter et qu'il avait jusque-là ignoré, la forme physique, qu'il ne considérait pas comme du sport. Reynolds lui envoyait de discrets rappels sur son ordinateur : « Etes-vous en forme aujourd'hui, Doug ? » « La forme, c'est votre bonheur et celui de votre patron. » Au bout de deux semaines, changement de ton : « Attaquons sur le front de la forme. » Puis enfin : « Où est la chronique sur la forme ? » Pour calmer l'écran, il écrivit une chronique sur le jogging, qui relève sûrement de la forme physique, Robby. Il qualifiait le jogging d'huile de ricin de l'activité physique, si détestable qu'il ne pouvait pas ne pas être bon pour la santé. Il y évoquait sa propre expérience du jogging, les culs de l'univers entier le dépassant, tandis qu'il peinait comme un malheureux. Il racontait comment un chien et un transistor lui permettaient de persévérer. L'animal et les nouvelles en stéréo lui faisaient oublier son calvaire. Reynolds répondit : « Cette chronique sur le jogging ne parle guère que de votre forme physique à vous, mais passons pour cette fois. » Il envoya ce message sur l'ordinateur, manifestement enchanté à l'idée d'être un Magicien d'Oz superpuissant et superperformant.

Un samedi soir, où les enfants étaient chez Susan, Andy appela pour demander s'il pouvait passer prendre un livre de classe qu'il avait oublié dans l'appartement. Il vint chercher le livre avec une fille. Elle était potelée avec un gentil visage.

— Papa, je te présente Lesa.

— Je suis très heureuse de faire votre connaissance, monsieur Gardner. Je lis souvent vos chroniques.

— Lecture obligée, dit Andy avec un sourire.

— J'aimerais écrire plus tard. Et j'aime le sport. Je m'intéresse au hockey, dit-elle.

— Autrefois, papa était un athlète, dit Andy.

— Vraiment?

— Je jouais au base-ball. Au lycée et à l'université. Il y a longtemps. C'était en noir et blanc.

Doug écrivait de temps en temps une chronique conforme aux directives, et réussissait ainsi à atteindre à peu près son quota; le soir, il lisait des livres et des périodiques. Déjà, lorsqu'il était à l'école primaire et qu'il avait un dossier à préparer, il allait traîner, le samedi, avec ses camarades de classe dans les bureaux des pays d'Amérique latine, au Rockefeller Center, à la recherche d'informations, et ils revenaient avec des renseignements touristiques. Aujourd'hui, il avait des informations, mais pas de femme avec qui les partager. La nuit, un nouveau sentiment commença à éclipser ses accès d'angoisse et de dérision, le sentiment de solitude. Du genre de ce qu'on peut éprouver lorsque allant s'acheter une lampe pour sa chambre chez Macy's, on voit un jeune couple d'une trentaine d'années choisissant un canapé la main dans la main, et qu'on se sent comme un vieux sur un banc en train de regarder les jeunes dans un parc. C'était une solitude à la Frank Sinatra dans « Wee Small Hours of the Morning », dans un arrangement de Nelson Riddle.

Doug acceptait tous les numéros de téléphone, d'où qu'ils viennent. Il sortit avec une pâtissière, gracieuseté de son frère ; une hôtesse de l'air qu'il avait rencontrée par John McCarthy ; une bibliothécaire, par les Kleinman ; une ménagère divorcée, par le cousin de la secrétaire de Bob. Une nouvelle vétérinaire, célibataire, apparut dans le cabinet où il emmenait Harry, et Doug sortit avec elle, prétendant que c'était Harry qui avait arrangé l'affaire.

Il prenait un verre ou dînait avec les unes, puis c'était fini ; il couchait avec les autres et ne les revoyait plus. Il sortait comme un fou, mais que cherchait-il désespérément ? Essayait-il de trouver quelqu'un de formidable avec qui s'enfuir, avant que Susan n'atteigne la ligne d'arrivée ? Ou voulait-il simplement faire la connaissance de quelqu'un d'intéressant. Il avait rencontré une ou deux femmes qu'il aurait peut-être dû revoir, et une ou deux qu'il avait revues, mais n'aurait peut-être pas dû revoir. Son désir de rompre sa solitude tournait à l'obsession, il en perdait tout jugement et ne savait plus où il en était. Un mercredi soir, il se rendit dans un restaurant de Columbus Avenue, appelé Pasta !!!, car il avait lu dans un journal du West Side que le mercredi soir y était jour de « rencontres ». De jeunes cadres s'y retrouvaient pour « des échanges de ressources » et, dans son désespoir, il voulut essayer. Il vit des gens beaucoup plus jeunes que lui converser et échanger des cartes de visite.

— Que faites-vous dans la vie ? lui demanda une

assez jolie blonde d'une trentaine d'années dans le vacarme général.

— Je suis chroniqueur sportif.

— Je cherche du travail dans la publicité. Je suis rédactrice.

— Utilisez-vous un appareil à traitement de texte? dit-il gauchement, pour essayer d'engager la conversation.

— Je n'utilise rien du tout. Je suis au chômage.

Et là-dessus elle s'éloigna. Il considéra la foule des chercheurs de contact, essaim d'abeilles parmi lesquelles, et c'était le pire, plusieurs femmes séduisantes s'intéressaient à d'autres qu'à lui. Ecoutez-moi donc. Je possède ce que la plupart de ces jeunes types n'ont pas. De l'expérience. De l'esprit. De l'intelligence. J'aime les chiens. Après avoir laissé quelque temps traîner l'oreille, il conclut que tout cet échange de cartes de visite professionnelles et de contacts dans un lieu public n'était rien d'autre que de la drague, et il ne draguait pas ; ce n'était pas son truc.

Il prit contact avec une agence de rendez-vous par vidéo. Peut-être pourrait-il trouver une femme fabuleuse, si absorbée par un travail passionnant qu'elle n'aurait ni le temps ni le goût de rencontrer des hommes par les voies habituelles. Après vous avoir fait visionner une série de films montrant des femmes parlant d'elles-mêmes, on vous communiquait pour cent dollars les numéros de téléphone de trois d'entre elles. Mais vous deviez à votre tour vous soumettre à l'épreuve de la caméra, pour qu'elles puissent aussi se faire une idée de vous. Et Doug se retrouva assis devant une caméra pour répondre aux questions de Mrs Patterson, la quarantaine, élégamment vêtue. Au cours de l'entretien préliminaire, elle avait manifesté une grande condescendance, qui signifiait à n'en pas douter : « Vous êtes en manque. Moi, je suis mariée. »

— Que recherchez-vous dans une compagne ? demanda-t-elle devant l'objectif.

— Jamais je ne l'ai défini aussi abruptement. Quelqu'un qui s'accommode d'un père de deux adolescents. Qui ne déteste pas le sport, et sache tout de même que les Tampa Bay Bucaneers ne sont pas les personnages d'un film d'Errol Flynn. Qui sache qui était Errol Flynn.

Il s'arrêta, se trouvant ridicule.

— Quelqu'un, reprit-il, qui se sente aussi avili que moi par ce truc. Qui comprenne que l'aspiration à une âme sœur soit telle qu'elle amène à se donner en spectacle devant une caméra, à la merci de n'importe quel voyeur.

— Monsieur ? Ne dénigrez pas nos services. Cette attitude n'a pas sa place ici.

— La femme que je cherche dénigrerait vos services !

— Nous allons vous rembourser. Nous nous réservons ce droit.

— Non, je veux que tout soit enregistré. C'est comme ça que je me présente.

— L'entretien est terminé. Coupez.

— Ç'aurait pu être une formidable vidéo, dit Doug. Digne du musée. Une *vidéo vérité*.

— Comment ça se passe ? demanda-t-il à Jeannie pendant le dîner. Je ne sais pas comment tu fais pour entrer en relation avec quelqu'un.

— Je ne sais pas non plus comment tu fais. Certaines

femmes se mettent à sortir avec des hommes plus jeunes. Rien ne m'étonne comme les hommes qui sortent avec des femmes beaucoup plus âgées qu'eux. Et après, quoi ? Déjà que je m'habille trop jeune pour mon âge. J'étais Audrey Hepburn. Maintenant je tourne à Blanche DuBois.

— Tu es superbe, Jeannie.

— Que sais-tu ? Je suis comme une sœur pour toi.

— Une sœur cadette.

— Merci.

— Quelle est ma cote ? Chroniqueur sportif. La moitié d'un chien, la moitié de deux enfants, de bonnes places aux manifestations sportives, abonné à dix-neuf périodiques.

— Dix-neuf ? Vraiment ?

— Sur le papier, je suis formidable.

— Nous le sommes tous les deux. C'est le système qui n'est pas bon. En fait, c'est le mariage qui ne va pas. Mais ne pas être marié, ça ne va pas non plus.

Le grand jour. Susan et Broeden devaient se marier à Paris. Les enfants partirent en avion avec eux et quelques proches. C'était la période de garde de Susan et, par extension, celle de la garde du chien, mais Susan demanda à Doug de bien vouloir prendre le chien. Sinon, elle le mettrait dans un chenil. Doug garda donc Harry et l'emmena, le jour du mariage, faire du jogging à Central Park. Il rentra chez lui à 11 heures du matin. Il lui restait trente heures avant que les enfants ne regagnent Manhattan avec un cousin de Broeden, tandis que les nouveaux mariés passaient leur voyage de noces en Europe.

— Que fais-tu auiourd'hui ? lui demanda Bob au téléphone.

— J'ai des articles à lire.

— Ce qu'il te faut, c'est un bain de vapeur, un massage, un film et un bon dîner.

— De quoi parles-tu ?

— On commence par le bain de vapeur et le massage.

— Tu veux m'emmener dans un salon de massage ?

— Ça n'a rien de dégoûtant. C'est une boîte sérieuse. Al Butteroni au Saint-George Hotel.

— Je ne me suis jamais fait masser.

— Raison de plus. Doug, ton ex-femme est en train de se marier à Paris et tu es seul chez toi avec ton chien.

Bob insista et Doug demanda à un homme à tout faire de l'immeuble de sortir le chien et de lui donner à manger. Bob vint chercher Doug dans une limousine avec chauffeur. Il annonça avec un large sourire que c'était lui qui régalait. Ils gagnèrent Brooklyn Heights où se trouvait le Saint-George. Doug trouva merveilleux le sauna et le massage ; plusieurs hommes plus âgés que lui prenaient un bain de vapeur, et leur tour de taille lui donnait l'impression d'être mince. Ils revinrent ensuite à Manhattan et virent une reprise de *Red River* au Bleecker Street Cinema, puis ils allèrent dîner à City Island pour admirer le spectacle de l'eau en savourant un homard et un bon vin.

— Quelle journée ! fit Doug.

— Nous devrions faire ça une fois de temps en temps, passer un week-end sans femmes. On vieillit, les week-ends arrivent, et on n'a plus le goût à traîner avec un copain.

— Quand j'étais gosse, je passais des heures avec des amis.

— Je passais surtout des heures à travailler. C'est mon grand regret. Je n'ai pas passé assez de temps avec mes filles. Je t'envie pour ça, pour tout le temps que tu as passé avec tes gosses.

— Des heures.

— Ça va changer. Je suis sur un coup qui me permettra de partir avec plein de dollars. Au moins un million. Je vais acheter une maison dans les Hamptons et passer plus de temps avec tout le monde. Helena aurait aimé avoir une maison dans les Hamptons, dit-il d'un ton altéré. De toute façon, je vais prendre exemple sur toi, m'occuper davantage de mes gosses, je regrette de ne pas l'avoir fait plus tôt. Et toi, Doug, tu as des regrets ? Je ne parle pas de Susan. Aujourd'hui, on la laisse bien tranquille.

— Je me rappelle un soir à Amagansett, nous étions dans la maison avec Jeannie, et cette jolie fille est venue à une soirée sur le ponton. Elle était jeune, en quatrième année d'université, et elle nous prenait pour des types importants, ayant des situations. Elle me faisait manifestement du gringue, elle était très belle et je n'ai pas marché. Je la trouvais trop jeune. Aujourd'hui elle ne l'est plus.

— Tu n'as rien à regretter, Doug. Tes relations avec tes enfants, ce que tu écris, tout ça c'est propre. Je ne peux pas en dire autant.

— Peut-être, prononça faiblement Doug.

— Il faut que tu saches que ce que tu fais est précieux, dit Bob, bouleversé.

— De quoi parles-tu ?

— Si je tiens debout moralement, c'est parce que je te représente *toi*.

Ils regardèrent Manhattan en buvant une bière extraite du bar de la limousine. Lorsqu'ils furent bien éméchés, ils se mirent à chanter : « Rame, rame, rame donc... » Ils savaient que c'était bête, et ils chantaient pour être bêtes. Ils firent arrêter la voiture à quelques rues de chez Doug et continuèrent à pied, verre en main, tandis que le chauffeur descendait lentement West End Avenue de façon à rester à leur hauteur. Comme ils approchaient de l'appartement, Doug regarda sa montre.

— Tu calcules l'heure de Paris ?

— Oui.

— Elle est mariée.

— D'une certaine façon, le divorce n'est pas aussi irrémédiable que le remariage, dit Doug.

— Ça va s'arranger.

Bob avait tout mis en œuvre pour aider Doug à franchir cette dure journée. Doug prit Bob dans ses bras et l'étreignit. Il sentait le ventre de Bob contre le sien et ses moustaches sur ses joues. Jamais il n'avait tenu un homme aussi près — son père quand il était petit, mais aucun autre adulte. Doug et Bob s'étreignaient sur le trottoir, geste qui ne leur était pas familier, mais qu'ils n'étaient pas pressés d'interrompre. Comme pour retenir cet instant, ils restèrent longtemps enlacés, sans se soucier d'être vus.

Quelques semaines plus tard, Doug rencontra pour la première fois Jerry Broeden, le nouveau mari de Susan. Doug rentrait un dimanche soir du supermarché et s'apprêtait à pénétrer dans l'immeuble, lorsque les enfants arrivèrent avec le chien pour leurs deux semaines avec lui. Broeden les avait conduits en voiture, et il sortit de son véhicule pour se présenter. Doug s'attendait à un acteur de cinéma. Broeden était un homme mince, d'un mètre quatre-vingts que rien ne distinguait ; il avait les cheveux châtain clair, les yeux bruns et s'habillait de manière classique, chez Ralph Lauren : veste de tweed, chandail de Shetland, pantalons de serge, mocassins Ralph Lauren, que Doug savait ne pas être dans ses prix. Et Broeden était jeune. Voilà l'idée maîtresse. Il paraissait plusieurs années de moins que Doug. Peut-être était-il même plus jeune que Susan. Il avait presque l'air d'avoir quarante ans.

— Je suis Jerry Broeden.

— Doug Gardner.

— Je pense que nous aurons l'occasion de nous rencontrer de temps en temps. A bientôt, les mômes, fit-il à l'adresse de Karen et d'Andy.

Ils le saluèrent de la main. Ils n'avaient rien perdu de ce qui s'était passé entre Broeden et leur père. Pour les rassurer, Doug se montra élégant ; il adressa un large sourire à Broeden et lui donna une poignée de main.

— Très heureux d'avoir fait votre connaissance, dit Doug.

— Moi de même.

Et Broeden regagna sa voiture.

Doug n'avait pas de voiture et n'en avait jamais eu. Je pourrais sans doute me payer une voiture, mais je n'en ai pas vraiment besoin. Du fait que Doug n'avait pas de voiture et ne s'y intéressait pas du tout, il ne savait pas exactement quel modèle possédait Broeden. Elle était noire et grande, la plus grande Mercedes que Doug ait jamais vue. Celle dans laquelle il imaginait Hermann Goering.

7.

On voyait si souvent Susan et Broeden dans le *Women's Wear Daily* que Doug se demandait s'ils n'avaient pas d'attachée de presse pour promouvoir leur mariage. Jeannie lui envoyait des coupures de presse : Susan Brook créant une Semaine Mexicaine pour Saks, Broedenco chargeant des stylistes de créer une ligne haute couture en jean, Jerry Broeden et Susan Brook à l'ouverture du Sparta, la nouvelle boîte de nuit à la mode de SoHo.

— Je ferais peut-être mieux de ne pas t'envoyer tout ça, lui dit Jeannie.

— Non, j'aime savoir ce que font ces brillants personnages. Je ne sais pas pourquoi, au juste.

Il changea d'avis lorsque Jeannie lui envoya une coupure montrant Susan, éblouissante dans une somptueuse robe du soir avec Broeden en smoking lors d'un gala de mode. Il décida alors qu'il en savait assez. Susan continuait à utiliser le nom de Brook dans les affaires, mais dans sa vie personnelle, elle était maintenant Mrs Broeden. Doug appela chez elle pour parler aux enfants, et une voix de femme avec un fort accent espagnol répondit :

— Mrs Broeden elle est sortie. Les enfants bientôt à la maison.

C'était Carmen, l'employée de maison nourrie-logée des Broeden qui venait du Venezuela. Andy raconta qu'il lui parlait espagnol et que cela lui vaudrait de meilleures notes en classe. Ce qui préoccupait Doug, c'était le côté nourrie-logée.

— L'appartement est grand comment ?

— Douze pièces, dit Andy.

Même Harry y avait sa chambre, une buanderie, où il avait pris l'habitude de dormir.

— Il est si mignon, dit Karen. Le soir, il va se coucher à l'autre bout de la maison.

Doug essaya de se représenter la taille d'un appartement permettant de dire « à l'autre bout de la maison ».

« Flash Broeden », ainsi le désignait-on désormais dans les médias. Susan et Broeden ne se contentaient plus du *Women's Wear,* ils étaient cités dans les colonnes du *New York Post* et du *Daily News.* Broeden ouvrit plusieurs magasins de détail, qu'il appela « Flash », nom qui n'était en rien usurpé. En allant prendre le métro, Doug passait tous les jours devant l'un de ces magasins. Les investissements de Broeden envahissaient l'horizon de Doug. Le Flash de Broadway se trouvait sur l'emplacement d'un ancien supermarché ; l'endroit servait maintenant de lieu de rassemblement pour les jeunes, qui venaient y chercher les vêtements aux couleurs vives, les nippes punk et les bijoux fantaisie, propres au style Flash. Les gens faisaient leurs achats, cernés de batteries d'écrans de télévision diffusant des vidéocassettes de rock, dont le son était amplifié par un système acoustique « disco ». Un Flash ouvrit sur la 42e Rue, un autre à Greenwich

Village, et Broeden envisageait de s'étendre dans tout le pays.

Lorsqu'il avait eu ses premières lunettes, Doug pouvait encore lire le journal à l'œil nu, bien qu'il dût tenir les pages à distance. Maintenant, il commençait à reculer le journal même avec ses lunettes. Il n'avait aucune envie de retourner voir le jeune et déplaisant Dr Jeffrey Weiss, aussi demanda-t-il à John McCarthy de lui recommander quelqu'un, Weiss lui ayant été conseillé par Bob Kleinman. McCarthy lui donna le numéro du Dr Max Rothstein, qui inspira tout de suite confiance à Doug. Il parlait avec un léger accent européen et pouvait avoir soixante-dix ans. Enfin un médecin. Le Dr Rothstein était un petit homme chauve qui arborait une blouse blanche et tournicotait à pas rapides dans son cabinet pour régler ses appareils. La consultation avait lieu dans une pièce brillamment éclairée, mais la confiance de Doug commença à décliner, lorsqu'il vit le Dr Rothstein loucher sur ses notes.

— Ainsi, vous utilisez beaucoup vos yeux ? demanda-t-il à Doug.

— Oui.

— Votre vue est légèrement plus faible. Il vous faut des lunettes plus fortes.

— Mais ça ne fait que quelques mois.

— C'est normal. Et il faut bien se dire qu'une fois qu'on commence à porter des lunettes, la situation est irréversible.

— Oh !

— Vous ne pensez tout de même pas que vos yeux vont s'améliorer. Quand on arrive à nos âges...

110

Nos âges ? Vous nous donnez le même âge ? Mais je suis tombé chez Mr Magoo !

Doug prit l'ordonnance, fit changer ses verres, et, malgré ses doutes sur le Dr Rothstein, qui l'avait appelé « monsieur Garner », en prenant congé de lui, il nota une amélioration en lisant. Mais « irréversible » n'est pas un mot qu'on souhaite entendre, arrivé à ce point de sa vie. Qu'y a-t-il d'autre d' « irréversible » ?

Karen et Andy arrivèrent un dimanche soir chez Doug avec de nouvelles étiquettes sur leurs valises.
— Vous avez été à Montréal ?
— Jerry et maman voulaient y passer le week-end, dit Karen.
— Pour affaires ?
— Non, répondit Andy. Pour un restaurant. Ils voulaient l'essayer.
— Vous êtes allés à Montréal pour essayer un restaurant ?
Aux vacances suivantes, ils allèrent passer la première semaine à Antigua. Durant la seconde semaine, Doug devait travailler.
— On va se faire des petites vacances à New York, dit-il. Théâtre, restaurants, cinémas, base-ball.
Ils passèrent une agréable semaine à faire du tourisme, mais il faut avouer qu'ils formaient un curieux attelage. Il était pâle et ses enfants avaient un bronzage à trois mille dollars.

Les journaux annoncèrent une « journée verte », avec défilé et discours à Central Park pour protester contre la prolifération des armes nucléaires. Il demanda aux enfants de l'accompagner. Ils avaient déjà prévu de défiler avec des camarades de classe, mais ils l'invitèrent à se joindre à leur groupe. Il traîna avec trois autres parents derrière une douzaine d'adolescents. A la fin des discours, les manifestants se prirent par la main pour chanter « Donne une chance à la paix ». Il se débrouilla pour se trouver à côté de Karen et d'Andy, et il leur saisit les mains, pour affirmer ses droits sur leur idéalisme, qui datait d'avant Broeden. Voici une nouvelle manière de mesurer le temps : « Avant Broeden ».

Après la manifestation, il les emmena manger des hamburgers au Blarney. Il y avait devant le bar une télévision à grand écran avec un match de foot.

— On vient de nous en livrer une, dit Karen. Une Mitsubishi. Pour le sport, c'est fantastique.

— Je n'en doute pas.

— Jerry dit que tant qu'à regarder du sport, autant que ce soit en grand, poursuivit Karen. Et c'est vraiment formidable. Tu devrais en avoir une, papa.

Jerry dit ?

— Ça donne une image grenue, ajouta Andy. Pour certains programmes, c'est peut-être trop grand.

— Où est-elle placée dans l'appartement ? demanda Doug, songeant à la taille de l'appareil.

— Le salon de télévision, dit Karen.

Le salon de télévision... Bien sûr. Si Harry a sa pièce, pourquoi pas la Mitsubishi.

— Quoi de neuf ces jours-ci ?

— Maman et Jerry sont allés dans les Hamptons, dit Karen. Ils cherchent une propriété.

— Pas une ferme, précisa Andy.

— J'imagine.

112

— Il paraît que, hors saison, c'est sinistre, avança Andy avec diplomatie.

— Je suis sûr que c'est superbe.

Quelques semaines plus tard, les Broeden achetaient une maison à Westhampton, face à l'Océan, avec une piscine en terrasse.

N'est-ce pas extraordinaire ? Mes enfants sont plus riches que moi.

Le nom de Broeden revenait constamment dans la conversation de Karen. Ainsi lui avait-il appris que la lumière dans les Hamptons était différente de celle des autres régions du Nord, en raison de l'imbrication de la terre et de l'eau. Doug fut encore confronté à la marque « Boron ». Un dimanche soir, Karen arriva équipée d'une raquette de tennis Boron Prince à 250 dollars. Broeden en avait acheté une à chacun des enfants. Karen prenait une leçon de tennis tous les mercredis soir sur un court couvert, où Broeden jouait régulièrement avec des amis ; il avait engagé un professeur pour Susan et Karen et pour Andy, s'il le souhaitait.

— Je sais que c'est notre période avec toi, dit Karen, mais ça t'ennuierait si le mercredi j'allais quand même prendre ma leçon ? Il faut maintenir un certain rythme.

— C'est ton temps avec moi, Karen. Il a la moitié de l'année pour faire de toi une Navratilova.

— Mais Jerry dit que si on ne joue pas régulièrement toutes les semaines, on régresse.

— Et toi, Andy, tu joues ?

— Il m'a acheté une raquette. Je prends une leçon de temps en temps. Il faut reconnaître qu'au tennis je n'arrive à rien.

— S'il te plaît, papa. J'aime tellement ça. Et si je continue, je pourrai t'apprendre.

— Bon. Garde tes mercredis. Mais reviens ici après.

— Merci, dit-elle.

Et elle lui déposa un gros baiser sur la joue.

Broeden avait réussi à débaucher Karen, et il attirait petit à petit les enfants dans sa sphère d'intérêt, en tout cas Karen, qui s'était convertie au sport du nouvel homme. C'était comme le transfert de Sal Maglie à la Mexican League. Et il les voit avant qu'ils ne se couchent, Karen en chemise de nuit, Andy en pyjama. Les embrasse-t-il ? Et eux, l'embrassent-ils ? Il les voyait l'embrassant, riant avec lui. Où apprend-on à faire face à pareille situation ? Existe-t-il un Dr Spock pour cela ? Lorsque votre femme épouse un autre homme, qui prend votre place, et que votre fille ne veut pas renoncer à ses précieux mercredis soir avec lui, parce qu'elle joue au tennis avec sa raquette à 250 maudits dollars ?

Andy, qui était maintenant en dernière année de lycée, remplissait des dossiers d'inscription universitaire. Le bambin aux doux yeux bruns, engoncé dans sa combinaison de ski et attaché dans sa poussette lorsqu'ils allaient au zoo voir Patty Cake, le bébé chimpanzé, recevait plus de coups de téléphone que Doug lui-même, de filles qui avaient manifestement remplacé Candy. Elles appelaient, demandant : « Andy est-il là ? » Pour ce qui était de ses activités, Andy se montrait discret. Doug insistait pour qu'il dise où il allait et à quelle heure il rentrait. Les sorties tardives d'Andy étaient limitées aux week-ends, et Doug essayait de rester éveillé jusqu'à ce qu'il entende le déclic de la serrure, mais il n'y réussissait pas toujours. Lorsqu'ils étaient avec lui, Karen et Andy regardaient souvent *Saturday Night Live,* alors que leur père dormait déjà. Autrefois Doug s'attardait dans les salons à peloter les filles, pendant que les parents étaient censés dormir. Dans ce temps-là, il se demandait si les adultes attendaient aux aguets qu'il dégrafe le soutien-gorge de leur fille pour faire irruption. Il avait la réponse. Ces parents, ces vieux cons, qui avaient le même âge que lui aujourd'hui, dormaient.

— Monsieur Gardner, Mr Reynolds aimerait vous voir demain à 1 heure, annonça avec entrain la secrétaire de Reynolds, comme si cette invitation n'impliquait pas de tout laisser tomber et de sauter dans un avion.

— Doug, mon vieux, notre lumière à tous. Regardez ça.

Reynolds lui tendit un superbe dépliant où resplendissait la photo de Doug accompagnée d'un texte exaltant ses vertus et d'extraits de ses chroniques. Le dépliant concluait : « Doug Gardner, l'un de ceux qui donnent tout son éclat au *Sports Day,* le journal spécialisé dont l'expansion est la plus rapide des Etats-Unis. Réservez dès maintenant vos emplacements publicitaires, si vous ne voulez pas être pris au dépourvu. »

— C'est sûrement flatteur d'être promu de la sorte.

— Vous vendez du journal, Doug. Vous vendez aussi de la publicité. C'est pourquoi je suis ennuyé qu'un pilier de notre équipe de départ traîne tellement les pieds. Parlons de forme physique.

— J'ai fait une chronique de jogging.

115

— Il y un moment de cela. Et une chronique contre le jogging n'est pas une chronique de jogging. Permettez-moi de vous expliquer pourquoi j'insiste. Nous avons une nouvelle étude qui montre que nous ne faisons pas aussi bien que je le souhaiterais avec les femmes.

— Un journal sportif ne s'adresse-t-il pas en priorité à une audience masculine ?

— C'est vrai. Mais il y a des femmes qui aiment le sport et nous devrions récupérer une partie de celles-là. Pour les accrocher, il faut leur offrir des sujets qui les intéressent, comme la forme physique.

— Ça veut dire quoi, Robby ? Des régimes ?

— Ça veut dire qu'il faut que vous vous engagiez *vous*. Je veux vous brancher sur le sujet, avec toute l'autorité de votre position.

— Alors, en tant qu'autorité, je dis que nous devrions rester un vrai journal sportif.

— Pour parler franc, Doug, je vous trouve déloyal.

— J'essaye d'être honnête.

— Ecoutez, donnez-moi un autre papier sur la forme et je vous donne une augmentation de cinq pour cent. Donnant donnant.

— C'est traître, Robby. Et si je dis non ?

— Pourquoi diriez-vous non ? Qui dirait non à une augmentation ?

— Il est clair que ce n'est pas à l'augmentation que je dirais non.

— Lorsqu'il était président des Etats-Unis, Lyndon Baines Johnson disait : « Je ne fais confiance à un homme que lorsque je le tiens par le fric. » Extraordinaire, un langage aussi brutal de la part d'un Président. Mais je le comprends. Dans une opération de grande envergure, on souhaite le moins possible d'opposition.

116

On souhaite le dévouement de son entourage, et ce dévouement ne s'obtient que si on tient les gens.

— Je ne suis pas d'accord avec ce genre de théorie, Robby.

— Je me fous que vous soyez d'accord ou non. Votre opinion ne compte pas ici. Moi, j'ai les gisements de pétrole et les immeubles *et* le journal pour lequel vous travaillez. Alors sortez-moi quelque chose sur la forme qui ne vous empêche pas de dormir et que je puisse négocier, et ensuite vous pourrez bougonner autant que vous voudrez en allant à la banque.

Robby, s'il faut que je sois grossier, sachez que je ne suis pas à vendre.

— Faites-moi ce papier, Doug. J'en ai besoin pour attirer les lectrices. Débrouillez-vous pour que nous soyons contents tous les deux et oubliez votre New York de merde !

John McCarthy affirmait que ce n'était pas mieux ailleurs, Andy allait bientôt entrer à l'université, ce qui allait entraîner des frais supplémentaires. Il n'avait pas le choix. Démissionner et tirer le diable par la queue, tandis que Broeden séduisait ses enfants avec des Boron et des Mitsubishi ? Il n'était pas en position de jouer les vertus outragées. Mais, pour s'en tirer, il lui fallait mettre dans le mille.

— D'accord. Jane Fonda, ça vous irait ? Qui mieux que Jane Fonda représente la forme ? Je vais me procurer une de ses cassettes vidéo d'entraînement, j'en ferai les exercices et j'écrirai ma chronique là-dessus.

— Formidable ! Captivant ! Vendeur ! Et votre intégrité en sortira intacte.

Reynolds se leva avec un grand sourire, prit Doug par les épaules et le conduisit jusqu'à la porte, mettant un terme, après quelques minutes, à cet entretien pour lequel il avait fait venir Doug de New York à Houston.

— Voilà de l'argent facilement gagné, dit Reynolds.

Une fois chez lui, Doug se projeta la cassette. Jane Fonda l'épuisa. Il écrivit dans sa chronique qu'au début les exercices lui avaient surtout inspiré des fantasmes sexuels, mais qu'il s'était bientôt rendu compte qu'il n'était pas en assez bonne forme pour une partenaire de ce calibre, et qu'il ne désirait pas l'être pour une pareille obsédée de son corps ; et il avait regardé la fin du film en mangeant un demi-litre de glace à la noix de pécan.

Doug dînait un soir chez son frère et sa belle-sœur avec ses parents. Le papier sur Jane Fonda était sorti le jour même et son frère lui en fit compliment.

— C'est ma contribution au culte de la forme, dit Doug. J'espère que c'est la dernière.

— Que veux-tu dire par là ?

— Mon patron. Il juge de tout en programmateur de télévision.

— Qui ? demanda Frank Garner en entrant dans la cuisine, où ils étaient en train de parler.

— Ce n'est rien. Des problèmes de boulot, dit Doug.

— Oublie donc un peu le boulot, voilà mon conseil, dit Frank.

— Bon conseil, répondit Doug. Je me demande si Robby Reynolds y parvient jamais. Je me demande même s'il dort.

— Tu t'entends bien avec ce type ? demanda Frank.

— Nous sommes en pleine controverse.

— Ton boulot est menacé ?

— Il faudrait que je pousse beaucoup.

— Tu es viré? intervint sa mère avec son anxiété habituelle.

— Non. Je viens d'être augmenté. Il distribue des augmentations comme des médailles. C'est bien, passez à la caisse.

L'air absent, Frank contemplait la cour de la fenêtre de la cuisine.

— Tu es assez grand pour te défendre, dit-il.

Et se retournant, il saisit Doug par la manche.

— T'en fais pas, papa.

— Ces gens-là s'imaginent que tout est à vendre. Mais ils se fourrent le doigt dans l'œil !

Soudain conscient de sa prise sur la manche de son fils, Frank lui tapota le bras.

Ces gens-là. Les démêlés de Doug avec Reynolds rappelaient à Frank toute une vie d'injustices, commises par *ces gens-là.*

Doug préparait une chronique sur le tennis féminin. Il organisa une rencontre dans la salle de conférences du *Sports Day* avec deux jeunes espoirs du circuit féminin. L'opération avait été montée avec Nancy Bauer, leur avocat conseil d'une trentaine d'années, qui assistait à l'interview. Les deux filles venaient de Californie, elles étaient toutes deux blondes, mais l'une était grande et mince, l'autre, petite et râblée. C'était une équipe de double, aussi agressive dans son discours que sur le court. Elles parlaient vite et se volaient les fins de phrases. Deux tornades pleines d'ambition. L'avocate écoutait, calme, un léger sourire aux lèvres. Elle n'intervint qu'une seule fois pour les empêcher de s'étendre sur les truquages de certains tournois :

— Nous sortons du sujet. Nous ne sommes pas ici pour évoquer les tricheries des autres.

Elle dégageait une telle maîtrise de soi, elle avait une telle présence que Doug ne pouvait pas s'empêcher de la regarder. Elle était brune et élancée, avec de longs cheveux aux épaules, des yeux noisette, des pommettes saillantes et un grand nez. Une petite rectification du nez, se dit Doug, la rendrait très jolie. Mais au fond, ce nez lui donnait du charme. Elle était séduisante, se dit-il d'abord. Puis, constatant qu'il ne pouvait en détacher les yeux, il finit, au terme de l'interview, par la trouver très séduisante.

Il lui demanda de prendre un verre avec lui, le soir même. Elle accepta. Ils se retrouvèrent à l'Algonquin. Le temps passa comme dans un rêve, mais Nancy devait partir. Il lui avait proposé un verre, elle avait pris un verre. Quelques jours plus tard, il remarqua que *Les 400 coups* se donnaient au cinéma de Bleecker Street ; il n'avait pas vu ce film depuis des années. Il lui téléphona pour l'inviter à le voir avec lui. Et après qu'elle eut accepté, il n'omit pas de préciser qu'ils iraient prendre quelque chose après la séance, de peur de l'entendre dire qu'il n'avait été question que de « cinéma ». A la John's Pizzeria de Bleecker Street, ils discutèrent de l'œuvre de Truffaut.

— On dirait deux étudiants en cinéma, dit-elle. Non que le cinéma ne soit pas intéressant. Mais voilà trois heures que je suis avec vous et je ne sais rien de vous.

— Ai-je été ennuyeux ?

— Lointain. Et, oui, je dirais ennuyeux.

Une femme que les relations avec les hommes n'obsèdent pas ! Une femme qui ne supporte pas de s'ennuyer avec moi !

— Ai-je été vraiment si ennuyeux ?

120

— Sur dix — si dix, c'est le coma — je dirais sept.

— C'est beaucoup.

— Oui.

— Quelqu'un qui me dit que je suis ennuyeux quand je le suis ! C'est comme la scène de *Spellbound !* Ha, ha ! C'est l'instant où tout s'éclaire ! Je vous aime. Je sais que ce n'est pas sérieux, mais, puisque le moment n'est pas au sérieux, je vous aime.

Elle rit de bon cœur et il rit avec elle, mais en entendant son propre petit rire, il se demanda si ce rire contraint était une autre atteinte de l'âge, si sa capacité à rire le quittait avec ses cheveux.

La conversation prit un tour plus personnel, elle lui apprit qu'après Barnard et Columbia Law, elle avait travaillé dans un cabinet juridique de Washington, spécialisé dans le droit du travail et qu'elle était maintenant dans un grand cabinet new-yorkais.

— J'ai trente-cinq ans. Je n'aurais sans doute pas dû le dire, mais pourquoi le cacherais-je ?

— J'en ai quarante-huit. Je ne l'ai jamais dit à aucune femme.

— Quoi d'autre ? Je n'ai jamais été mariée. Je me suis fiancée deux fois, une fois pendant ma licence de droit, une fois en doctorat. L'un comme l'autre auraient été des mariages désastreux, entre gens trop jeunes. Mais quand on est jeune, on peut beaucoup plus facilement oublier ses premières erreurs. En vieillissant les critères s'élèvent, tandis que les possibilités diminuent.

— Je vois très bien ce que vous voulez dire.

— Je travaille beaucoup. Carter, Lynde regroupe environ deux cents juristes. La boîte fait beaucoup de bénévolat, et en matière de bonnes actions, j'en fais un peu plus que je ne devrais. Pourtant j'étais plus idéaliste

121

dans le temps, et cela m'aide à me convaincre qu'il me reste encore quelque pureté.

Elle habitait Greenwich Village, la 11ᵉ Rue Ouest, un appartement de trois pièces. Elle avait aménagé dans sa chambre un coin travail avec un bureau à cylindre ancien et un ordinateur, posé sur un support à côté. Le petit salon comportait une cheminée, un fauteuil de lecture éclairé par un lampadaire à abat-jour vert, et des livres du sol au plafond. L'ensemble avait tout de la tanière. Nancy servit du thé, et lorsqu'il la vit debout, il se leva et la prit dans ses bras pour l'embrasser. Il laissa glisser les mains le long de ses hanches, et l'attira contre lui, mais elle s'écarta.

— Je ne peux pas.

— Pourquoi?

— Je veux que cela signifie quelque chose, au moins un petit quelque chose.

— Pour moi, cela signifiera beaucoup, dit-il avec une gravité feinte.

— Non. Pas après une soirée passée ensemble.

— C'est la deuxième.

— Le verre ne compte pas.

— Peut-être, si nous avions bu debout, mais nous étions assis.

— Vous parlez comme un avocat. Une autre fois, Doug, s'il vous plaît. Je ne veux pas précipiter les choses, parce que — le moment n'étant pas au sérieux — je vous aime aussi.

La fois suivante, Nancy servit du vin, du fromage et des biscuits; il y avait des fleurs fraîches dans un vase posé sur une table basse. La vue des fleurs l'accabla. Sortir avec des femmes était devenu pour lui une entreprise tellement sérieuse qu'il en avait négligé ces gestes exquis, comme apporter lui-même des fleurs. Le

122

mal qu'elle s'était donné, le vin glacé, le fromage, les fleurs lui donnaient envie de ressortir acheter une rose, une Whitman's Sampler. Offre-t-on encore des Whitman's Sampler?

Ils décidèrent d'aller prendre un hamburger et il proposa le Blarney.

— Ce n'est qu'un bistrot.

— J'ai été au Lutèce, alors vous savez.

Ils s'installèrent dans le box de Doug et bavardèrent pendant deux heures.

— Il faut périodiquement que nous nous assurions que nous ne sommes pas ennuyeux, dit-il.

— Je crois que nous nous débrouillons très bien.

— Ecoutez, voudriez-vous être mon amie? J'en cherche une. Comme on n'en trouve plus. Voyez-vous ce que je veux dire?

— Je crois. Eh bien, essayons d'être amis!

Sur le chemin de son appartement, il fit arrêter plusieurs fois le taxi devant les drugstores encore ouverts et finit par découvrir une Whitman's Sampler.

— Elle n'est peut-être pas très fraîche, mais c'est l'intention qui compte.

Une fois chez elle, ils burent du vin, puis il l'entraîna dans sa chambre. Pendant qu'ils faisaient l'amour, elle lui embrassait les yeux. Dans sa récente expérience, il n'avait pas le souvenir d'un geste d'une telle tendresse. Mais il ne s'agissait alors que de « sexe récréatif », se réduisant à une vaste gamme de performances athlétiques.

— Et voilà, dit-elle après quelque temps de silence. C'est moi. J'aurais aimé avoir de plus gros seins et un plus petit nez.

— Je t'en prie...

— Pour ce qui est des seins, je ne ferai jamais rien,

même si certaines femmes le font. Le nez était arrangeable. Une année que j'étais au lycée, toutes les filles ont passé leurs vacances d'été à travailler pour se payer un nouveau nez. J'étais bien trop sérieuse pour cela, ou bien peut-être me trouvais-je trop moche. Et si je me faisais refaire le nez et que ça n'améliorait rien ? Aussi n'ai-je rien fait. Je me disais que ça ternirait mon intégrité personnelle. Je ne suis pas certaine que je n'aurais pas été mieux à tous points de vue avec moins d'intégrité et moins de nez.

Il posa avec douceur la main sur son visage.

— J'espère que mon nez et mes seins ne sont pas un obstacle. Il faut vraiment que je te considère comme un ami pour te dire une chose pareille.

— Puisque tu as ouvert le feu. Tu as vu mon gros ventre, mes cheveux clairsemés, et comme je suis monté. Dois-je poursuivre ?

— Je trouve que tu es parfait.

— Et j'en dirai autant de toi.

Par une pluvieuse soirée de dimanche, Doug se trouvait seul chez lui. Nancy était à Washington pour affaires, et les enfants étaient chez les Broeden. Il lisait en écoutant un concours radiophonique sur le sport. Il aimait assez ce genre d'émission. Ça lui permettait de pénétrer le goût du public, et il aimait aussi se mesurer aux fans, ces gens qui intervenaient pour essayer de coller les auditeurs et l'animateur avec des questions comme la moyenne à la batte de Dominic DiMaggio, calculée sur toute sa vie, ou le prénom du troisième DiMaggio. Comme nommer le quatrième Marx Brother. Doug ne connaissait pas les performances de Dom, l'autre DiMaggio était Vince. De même connais-

124

sait-il Zeppo Marx. Pour la moyenne de Dom DiMaggio, il faudrait faire des recherches, et il n'était pas évident de le trouver dans un abrégé sur le sport ou un almanach universel. En quoi cela intéressait-il cette personne ? A quoi correspondait cette passion pour les statistiques sportives ? Peut-être à un besoin d'ordre. Dans un monde chaotique, quantifier les détails permettait d'éviter de sombrer absurdement dans le vide. Voilà qui valait peut-être une chronique.

Andy appela, très ennuyé.

— Papa, Karen a de la fièvre. 39°5. Carmen est à Long Island, et maman et Jerry sont coincés à Boston.

— J'arrive.

Ne pouvant trouver un taxi en raison de la pluie, il courut jusqu'à l'angle de Central Park West et de la 66e Rue. Andy le conduisit dans la chambre de Karen. Le chien suivait Doug, d'un air interrogateur. Mais qu'est-ce que tu fais là ? semblait-il demander. Doug embrassa Karen sur le front pour voir si elle était très chaude.

— Tu ne te sens pas très bien, hein ! mon ange.

— J'ai mal partout.

— Ce n'est rien. As-tu d'autres symptômes ? dit-il en regardant si elle n'avait pas d'irruption ou de ganglions.

— Non.

— Ne t'inquiète pas. Le docteur est là.

Susan téléphona et il lui parla dans un téléphone sans fil.

— Ça a l'air de n'être qu'une fièvre. La grippe, probablement, lui dit-il. A-t-elle déjà pris quelque chose ? demanda-t-il à Andy.

— Pas encore.

— Je vais lui donner du Tylénol. Tu en as ?

125

— Oui, dit Susan. Doug, nous allons être bloqués ici toute la nuit par la tempête. Impossible de partir.

— Je vais lui faire boire un peu de ginger ale. Et je resterai ici ce soir.

— Je rappelle dans une heure.

Il prit la température de Karen, légèrement au-dessus de 39°5.

— J'ai déjà vu des températures aussi hautes. Ne t'inquiète pas, dit-il à Karen.

— Tu peux rentrer à la maison, papa. Nous ne savions pas s'il fallait t'appeler, dit-elle.

— Tu as très bien fait. Je vais passer la nuit ici.

Il lui administra du Tylénol, lui fit boire du ginger ale, et s'assit à côté d'elle ; il prit le livre posé sur sa table de nuit et lui fit la lecture jusqu'à ce qu'elle soit presque endormie. Lorsqu'il posa les lèvres sur son front, il ne la trouva pas plus chaude.

— Ça va aller mieux. Dors, mon ange. Je suis là.

Susan rappela. Il lui dit que l'état de Karen n'était pas inquiétant et qu'elle se reposait. Elle lui demanda comment il comptait dormir, et lui proposa d'utiliser la chambre d'ami, où il y avait un canapé-lit avec des draps propres. Une chambre d'ami dans un appartement en ville ?

— Veux-tu quelque chose, un verre ou quelque chose ? demanda Andy, embarrassé. Il était l'hôte ; son père n'était pas chez lui.

— Je prendrai quelque chose si j'en ai envie. Merci.

Harry vint se serrer contre les jambes de Doug.

— Ce soir, nous avons surchargé ses circuits, dit Doug.

Andy dit bonsoir à son père, Doug lui déposa un baiser sur le sommet du crâne, et Andy se retira dans sa chambre. Doug ne l'y suivit pas. Sa présence auprès d'eux avivait la peine de la séparation. Certains hommes étaient chaque soir avec leurs enfants. Il s'assit par terre dans le corridor devant leurs chambres en attendant que Karen s'endorme. Il alla la voir et la toucha ; il lui sembla que la fièvre était un peu tombée ; elle dormait profondément. Harry, son chien à mi-temps, le suivait.

— C'est la belle vie ici, mon garçon, dit-il. Ce n'est pas moi qui pourrais t'offrir un appartement pareil.

En arrivant, il n'avait pas fait attention au luxe des lieux. Il en parcourut les pièces en touriste. Le salon, qui devait bien mesurer quinze mètres sur sept — tout son appartement à lui y aurait tenu —, donnait dans une salle à manger distincte. Les chambres des enfants, celle de la bonne, celle de Harry et la cuisine occupaient un côté de l'ensemble salon-salle à manger. Le fumoir, la chambre d'amis, le salon de télévision, deux bureaux, l'un pour Broeden, l'autre pour Susan, et la chambre des maîtres étaient situés à l'opposé. Il s'était imaginé, à cause du style Flash de Broeden, un décor plus criard. Le mobilier était moderne, mais sans ostentation, les couleurs étaient sourdes ; il reconnut là l'œil de Susan. La plupart des chambres étaient équipées de placards sur mesure. Aux tarifs de New York, ces aménagements avaient dû représenter le prix d'un appartement entier. Il remarqua toutes sortes de gadgets, le téléphone sans fil, la télévision à grand écran, l'installation stéréo dans toute la maison. La bonne disposait d'un poste imposant. Seul le chien n'en avait pas, et Doug se dit que si Harry avait été doué de la parole et en avait réclamé un, il l'aurait obtenu.

Dans le bureau de Broeden, sur sa table de travail, trônait une exquise aquarelle que Doug reconnut être l'œuvre de Karen. Elle représentait un marais et c'était

127

l'une de ses meilleures peintures. Doug éprouva un grand désarroi. Cette aquarelle était dans le bureau de Broeden, et il ne lui avait jamais été donné de la voir. Au mur du fumoir, il tomba sur un panneau de photos, représentant Broeden, Susan, Karen et Andy, tous ensemble, en week-ends, en vacances, souriant, feignant de se battre devant l'objectif, toute une vie chaleureuse dont il était absent. Ce spectacle le remplit d'une telle tristesse qu'il en ressentit une véritable nausée. Je n'aurais pas dû voir ça.

8.

Il y avait des semaines que Doug sortait avec Nancy et une rencontre avec les enfants ne pouvait plus être différée. Il décida de l'organiser autour d'un repas chinois sans surprise. Ils se rendirent à Chinatown, et, très nerveux, Doug laissa Nancy et les enfants se débrouiller entre eux. Nerveuse elle-même, Nancy multipliait les questions, mettant les bouchées doubles comme si l'occasion de faire connaissance ne devait pas se représenter, mais ces vieux pros prirent les choses en main. A un certain moment, Andy, remarquant la tension de son père, lui dit :

— Ne t'inquiète pas. Nous faisons connaissance.

Comment se fait-il que je sois seule ? La question était inévitable. Ils étaient chez Doug, allongés dans l'obscurité, et c'est Nancy qui mit le sujet sur le tapis.

— J'étais à Washington. Mon premier boulot. Il était l'un des associés de la boîte. Il avait une maison à Georgetown que je n'ai jamais vue, une femme, parfaite maîtresse de maison, deux enfants que je n'ai jamais rencontrés. Ça a duré trois ans ; j'étais très amoureuse de lui. Un jour, c'était toujours un jour, il quitterait sa femme. Dans un petit livre humoristique, j'ai lu la phrase suivante : « Attendre qu'il quitte sa

129

femme, c'est comme attendre Godot. » J'ai fini par quitter Washington pour m'installer à New York, où je suis retombée amoureuse. J'avais trente et un ans. Il en avait quarante-quatre et n'avait jamais été marié. Il était sculpteur et donnait des cours à Princeton. Commandes, expositions, tout un trafic intellectuel. Il avait un loft époustouflant à SoHo ; il y avait tout fait lui-même. C'était un type plein de talent, un cerveau, un homme sans défauts. Si j'avais eu dix-neuf ans... De temps en temps nous parlions mariage, un projet parmi d'autres. Après trois ans de ce régime et un an de thérapie, j'attendais toujours Godot. Quand j'en vins enfin à comprendre qu'il ne se marierait jamais, en tout cas pas avec moi, il était trop tard et j'avais perdu plusieurs années qui se conclurent sur des vœux chaleureux de bonheur avec le partenaire suivant. La thérapie que j'avais suivie m'avait révélé à quel point j'étais passive avec les hommes. Pour résumer, je compensais mon agressivité professionnelle en m'effondrant dans les bras du mâle, en classique femme soumise. J'étais tombée deux fois amoureuse d'hommes qui ne voulaient pas m'épouser. De nos jours, ne pas se marier n'est certes pas une tare, sauf que les liaisons ne durent pas. Et aujourd'hui j'ai trente-cinq ans.

— Je suis jaloux de ces deux hommes.

— C'est moi qui devrais être jalouse, puisque tu as été marié.

— Nous avons traversé le paroxysme du mouvement de libération des femmes, et nous en sommes ses victimes. Pour résumer, je n'ai pas fait ce qu'il fallait pour que mon mariage tienne. J'ai cru qu'en d'autres circonstances mon ménage aurait pu durer, mais c'est probablement faux. En fin de compte Susan a épousé un homme beaucoup plus riche et influent que je ne pourrais jamais l'être.

— Nous ne savons pas...

— Nous savons très bien. Je n'ai pas trente-cinq ans et je sais ce qu'il en est. Depuis mon divorce, j'ai entamé quelques parties de base-ball. La plupart se sont terminées avant la fin.

— A quel stade de la partie en sommes-nous, d'après toi ?

— Je ne suis pas certain, mais je sais que la première manche est derrière nous.

Tony Rosselli refit surface. Il téléphona tout excité.

— Doug, il faut qu'on se voie au bowling, au coin de la 41ᵉ Rue et de la Huitième Avenue un matin de cette semaine. Quand peux-tu ? Demain ? Après-demain ?

— Qu'est-ce que tu mijotes ? Le championnat du monde des plus grands boulistes nains ?

— Quelque chose d'énorme, Doug. De colossal.

— Voyons-nous jeudi matin à 8 heures.

— C'est si énorme que je peux à peine parler.

Doug entra dans le bowling. Rosselli faisait les cent pas dans un costume vert brillant. Sur le sol devant lui, deux boîtes à chaussures perforées.

— Dans l'histoire des sports, commença Rosselli, il n'y a que deux sortes de courses pour les paris. Les courses de chevaux. Les courses de chiens. Les unes et les autres impliquent d'importantes installations extérieures, d'importants investissements. Je te présente un nouveau concept. Es-tu prêt ?

— Je suis haletant.

Rosselli enleva les couvercles des boîtes, plongea les mains et en retira les participants.

— Une course de tortues !

Il se dirigea vers un bowling et y déposa les deux tortues. Têtes et pattes dans leurs carapaces, elles ne bougeaient pas.

— Il faut leur laisser une minute pour reprendre leurs esprits, expliqua Rosselli, en disposant de la nourriture devant elles.

— De toute évidence, elles ont le trac.

— Imagine. Des pistes de courses de tortues dans des casinos de jeux. Ou dans des salles de bal. Tu alignes huit tortues. Elles s'élancent. C'est à qui atteindra la nourriture la première.

— Vraiment ?

— Ce qu'il y a de beau dans ce genre de course, c'est que ce n'est pas fini en une minute. Ça peut prendre cinq minutes, même dix angoissantes minutes.

— Je vois où se situe l'angoisse.

Une tête de tortue émergea prudemment.

— Une fois que tout sera au point, j'installerai des pistes de tortues partout. Les gens auront leurs favorites. Il pourrait y en avoir dans tout le pays, dans le monde entier.

— Je suppose que tu penses à la télévision. Une collaboration avec *Wild Kingdom* ?

— Télévision. Paris hors piste.

Une tortue se déplaça de quelques centimètres sur la gauche.

— Je ne comprends pas. Chez moi, elles allaient vite.

— Elles n'ont peut-être pas envie de devenir des pros.

On attendit encore. La tête de la seconde tortue apparut, mais elle ne bougea pas.

— Tony, tu devrais pouvoir t'associer avec un établissement funéraire, parce qu'à ce rythme les gens vont rendre l'âme.

Rosselli regarda ses tortues d'un air accablé. Doug lui tapota le dos.

— Je croyais que cette fois ça y était, dit Rosselli.

— Un jour, tu trouveras quelque chose, Tony.

Doug se dirigea vers la sortie, et il entendit Rosselli crier :

— Espèces d'imbéciles, vous avez tout gâché ! Vous auriez pu devenir des stars !

Les enfants devaient passer le week-end chez Doug. Andy lui téléphona pour le prévenir qu'il allait au cinéma avec une amie vendredi soir et qu'il ne dormirait pas chez son père. Karen ne savait pas si elle pourrait venir de tout le week-end.

— Qu'as-tu prévu, chérie ? C'est mon tour de vous avoir.

— Jerry doit aller au Québec pour affaires et il propose de m'emmener.

— Pourquoi ne s'arrange-t-il pas pour le faire quand c'est leur tour ?

— Il y ouvre un Flash, ce week-end. Le Québec, papa. J'ai entendu dire que c'est super.

— Et alors...

— Eh bien, si je viens chez toi, je raterai ça. On pourra rattraper. Ce n'est pas une affaire.

— C'en est une pour Jerry, on dirait, sinon tu n'aurais pas tellement envie d'y aller.

— Il y aura une grande réception et je verrai la ville. S'il te plaît !

— Je t'attends dimanche soir.

— Merci, papa. Je t'adore.

Le lendemain, il acheta le grand écran Mitsubishi, de 110 cm. Démarche transparente : faire concurrence à Flash. Il fit appel à l'homme à tout faire pour le caser quelque part. L'appareil écrasait le salon. Il décida finalement que c'était dans sa chambre qu'il irait le mieux, si toutefois un écran de 110 cm avait sa place dans un appartement de cette taille. Lorsque Andy arriva, il ne put s'empêcher de rire en le voyant trôner dans la chambre.

— Alors, tu l'as acheté, papa ! C'est drôlement grand.

— C'est bien pour le sport, dit Doug, d'un air détaché.

— Génial, papa ! dit Karen, le dimanche soir.

— Oui, nous aussi, nous avons une Mitsubishi, dit-il. Peut-être un père classique se serait-il davantage étendu, mais il posa une ou deux questions sur le Québec et abandonna bien vite le sujet, ayant d'emblée appris que c'était un pays « absolument merveilleux ».

Andy fut admis à l'université de Pennsylvanie et à celle de Wesleyan. Il choisit la seconde. Il se trouvait que Broeden était diplômé de la Wharton School de l'université de Pennsylvanie. Doug s'était efforcé de demeurer neutre, « dans l'intérêt de l'enfant », mais ce choix le transporta de joie. Il n'aurait pas aimé voir son fils suivre les traces de Broeden.

Lorsque les enfants étaient chez lui. Doug n'y recevait jamais de femme, jugeant plus digne de demeurer discret sur ses activités sexuelles. Ni Doug ni Nancy ne souhaitaient dans les lieux la présence d'adolescents, fussent-ils endormis, lorsqu'ils étaient ensemble, aussi n'habitait-elle jamais avec lui pendant ses tours de garde. Leur croissante intimité était pourtant officielle. Nancy et Doug préparaient ensemble des repas pour les enfants, ils allaient tous de concert assister aux matchs des Knicks, et dîner au restaurant. Doug passa tout un samedi à interviewer des entraîneurs de lycée pour sa chronique, et rentra chez lui, s'attendant à y trouver les enfants. Ils arrivèrent vers six heures avec Nancy. Ils étaient allés au musée d'art moderne, puis au cinéma, programme dont il n'avait rien su. Nancy avait appelé le matin même, avait parlé à Andy, lui avait demandé ce qu'ils faisaient, et les avait invités à passer l'après-midi avec elle. Ils rentrèrent rayonnants à la maison, tout heureux de leur sortie. Un autre samedi où Doug devait travailler, Nancy proposa de les emmener à une reprise de *You Can't Take It With You.* Doug avait le sentiment que l'aisance des enfants avec Nancy, la facilité avec laquelle ils l'acceptaient étaient une façon de lui dire : « C'est quelqu'un de bien. Ne la laisse pas échapper. »

Une des clientes de Nancy jouait dans un tournoi à La Nouvelle-Orléans, et Nancy proposa à Doug d'y passer le week-end. Ils s'envolèrent donc un vendredi soir et assistèrent au match le lendemain. La fille fut éliminée, mais tous les espoirs étaient permis. En effet, l'année précédente, elle s'était blessée au genou lors d'un match et on craignait non seulement qu'elle ne puisse pas poursuivre sa carrière, mais qu'elle ne remarche jamais normalement. Pour Nancy, compte tenu de la précarité de leur métier, les athlètes ne gagnaient jamais trop d'argent ; et Doug, qui avait fait plusieurs papiers sur le sujet, partageait assez ce point de vue. Ils en discutèrent pendant le dîner.

— Tu es comme un rêve d'enfant devenu réalité.

Une fille avec qui on couche et qui en plus aime le sport.

— Un rêve d'enfant ? Je suis désolée d'arriver si tard.

— Il n'est jamais trop tard pour ce genre de rêve.

Ils avaient retenu une chambre dans un hôtel du quartier français, et ils se délectèrent de cuisine de La Nouvelle-Orléans, de jazz dixieland et de sexe. Le dimanche, avant de se rendre à l'aéroport, ils s'arrêtèrent dans un bar pour entendre un dernier groupe dixie.

— Une nourriture exquise, l'amour, et une femme qui comprend votre métier. Ce n'est pas un mauvais programme, dit-il en plaisantant.

— Et la femme ? Elle n'est pas exquise ?

— Merci, pour ce week-end.

Puis, prenant l'air préoccupé, il s'absorba dans la musique.

— Tu sais, dit-il au bout d'un certain temps, je n'ai pas entendu de vrai dixieland depuis que j'étais gosse. Nous allions au Central Plaza, une énorme boîte, où nous buvions de la bière comme des grands. Ensuite, on essayait de baiser la petite amie, qu'on avait impressionnée en buvant de la bière comme un grand dans ce genre d'endroit. Après le jazz dixieland, je me suis frotté contre des tas de filles dans des corridors d'appartements. Amours éphémères. Que sont devenues ces filles ?

Il embrassa le bout de ses doigts.

— Merci, pour ce merveilleux cadeau, Nancy.

— La fête à La Nouvelle-Orléans ?

Cette occasion de rewriter une partie de ma vie.

Andy invita Nancy à sa remise de diplôme, qui devait se tenir au Beacon Theater.

— C'est très gentil de sa part, dit-elle à Doug. Mais je ne sais pas si c'est ma place.

— Il t'a invitée. C'est sa remise de diplôme.

— Qui d'autre sera là?

— Mes parents. Mon frère et ma belle-sœur. Karen, Susan, son mari, ses parents.

— Aïe!

— Moi-même, je suis un étranger pour certains d'entre eux.

En attendant que les portes s'ouvrent, les invités d'Andy patientèrent sur le trottoir, séparés par le divorce. Nancy revenait d'un petit déjeuner de travail dans le centre.

— Qui amènes-tu donc? demanda la mère de Doug.

— C'est l'invitée surprise. Une avocate avec qui je sors. Nancy Bauer.

— C'est sérieux?

— Laisse-le tranquille, maman, dit Marty à sa femme.

— Tranquille? Il l'est assez.

— Nous avons vu une émission à la télé. Sur les parents célibataires.

— L'homme sans femme, expliqua Norma, peut développer le côté féminin de sa personnalité.

— Vous regardez des programmes drôlement coquins, fit Doug.

— L'autre, dit Norma, faisant allusion à Susan, s'est remariée. Elle n'a pas attendu.

Nancy fut présentée aux deux familles. Les parents de Doug avaient l'expression tendue de ceux qui se demandent : Est-ce celle-là qui va sauver notre infortuné fils de ses pulsions féminines?

Doug glissa à l'oreille de Nancy :

— Toi et Susan en même temps, c'est beaucoup trop moderne pour moi.

— Ne vois en nous que deux femmes avec qui tu as couché.

Les parents de Susan accueillirent Doug avec chaleur. Leur sourde hostilité envers lui n'était plus qu'un souvenir. Doug n'avait pas vu ses ex-beaux-parents depuis trois ans. Il les trouva vieillis. Le Dr Brook avait maintenant soixante-dix ans ; il avait perdu de sa vigueur. En dépit de son raffinement, la mère de Susan lui parut aussi beaucoup plus âgée.

Le chœur de Bradley entama un pot-pourri d'airs de Bruce Springsteen. Du temps de Doug, dans les mêmes circonstances, le chœur avait chanté « You'll Never Walk Alone ». C'était en juin 1952. Il y avait plus de trente ans de cela. Cette femme avec qui il était venait à peine de naître. J'ai besoin de force. Et j'aimerais bien ne plus avoir à « marcher seul ».

Trois élèves de dernière année discoururent sur l'avenir. L'un d'eux était Andy Gardner. Il parla de l'environnement sur le mode idéaliste, ce qui n'empêchait pas son exposé d'être documenté ; il cita plusieurs entreprises très puissantes qui s'étaient rendues coupables de pollution. L'orateur principal était un ancien élève de Bradley, fonctionnaire à l'Intérieur dans l'administration Reagan ; il prononça un discours exalté sur le mode de vie américain et sur les excellentes perspectives de travail qui s'offraient aux jeunes. Doug se crut ramené aux beaux jours d'Eisenhower.

Après la cérémonie, tandis qu'on attendait Andy, Broeden se lança dans une opération de relations publiques. Il se répandit dans la foule, apostrophant les autres parents : « Qui est votre diplômé ? » de façon à pouvoir leur dire que le sien était Andy, « l'un des orateurs ». Ils allèrent déjeuner au Pasta !!! Selon ce qui avait été entendu avec Susan, Doug devait partager la note avec Broeden ; Doug paierait, et Broeden lui enverrait un chèque avec le montant de sa part. En pénétrant dans le restaurant, Broeden dit à Doug :

— J'aimerais offrir le champagne. C'est un grand jour.

— Du champagne, c'est une bonne idée, mais ce n'est pas à vous de payer.

— Ça me fait plaisir.

— On partage. Ne vous croyez pas plus important que les autres ici présents.

— D'accord. C'était de bon cœur. Mais prenons un *bon* champagne, d'accord ?

— Du Flash Broeden tout craché, dit Doug à Nancy.

— Oui, le flash est éclatant.

Dans le restaurant l'atmosphère était à la fête. D'autres diplômés étaient là avec leurs familles, les garçons se répandaient de table en table. Andy et Karen racontèrent des histoires de classe en riant. Doug se laissa entraîner par la bonne humeur générale, puis il songea au chemin embrouillé qui menait à cette réunion extravagante où se retrouvaient son ex-femme et son mari, ses ex-beaux-parents, son actuelle petite amie, son frère et sa belle-sœur, ses parents, pour fêter la remise de diplôme de son fils, les parties adverses étant décidées à ne pas s'adresser la parole. Il regarda Susan et Andy, et se souvint.

— J'ai tellement peur. Et si le bébé meurt ? Et si nous mourons tous les deux ?

— Personne ne va mourir. Fais tes respirations. Allez, chérie, continue.

— Si je meurs et que le bébé vit, tu te remarieras vite, n'est-ce pas, pour qu'il ait une mère ? Dis-moi que tu le feras.

— Susan, chut. Tu vas vivre. Le bébé va vivre. Tout va bien se passer.

— C'est son papa tout craché. Il est très intelligent, Doug. Oui, c'est ton papa. Et je suis ta maman.

— De qui m'a-t-on donné le nom ?

— Personne de particulier. Nous avons choisi Andrew, parce que ce nom nous plaisait. N'est-ce pas, Doug ?

— C'est vrai. C'est un beau nom.

— J'aime mon nom.

— Tu as reçu de jolis cadeaux aujourd'hui. Cinq ans. Tu es un grand garçon.

— C'est ta carte, papa, hein ? Le quatre de trèfle ?

— Oui. Comment le sais-tu ?

— Il n'y a pas de mystère pour Super Andy. Veux-tu que je recommence ?

— Montre à maman. Susan, il faut que tu voies ça !

— Tous les deux nous vous aimons autant et c'est pourquoi nous agissons de la sorte. Nous vous aimons trop pour songer un instant à ne pas rester l'un et l'autre dans vos vies.

— Un garçon, Doug. Un adorable petit garçon. Notre superbe bébé.

Grand seigneur, Broeden commanda une autre bouteille de dom pérignon. Doug se leva pour aller aux toilettes ; il ne voulait pas que ce fils de pute voie ses larmes.

— Je ne dirais pas que c'est la chose qui m'a le plus marqué.

Doug entendit un dimanche soir Andy prononcer cette phrase à l'adresse de Karen, tandis qu'ils défaisaient leurs affaires.

— Quoi ? demanda Doug.

— Nous avons été à Westhampton en avion, dit Andy. C'est Jerry qui pilotait.

— Répète ça doucement.

— Il a un brevet de pilote, dit Karen. Avant il pilotait, mais il s'est arrêté, parce qu'il n'avait pas d'avion. Maintenant il en a un. A New Jersey.

— Harry est venu aussi. Il n'a pas apprécié. Il a vomi.

— Harry a vomi. Et maman y était aussi ?

— Au début, elle avait un peu la trouille, dit Karen. Mais on s'habitue, et c'est vraiment fabuleux. On voit tout le monde bloqué dans les encombrements.

— Oui, les pauvres mortels comme nous, fit Doug.

Ce playboy emmène mes gosses en avion, et moi qui craignais qu'il n'y ait pas assez de gilets de sauvetage, lorsque nous prenions le ferry-boat de Staten Island !

Doug ne voulait pas téléphoner en présence des

enfants. Il attendit le lendemain d'être au journal pour appeler Susan à son bureau.

— J'ai appris que Jerry avait emmené mes enfants à Westhampton dans un avion de tourisme.

— C'est un pilote accompli.

— Vraiment? Tu as épousé un boy-scout. C'est dangereux, Susan.

— S'il faut en croire mon estomac, je ne pense pas que nous voyagerons souvent de cette manière.

— Pas souvent?, jamais! Je ne veux pas qu'ils montent dans un avion de tourisme avec un pilote d'occasion.

— C'est plus sûr qu'on ne croit.

— C'est peut-être plus sûr que tu crois, toi. Susan, que se passe-t-il? As-tu laissé ton intelligence dans la boîte à gants de la Mercedes, en épousant ce type?

— Doug, je ne crois pas que ce soit très utile.

— Ne recommence pas, je te le demande. Il y a tout le temps des petits avions qui s'écrasent. Il y a tout le temps des gens riches qui meurent dans leurs petits avions chéris. Si les enfants montent en avion pendant tes deux semaines, je ne veux pas les enterrer pendant les deux miennes.

Quelques jours plus tard, Karen appela chez les Broeden pour récupérer un livre dont elle avait besoin pour l'école, et Broeden proposa de le déposer. Doug descendit l'attendre en bas.

— Il faut que je vous parle.

— Très bien, dit Broeden en sortant de la voiture.

— Je l'ai déjà dit à Susan et je vous le répète. Je ne veux pas que vous emmeniez mes gosses en avion.

— Croyez-vous que je prends des risques avec eux?

— Je ne sais pas ce que vous ne feriez pas pour votre standing.

142

— Je ne sais pas si vous serez en mesure de le comprendre, mais je n'ai pas d'ordres à recevoir de vous.

— Quand il s'agit des enfants, si. Si jamais ils remontent dans un avion de tourisme, vous aux commandes...

— Quoi ?

— Ne vous y risquez pas.

Doug prit le livre des mains de Broeden et pour souligner son propos, décocha un coup de pied dans un pneu de la voiture de Broeden.

— Qu'est-ce qui vous prend ? Je vous interdis de donner des coups de pied dans ma voiture. J'exige des excuses.

— Je les dicterai à ma secrétaire.

Doug tourna les talons, mais Broeden l'attrapa par l'épaule.

— Je ne plaisante pas, dit Broeden, sans relâcher sa prise.

Doug lui repoussa le bras. Broeden le bouscula. Doug lui rendit la pareille. Ils s'envoyèrent des bourrades de plus en plus fortes. Broeden était un peu plus grand que Doug, plus jeune, et ses mouvements étaient plus rapides. Des joueurs de hockey, voilà ce qu'ils étaient, songeait Doug ; ils se heurtaient sourdement comme des joueurs de hockey. Comme au hockey, Doug agrippa la veste de Broeden, la lui tira sur la tête et le bouscula de nouveau. Broeden se débarrassa de sa veste et entreprit de tordre le bras de Doug. En se dégageant, Doug se prit le pied dans ceux de Broeden et tomba, entraînant l'autre dans sa chute.

— Vous aimeriez que votre nouvelle femme vous voie dans cette posture ? demanda Doug, comme ils étaient répandus sur le sol.

— Vous n'êtes pas non plus très flambard, répondit Broeden.

Ils se relevèrent.

— Encore heureux que nous ne fassions pas ça pour gagner notre vie, dit Doug en rentrant chez lui.

Doug doutait que l'échauffourée puisse prendre place dans « les grands combats du siècle ». Très gêné, il retrouva l'appartement et les enfants. Je me suis battu comme une pute dans la rue avec le mari de votre mère. Pour oublier la douleur de son épaule gauche — sa mauvaise épaule —, conséquence de la bagarre, et la meurtrissure de sa hanche provoquée par sa chute sur le trottoir, il sifflota tout le reste de la soirée.

Une carcasse vieillissante acceptait mal d'être rossée et jetée à terre. Elle ne réclamait que le calme et détestait les surprises violentes. Ses réactions à un bain chaud n'étaient pas immédiates. Doug en convenait, il n'aurait pas dû donner ce coup de pied dans le pneu. Mais c'est Broeden qui avait déclenché la bagarre. Quelle sorte de soupe au lait était-il donc ? Doug se prit à rêver d'être une sorte de *Rocky*. Il demanderait à Moe Askin, entraîneur de ses relations, de lui apprendre la boxe. Il s'entraînerait, grimperait en courant les marches de la bibliothèque de la 42e Rue, martèlerait des pastramis, et si Broeden s'avisait de le bousculer encore, Kid Pastrami l'enverrait au tapis.

Il n'entendit plus parler de voyage en avion. Les enfants retournèrent passer l'été dans un camp, où Andy fut engagé comme moniteur. Doug et Nancy louèrent une voiture pour s'y rendre le jour de la visite. Susan et Jerry étaient arrivés avant eux. Susan portait une robe blanche ; Broeden, un costume blanc, une chemise blanche et des souliers blancs, assortis d'un Panama. C'était Claudia Cardinale et Marcello Mastroianni. Doug et Nancy serrèrent les enfants dans leurs bras. Les deux couples se saluèrent avec raideur. Andy était presque aussi grand que Doug ; il était brun et beau. Plusieurs filles gloussèrent en le croisant. Karen grandissait et sa féminité s'affirmait. Avait-on déjà essayé de l'entraîner à la nuit tombée dans le hangar à bateaux ? se demandait son père. Ils allèrent tous visiter la baraque de Karen, puis se rendirent dans l'atelier, où elle travaillait à une peinture à l'huile représentant le camp. Tandis que les autres se contentaient de compliments banals, Marcello s'exclama :

— Belle lumière ! Superbes verts ! Ça rappelle l'Ecole de la vallée de l'Hudson.

Andy les emmena ensuite à sa baraque, où il s'occupait des petits de huit ans. A sa vue, trois d'entre eux s'approchèrent pour faire connaissance avec sa famille. Doug remarqua que lorsque Andy leur parlait, il mettait un genou à terre pour se trouver à leur niveau ; lui-même autrefois l'avait fait avec Andy. Les enfants le suivaient comme s'il était le joueur de flûte d'Hamelin. Tu seras un jour un merveilleux papa.

Karen les emmena voir une nouvelle machine à lancer des balles, installée sur un des courts de tennis. Broeden courut se changer et réapparut en tennisman avec un T-shirt affichant le mot « Flash ». Il essaya le lance-balles et le décréta acceptable, puis il joua avec Karen si longtemps que les autres parents durent lui demander de libérer le court pour les laisser jouer avec leurs enfants.

— Je veux tout voir et tout faire, dit Broeden en parcourant les lieux.

Il manifesta le même entrain le reste de la journée.

145

Alors qu'ils regardaient Karen jouer au volley-ball avec d'autres filles, sous les acclamations de Broeden, Nancy s'avança vers lui. Ils eurent un bref aparté. Puis elle revint vers Doug avec une mine sinistre.

— Que s'est-il passé ?

— J'avais envie de lui dire quelque chose. Je lui ai dit : « Vous devriez vous détendre un peu. » Il a très bien compris ce que je voulais dire, mais m'a regardée d'un air que je connais bien dans mon métier, un air qui veut dire : « Des juristes, j'en embauche et j'en vire », et il m'a dit : « Vous n'êtes pas payée pour me donner des conseils. »

Doug avait beaucoup attendu de cette journée, mais il n'avait qu'une hâte, c'était d'en voir la fin.

Quarante-neuf ans. Il n'avait rien voulu prévoir pour son anniversaire ; le mieux était de l'ignorer. Ses enfants n'avaient parlé de rien, et c'était très bien ainsi. Que dire de quarante-neuf ans, sinon que c'était un an de moins que cinquante. Il alla chez Nancy. Ils avaient projeté de sortir dîner ensemble, mais l'attendait une soirée-surprise organisée par ses soins. Karen et Andy étaient là, ainsi que les Kleinman, Jeannie, Marty et Ellen, et les parents de Doug. Nancy et les enfants s'étaient concertés pour le cadeau ; ces derniers avaient furtivement soustrait d'un dossier qu'il conservait chez lui les coupures de ses premiers articles. Nancy les avait fait reproduire et réunir dans une superbe reliure de cuir. Si on lui en avait parlé, il aurait refusé toute fête. Mais il fut malgré tout reconnaissant à Nancy de s'être donné tant de mal. Mais quarante-neuf ans ? Quarante-neuf ans... un de moins que cinquante.

— Une vision nationale ? Voilà les mots clés, ce mois-ci, Doug. Lorsque, assis à votre bureau, vous réfléchissez à ce que vous allez écrire, demandez-vous : « Ne suis-je pas trop provincial ? »

— Trop provincial ? Je le suis sans doute. Je suis Kid Pastrami.

— Qu'est-ce que c'est que ça encore ?

— Quel quota m'accordez-vous, cette fois-ci ?

— Ne soyez pas si susceptible. Il n'y a pas de quota. Je vous demande seulement d'adopter une vision nationale. Songez à plaire à l'ensemble de nos lecteurs.

— Doug ?

C'était Bill Wall à l'appareil.

— Oui, Bill.

— Si vous avez le moindre doute quant à l'impact national du papier que vous êtes en train de faire, nous disposons d'un moyen nouveau de tester son effet avant qu'il ne paraisse. Ce n'est pas possible pour tous les papiers, à cause des horaires. Mais, comme vous en avez souvent plusieurs d'avance, nous pouvons les prétester et vous pourrez ensuite les retoucher afin d'atteindre le lectorat le plus vaste possible.

— Un peu sur les hanches, un peu à la taille.

— Pardon ?

— Excusez-moi, c'est mon côté new-yorkais qui ressort.

Karen et Andy étaient chez les Broeden, et lorsque Doug leur téléphona, Andy lui apprit que Karen était partie pour toute la journée. Elle était allée avec Broeden, dans son avion, à Westhampton. Concession apparente à Doug, Broeden avait engagé un pilote professionnel. Doug rappela plus tard. Karen était rentrée, elle allait bien. Après avoir raccroché, il ne put s'empêcher d'imaginer les enfants dans l'avion ; tandis que Broeden se félicitait de survoler la masse des citoyens ordinaires, l'avion s'écrasait et ils mouraient tous. Ou bien Broeden les emmenait aux Caraïbes pour des vacances de rêve ; ils faisaient de la plongée sous-marine et leurs équipements tombaient en panne. Ou il les emmenait faire du ski et le câble du télésiège se rompait. Les images les pires étaient celles où il voyait Broeden vivant et les enfants morts, à cause de Broeden, son argent, son style de vie et celui de Susan. Susan n'était pas absente de tout ça, bien que ce fussent surtout Broeden et son fric qui leur valaient une mort de gosses de riches.

Le lendemain matin, il s'était enfin débarrassé de ces pensées morbides. Il en était venu à reconnaître que les accidents n'étaient pas toujours liés à l'argent, qu'ils pouvaient se produire à tout instant, n'importe où sans que les enfants soient avec Broeden, qu'ils pouvaient même se produire avec lui. Il n'était plus sûr de ses mobiles. Etait-ce vraiment pour leur sécurité qu'il les empêchait de voler ? L'exaltation de Karen pour décrire le survol du commun des mortels, le plaisir manifeste que lui procuraient les délices de sa nouvelle vie avec le boy-scout n'étaient-ils pas les véritables mobiles ?

Il appela Teterboro Airport. Il fallait qu'il sache combien coûtait l'avion de Broeden. Cent cinquante mille dollars. Je supporte les caprices de Houston, leurs études de marché et leurs petits messages sur l'ordinateur, afin de gagner assez d'argent pour faire face à mes dépenses et demeurer compétitif avec Son Eminence Flash, mais je n'ai guère plus de chance de lui tenir tête que les tortues de Rosselli en ont d'apparaître dans l'émission *Wide World of Sports*. Je me suis dépêché d'acheter une télévision grand écran, et lui, il a la télévision, l'appartement, la voiture, la maison et un avion de merde.

9.

Sur l'écran de son ordinateur Doug lut : « Très bien. Continuez ! » Sa dernière chronique était d'esprit « national ».

— Le côté diabolique du système, c'est qu'il peut toujours t'envoyer des messages, mais que tu ne peux pas lui répondre, dit-il à John McCarthy, tandis qu'ils déjeunaient ensemble.

— J'ai une idée. Tu peux te faire deux cents dollars de plus par semaine. Avec ça, puisque Hopalong t'emmerde, tu pourras aller t'acheter de nouveaux habits ou ce qui te plaît. Il faut que tu fasses de la télé.

— De la télé ?

— Pour Sports Cable Network. Ils ont besoin d'un type pour l'émission du samedi soir. Moi, je suis débordé. Tu lis quelques résultats, tu fais un petit commentaire. C'est du gâteau. Je te pistonne, pas de problème.

— Faudra-t-il aussi que je chante ?

— Tu devrais y réfléchir. Ou bien tu envoies Hopalong se faire foutre et tu écris *L'Histoire de Donna Blayton,* championne de natation et droguée.

— Esther Williams, où es-tu ? Je ne peux pas

prendre le risque de faire des piges. Je ne supporterai pas de voir Flash Broeden payer mes factures.

Pendant l'été, Nancy avait travaillé sur deux dossiers bénévoles. Le premier concernait une association d'artistes qui souhaitait acheter d'anciens entrepôts, le second, l'acquisition d'un espace pour un projet de protection de l'enfance dans le Lower East Side. Un samedi de juillet, traversant une foire qui se tenait dans la Troisième Avenue, Doug et Nancy s'arrêtèrent devant une baraque du Bronx Educational Services, qui s'occupait de l'alphabétisation des adultes. Doug discuta avec le responsable, s'intéressa à leurs activités, et décida d'organiser lors de la prochaine foire une manifestation médiatique, pour les aider à réunir des fonds et à se faire connaître. Il contacta le New York Yankees ; Dave Winfield, Ricky Henderson et Don Mattingly se montrèrent dans leur baraque. La presse sauta sur ce sujet de photo. Dans le même esprit, il obtint la participation des joueurs du Mets, qui acceptèrent de poser aux côtés des bénévoles de l'alphabétisation. Doug aurait pu y penser tout seul, mais c'est Nancy qui l'y avait poussé. Son soutien à ces organisations résultait, estimait-il, de la présence de celle-ci dans sa vie.

Ils passèrent les deux dernières semaines d'août dans les Berkshires, où ils avaient loué une maison. Ils assistèrent à des concerts à Tanglewood, dînèrent dans des auberges de campagne. Un matin, comme ils marchaient sur une route en se tenant par la main, Nancy posa la tête sur l'épaule de Doug.

— Oh, c'est ça, dit-il. Où était-ce ? J'ai dû me méprendre.

151

— Sur quoi ?

— Sur ce sentiment. Etre avec une femme et être heureux.

Il leur fallait aussi tenir compte de l'impatience des parents. Les parents de Nancy voulaient rencontrer Doug, et elle proposa qu'ils aillent tous assister à un match de base-ball.

— Mes parents aiment le base-ball et cela les disposera au mieux envers toi, le taquina-t-elle.

Ils se rendirent donc au Yankee Stadium un samedi après-midi. Petit, soigné, les cheveux grisonnants, le père de Nancy, Joe Bauer, arborait le grand nez de la famille. Il portait une chemise de sport, une veste de sport, un pantalon de serge et une casquette des Yankees. Sa mère, Ruth, était une petite brune svelte, dont la tenue n'était pas moins étudiée : col roulé de coton, pantalon, veste de golf et gros souliers de marche. Ils étaient venus jouer pour de vrai. Tous deux étaient connaisseurs ; et Joe se montra particulièrement heureux de prendre place avec la presse. Il évoqua pour Doug ses souvenirs de base-ball, les dynasties qui s'étaient succédé au Yankee Stadium, les parties fameuses au Polo Grounds, les Giants du temps de Mel Ott et son coup génial, et les lenteurs d'Ernie Lombardi. Après le match, ils allèrent dîner chez Nancy. Ses deux parents étaient professeurs d'histoire à Rockville Center. Ils avaient assisté à un match de base-ball, ils s'étaient bien amusés, maintenant il fallait passer aux choses sérieuses. Avec Doug chroniqueur sportif, le sujet était tout trouvé : « Le sport en Amérique. »

Après leur départ, Doug commenta :

— Ils ont un sacré tonus. On les croirait sortis d'un flacon de vitamine.

Il passa la nuit chez Nancy, auréolé par son succès

auprès des professeurs. Il voyait en eux un de ces couples vieillissants, sympathiques et pleins d'ardeur, qui suivent des cycles de conférences à New York. Puis il fit les comptes : Mel Ott, Ernie Lombardi, ce n'étaient pas des dinosaures. Lui aussi les avait vus jouer. Joe Bauer avait épousé la mère de Nancy à l'âge de vingt ans. Il a cinquante-huit ans. J'en ai quarante-neuf. Je les voyais comme un charmant vieux couple, alors que le père de la femme avec qui je couche est pratiquement mon contemporain.

Bob Kleinman conclut la grosse affaire sur laquelle il travaillait : un accord entre deux importants cabinets juridiques. Le week-end suivant, Sarah et lui se rendirent à East Hampton pour y acheter une maison avec piscine.

— Si on ne réussit pas avant cinquante ans, ce n'est pas la peine, dit-il à Doug pendant le déjeuner. J'ai réussi. De justesse.

— Il faut fêter ton anniversaire.

— Je l'ai dit à Sarah, et je te le dis à toi, pas de fête. Je ne vois pas pourquoi je fêterais le fait de me rapprocher de la tombe.

— Promets-moi de tenir jusqu'au bout du repas. Sinon, je règle tout de suite l'addition.

— Ce sont les pères qui ont cinquante ans. Pas nous, dit Bob l'air abattu.

— Tu es plus en forme que l'année dernière.

Bob avait fréquenté une salle de gymnastique.

— Ça doit être l'exercice, ajouta Doug.

— Je ne suis pas plus en forme. Ma vue baisse.

— C'est vrai pour la mienne.

Doug loucha sur le menu du restaurant italien et chaussa ses lunettes.

— Il me faudra bientôt des menus en gros caractères. Et de la nourriture idem.

— Je vais peut-être me taper un croque-monsieur, dit Bob. Je n'avouerai que trente-neuf ans. C'est une façon comme une autre d'affronter la cinquantaine. Avec une comptabilité bidon.

Doug n'ayant pas les moyens de s'offrir d'ici à ses cinquante ans une maison avec piscine, il décida de ne pas cracher sur les petits extras : un meilleur walkman stéréo pour le jogging, les élégants mocassins de Ralph Lauren que portait Broeden, et qu'il pourrait se payer avec l'argent que John McCarthy lui ferait gagner avec ses émissions sportives. Il demanda à McCarthy de téléphoner pour lui à Sport Cable Network, après quoi il appela lui-même Frank Cotton, le directeur général. Cotton lui expliqua qu'ils recherchaient un correspondant local qui assurerait la partie régionale de leur panorama des sports du samedi après-midi. Il s'agissait de lire des résultats de base-ball, de participer au choix des événements vedettes dont les images seraient diffusées, et de donner toutes les semaines un commentaire de soixante secondes. On demanda à Doug de préparer un essai, qui comprendrait une lecture simulée de résultats de base-ball, un commentaire, et une « expression » bien à lui, à utiliser dans les moments cruciaux, comme le « c'est parti ! » de Mel Allen.

Sur le chemin de l'audition il se rappela l'émission *Startime* des débuts de la télévision et les mines désespérées des gamins qui s'y bousculaient avec leurs sourires crispés, tandis qu'ils s'essayaient à chanter, à faire des claquettes, ou à jouer de l'accordéon pour accéder à la gloire. Il se voyait dans la peau d'un petit artiste ambitieux et vieillissant. Il sourit à la réceptionniste, conscient de la fausseté de cette grimace. Et voici Doug Gardner lui-même, de *Startime,* qui va chanter « Je veux faire du cinéma. »

Doug fut introduit dans le studio, où l'accueillit le directeur de production, Seth Peters, mince, survêtement et chaussures de sport, qui parut à Doug ne pas être encore sorti de l'adolescence.

— Monsieur Gardner, vous pouvez aller vous faire maquiller. Nous sommes à vous tout de suite. Avez-vous apporté votre présentation et votre expression.

— La voici. Saisi par la gloire.

— Non, je veux dire...

— Je l'ai.

Doug pénétra dans la cabine de maquillage, où une femme d'une cinquantaine d'années, aux cheveux rouges, portant un caftan, des colliers et des bracelets presque jusqu'au coude, se présenta d'une voix basse et enrouée. Vera.

— Je vais vous rendre très beau, dit-elle avec un accent européen.

— Je croyais l'être déjà.

— Juste une petite retouche ici et là. Vous êtes acteur !

— Chroniqueur sportif.

— J'ai fait des écrivains. J'ai travaillé pour N.B.C., A.B.C., C.B.S. J'ai fait tout le monde. Henry Kissinger. Neil Diamond. Je les rends tous très beaux. Qui êtes-vous ?

— Doug Gardner.

— Je n'ai jamais entendu parler de vous. Vous serez quand même très beau.

Tandis qu'elle s'activait, y mettant plus de temps qu'il n'aurait souhaité, Doug déclara :

— Il se pose ici un problème philosophique. Dans quelle mesure un journaliste peut-il se faire maquiller ?

— Tout le monde se fait maquiller. Le pape lui-même, je parie.

Elle tapait et tapotait, et il était de plus en plus mal à l'aise.

— Je pense que ça suffit, dit-il. Très beau.

— Pas fini. Il faut que je mette davantage de couleur ici. Vous avez le teint trop jaune. Et ces poches sous les yeux, la caméra ne pardonne rien. Vous dormez bien la nuit ?

— Où voulez-vous en venir ? Qu'appelle-t-on bien ?

— Vous dormez seul ? Je ne vous fais pas d'avances. J'ai un amant. Mais vous êtes aussi un peu verdâtre.

— Verdâtre et jaune ? Ça remplace « jeune et innocent » ?

Dans le studio, Doug était assis derrière un bureau, posé sur le plateau. Frank Cotton, blond, la trentaine, un mètre quatre-vingts, costume bleu, se présenta. On agrafa un micro au revers de la veste de Doug.

— Pour mon premier numéro, je souhaiterais chanter « Granada », dit-il pour calmer sa nervosité.

— Commençons, monsieur Gardner, annonça Peters.

Dans son commentaire d'essai, Doug opposa les surfaces de jeu artificielles aux surfaces naturelles. Il estimait que les synthétiques rendaient mieux à la télévision en couleurs, mais avaient contribué à abréger la carrière des joueurs, et que le base-ball n'était plus le même jeu, du fait que les clubs pouvaient créer des équipes spécialisées dans le jeu sur surfaces artificielles rapides. Il apporta une modification de dernière minute, décidant d'abandonner le large sourire *Startime,* qu'il ne sentait pas très bien, pour une version plus modeste, et de lire son texte avec, espérait-il, l'énergie appropriée, mais aussi avec tout le cérémonial d'un vrai journaliste.

— Très bien, monsieur Gardner. Bonne crédibilité, dit Peters. Nous allons maintenant passer à la partie simulée. Faites comme si vous commentiez des images et donnez-nous votre expression.

— Les dynamiques Cardinals ont marqué six contre Ron Darling aujourd'hui à Shea, mais ça n'a pas suffi. Darryl Strawberry était en défense. Mais reprenons l'action à la seconde manche de la sixième période. Tudor lance, un coup très long — inscrivez, inscrivez... notez-le dans le livre des records ! Deux-un, pour les Mets. Darling gagne, exit Tudor. Au Yankee Stadium, l'action s'est jouée sur un seul coup. Le voici. Winfield à la batte neuvième période, seconde manche, un à rien, pour les Twins. Deux jours sur les bases, deux batteurs sortis.

Un long coup à gauche, inscrivez, inscrivez... effacez ! Sur la clôture ! Blyleven gagne. Exit Righetti. C'était Doug Gardner pour Sport Cable Network.

— Excellent, déclara le directeur général. « Inscrivez, inscrivez, notez-le dans le livre des records ! » Et si la balle est rattrapée, la passe manquée, « effacez ! ».

— Votre expression est vraiment très bonne, dit Peters.

— Notez, livres des records..., poursuivit le directeur général. Tout cela implique l'histoire en train de se faire. Très prestigieux, ajouta-t-il solennel.

Le technicien remit à Doug une copie de l'essai, qu'il visionna le soir sur son magnétoscope avec Nancy.

— Je suis gros. Ça ne pardonne rien. Verdâtre, jaune, gros et presque quinquagénaire.

— Tu es superbe.

— La caméra ne ment pas. Je ne suis ni Cary Grant ni Howard Cosell.

— Tu as l'air très à l'aise. On dirait que tu as fait ça toute ta vie.

— Ça fait tout drôle de se voir à la télévision. Mais c'est formidable, dit-il en riant.

Doug fut engagé par Sports Cable Network. Il passerait chaque samedi cinq minutes à l'antenne à 7 heures du soir, et devrait arriver à 5 heures au studio pour préparer l'émission. Il toucherait cent cinquante dollars par semaine. Pour lui, ce n'était pas du vrai journalisme, et c'est très détendu qu'il se lança dans cette affaire. « Tout narcissisme dehors », dit-il à Nancy. A l'antenne, il était naturel et familier. Il ne se faisait aucune illusion et ne visait pas une seconde à participer un jour à Monday Night Football. Ses soixante secondes de commentaires lui permettraient d'aborder des sujets qui ne justifiaient pas une chronique entière. Il allait prendre goût à l'antenne. Et les enfants pourraient le voir à l'écran. Encaisse ça, Flash.

Dès sa première apparition, Andy lui dit :

— Tu as été vraiment formidable, très professionnel.

Karen, quant à elle, était surexcitée :

— Je n'en croyais pas mes yeux. Mon père à moi ! A la télé ! Quand je vais le dire à mes copines...

Dis-le aussi à Broeden.

Karen manqua l'émission de la semaine suivante. Entre la fin de son camp et la rentrée scolaire, pendant qu'Andy préparait son entrée à l'université, elle

158

s'éclipsa avec Broeden et Susan « pour se payer un petit peu de Londres ». Jamais avant Broeden, elle n'aurait utilisé cette expression.

— Alors, on fait de la télé.
— Pour une chaîne régionale. Oui, Robby.
— Je ne sais pas ce que je dois en penser.
— Ça vous fait de la publicité. On me présente comme « Doug Gardner, chroniqueur au *Sports Day* ».
— Laissez-moi comprendre. Vous utilisez *nos* bureaux et le temps que vous me devez pour vous faire un nom, et pendant que je vous paye plus que vous ne pourriez gagner n'importe où ailleurs, vous vendez vos services à une autre société.
— J'ai cinq minutes d'antenne, Robby. Soixante secondes de commentaires.
— Mes avocats étudient le dossier, Doug. Aux termes de nos accords, vous nous devez l'exclusivité.
— D'écriture. Mon avocat s'est déjà penché sur la question.
— Je ne sais pas si je veux que vous le fassiez.
— Que vous importe que je passe cinq minutes à l'antenne sur New York ? Est-ce aussi pour vous une question de pouvoir, Robby ?
— Bien sûr. La question est la suivante : A qui appartenez-vous ? A vous-même ou à moi ? Mais continuez. Cela dit, vous auriez dû m'en parler avant.

Doug arriva ce soir-là chez Nancy, encore sous le coup de la conversation téléphonique avec Reynolds.

159

Elle lui demanda ce qu'il avait et il lui rapporta leur échange.

— Il fait de l'autorité. Mais d'un autre côté, ta chronique est lue dans tout le pays.

— Tu veux faire ta diplomate? dit-il, lui caressant affectueusement les cheveux.

— J'essaie d'être réaliste. Je fais ça toute la journée. Je passe mon temps à peser le pour et le contre. Combien faut-il donner de soi-même pour faire le travail qu'on veut?

— Il estime probablement que je lui appartiens.

— Il se trompe. Et s'il va trop loin, tu peux en tirer les conséquences.

— D'évidence, tu ne penses pas que j'en sois là.

— Je crois que tu tires davantage de lui que tu ne lui en donnes. Tu as une tribune, dit-elle.

— J'ai aussi auprès de moi une personne astucieuse et de bon conseil.

— Mais que lui donnes-tu en échange? Ta liberté?

— La liberté, je sais ce que c'est. C'est plutôt surévalué.

Retournant un jour au bureau, après avoir déjeuné avec Nancy, Doug arriva devant Pat Lahey, assis à son bureau en maillot de corps, suant devant une bouteille de whisky. Lorsque Lahey aperçut Doug, il leva son verre et commença de réciter :

— Casey à la batte.

— Que se passe-t-il? demanda Doug.

— C'est moi qui ai fait le premier portrait écrit à New York sur Jackie Robinson. Pour le vieux *Trib*. Je les connaissais tous. Campanella. DiMaggio. Il m'appelait Paddy. « Comment ça va, Paddy? » Joe D. Joltin

'Joe. Le Yankee Clipper. Quoi d'autre, Doug. Tu te rappelles comment on l'appelait encore ?

— DiMadge.

— C'est ça. DiMadge. Dire qu'il y a aujourd'hui des gens, tes lecteurs, qui ne savent plus qu'une chose de lui, c'est qu'il apparaît dans cette chanson de Paul Simon.

— Que se passe-t-il, Pat ?

— Je suis viré.

— Merde !

Doug était bouleversé. Tout ce que représentait Pat, journaliste de la vieille école, était irremplaçable.

— Reynolds m'a téléphoné. Personnellement. Il aurait pu aussi bien utiliser l'ordinateur. Il m'a annonçé l'arrivée d'une demi-douzaine de ces jeunes et brillants spécialistes du journalisme « grand public », qui ficellent tout en quatre paragraphes. Wilkes est dans le coup. Ils travailleront par roulement, et personne ne sera attaché à New York. En liaison avec le câble. Reynolds dit que tout peut se faire de Houston. Ils n'ont besoin ici que d'un directeur de bureau. Il veut faire ça tout de suite, pour que je puisse retomber sur mes pieds, plutôt que dans deux ans. De qui se moque-t-il ? Si je restais ici jusqu'à soixante-deux ans, il me devrait des allocations de retraite. Comment veux-tu que je me recase dans le sport à cinquante-huit ans ? Tu te rappelles Feller ? Ce que j'aimais ces matchs du vendredi soir, où les Indians ouvraient les championnats au Stadium et où Feller démarrait. Et le championnat des Dodger-Giant. Quand O'Malley et Stoneham cassaient la baraque.

— Que vas-tu faire, Pat ?

— J'ai une idée. Un cousin, il a une grosse boîte de

161

vente par correspondance. Il y a longtemps qu'il veut que je travaille avec lui. Que je m'occupe du département sports. Tu as déjà vu ces nouveaux articles ? Les tirelires à l'effigie de la ligue nationale de football, les tricots de football, ce genre de chose ?

— Tu es journaliste, Pat.

— On l'est jusqu'à ce qu'on ne le soit plus. Si tu bois très vite un litre d'alcool, le cœur peut s'arrêter.

— Mais, mesdames et messieurs, nous n'en sommes pas là, n'est-ce pas ?

Doug le ramena chez lui. Il annula son dîner avec Nancy pour rester avec Pat jusqu'à ce que sa fille arrive de Long Island et prenne la relève. Le lendemain matin, le directeur de bureau prit ses fonctions au *Sports Day*. Il s'appelait Brad Smith, n'avait pas trente ans et était de Houston. Il était diplômé, dit-il à Doug, en « technologies de bureau ».

Doug déjeuna cette semaine-là avec Lahey. Il avait trouvé aux archives de la bibliothèque publique le vieux numéro du *Herald Tribune* avec le portrait de Jackie Robinson, dont Lahey lui avait parlé. Il l'avait photocopié et fait insérer dans une plaque de plastique.

— C'est superbe, Doug. Dommage qu'on ne puisse pas m'en faire autant.

Lahey avait bu avant l'arrivée de Doug et son élocution était pâteuse.

— Pat, je l'ai relu plusieurs fois. C'est magnifiquement écrit.

— Tous ces jeunes. Ils n'écrivent que pour leurs semblables. Les papiers de quelques lignes qu'on leur a appris à faire, pour des lecteurs qui leur ressemblent. Ted Williams, il n'abandonnait jamais, il traversait les mêlées, tu te rappelles ? Le Kid. Le Splendid Splinter.

— Et le Cogneur.

— Le Cogneur ! Ça c'était un bon ! Je l'avais oublié, celui-là. Fais gaffe, Doug. Il en vient derrière toi qui n'ont même jamais vu le Cogneur ou DiMadge.

10.

Andy allait bientôt rentrer à l'université. Pour sa dernière soirée à New York, il proposa à Doug de rapporter simplement une pizza pour le dîner. Il passa la plus grande partie de la soirée au téléphone, à dire au revoir à ses amis. De retour de Londres, Karen était dans sa chambre à dessiner au fusain dans un carnet de croquis. Elle ne faisait plus de peinture dans l'appartement de Doug. Celui-ci lui ayant un jour demandé pourquoi, elle lui expliqua : « C'est à cause de la lumière. Elle n'est pas très bonne ici. » Elle avait dit ça comme ça, sans penser qu'elle pouvait le blesser, en lui faisant sentir qu'il habitait une petite rue, qui n'était pas Central Park West avec vue sur le parc. C'était une simple constatation d'artiste : dans l'autre appartement la lumière était meilleure.

Aidant son fils à faire ses bagages, Doug se rappelait son départ pour l'université. Il avait quitté l'appartement de ses parents pour s'engouffrer dans le métro. Lorsqu'il avait été admis à l'université de New York, à sa sortie de Haaren High School, en raison de ses performances au base-ball, ses parents avaient donné une fête. Ils avaient servi de la viande froide et du whisky, car la réception était surtout destinée aux adultes : Frank et Norma Gardner avaient un fils à l'université! Ils étaient des Américains de deuxième génération, mais se considéraient encore comme des immigrants de par leur classe sociale. Lorsque les enfants, Doug en particulier, rentreraient dans le monde des affaires, ils acquerraient vraiment la citoyenneté américaine. Ils iraient le voir chez lui en banlieue, leur fils cadre. « New York University. Ecole de gestion », proclamait fièrement sa mère, le visage un instant illuminé. « C'est mon gars », ajoutait son père avec une tape dans le dos. Frank et Norma recevaient des félicitations de tous leurs amis, et Doug avait de la peine pour eux, qui vivaient à travers lui.

A l'université, il erra sans enthousiasme d'un cours de gestion à un autre. Il se plaignit un jour auprès du rédacteur du journal de l'université du peu de place accordé à l'équipe de base-ball. On lui demanda d'y remédier. Il se mit à écrire pour le journal, et prit des cours de journalisme pendant sa dernière année. Ces articles lui valurent un emploi de rédacteur au journal de sa garnison à Fort Dix. A son retour à New York, il était décidé à devenir journaliste. Il préféra n'avertir ses parents de son intention qu'après avoir trouvé du travail.

— Reporter sportif! s'exclama son père, lorsque Doug lui apprit son engagement au *Yonkers Herald Statesman*.

Ils étaient blêmes. Ils le regardaient, incrédules.

— Tu as fait des études de gestion, dit sa mère.

— Les affaires ne m'intéressent pas.

— En dehors de la médecine, il n'y a que les affaires, dit-elle.

— Combien gagnes-tu? demanda son père.

— Cinquante-cinq dollars par semaine pour commencer.

La déception fut encore plus grande. Quatre ans d'université et le service militaire pour aboutir à ce misérable salaire.

— C'est le bas de l'échelle. Ça montera.

— Il manquerait plus que ça, dit son père.

— J'ai un diplôme de gestion des affaires, mais je ne vois pas quelle affaire je pourrais gérer, même si j'en avais le désir. Et on ne voudrait pas de moi. Ma rupture avec le monde des affaires est consommée, de part et d'autre.

— Jamais je n'ai entendu parler d'une chose pareille, déclara sa mère.

— Il va falloir que je loue une chambre à Westchester.

— Pourquoi ne deviendrais-tu pas danseur de ballet, ou photographe de mariage avec ton diplôme universitaire? lui demanda-t-elle.

— Je suis désolé de vous avoir déçus, répondit-il d'une voix douce.

Il regarda ses parents, qui le considéraient avec consternation. Comment une chose pareille avait-elle pu leur arriver? Qui était reporter? Ils le regardaient comme s'il était un bateau disparaissant à l'horizon avec leurs rêves, et les abandonnant seuls sur le rivage.

Andy annonça qu'il allait se coucher et Doug vint lui dire bonsoir dans sa chambre.

— Alors, ça y est. Je ne peux pas croire que c'est le même garçon que je portais tous les jours sur mes épaules.

— Quand, papa?

166

— Tu devais avoir deux ou trois ans. Chaque matin, je t'emmenais à califourchon sur mes épaules acheter le journal au kiosque. Et puis tu es devenu trop grand.

— Je ne me rappelle pas.

— Tu te rappelles le pain dans le bocal et la pêche au fretin?

— Vaguement.

— Nous étions à Fire Island, sur la baie. Grand-papa m'avait montré un truc. Tu prends un bocal, tu mets du pain dedans, tu jettes le bocal dans l'eau avec une ficelle, tu le laisses quelques minutes et tu retires un bocal plein de fretin. Ce que tu étais excité! Tu me trouvais formidable.

— Je me souviens un jour, nous étions allés au zoo du Bronx. Karen n'était pas avec nous. Je ne sais pas quel âge j'avais. Il faisait froid et nous avons dû arriver très tôt là-bas, car il n'y avait personne, et les animaux venaient tous vers nous.

— Je me rappelle.

— Pendant un long moment, nous n'avons vu personne. Il n'y avait que nous deux. C'était comme si l'endroit nous appartenait.

— Ce que tu ne te rappelles pas, parce que tu ne l'as jamais su, c'est le jour, où, pour la première fois, tu as été seul à l'école. Et je t'ai suivi.

— Qu'est-ce que c'est que cette histoire?

— Maman et moi étions inquiets. Nous avions fait le trajet avec toi, mais tu étais toujours avec l'un de nous deux. Et le premier jour où tu y as été seul, je t'ai suivi de loin, pour m'assurer que tout se passait bien.

— Tu n'as pas l'intention de me suivre jusqu'à l'université? demanda Andy en plaisantant.

— Tu es grand, maintenant.

Ils se turent un instant, comme saisis par la gravité de cette constatation.

— Un jour, j'étais dans le corridor, devant le vestiaire des Knicks, dit Doug. Red Holzman était l'entraîneur. C'était quand Walt Frazier lui préparait ses coups, et Holzman lui a dit : « Je compte sur toi. Tu auras de moins en moins besoin de moi, mais quoi qu'il arrive, quels que soient tes besoins, je veux que tu saches que je serai toujours là, que tu peux compter sur moi. »

Le groupe de gymnastique de Karen devait donner un spectacle. Nancy étant revenue à son bureau pour une fête en l'honneur d'une future maman, Doug alla seul au gymnase, avec un bouquet de roses. La directrice de l'école de gymnastique, Elsa Vladic, petite femme ramassée d'une quarantaine d'années, menait prestement les opérations, tête haute, menton droit. Rien qu'à la regarder se tenir debout, Doug se sentait en mauvaise forme.

Broeden était assis au premier rang avec Susan et manifestait un enthousiasme débordant, applaudissant, s'exclamant « Superbe ! Fantastique ! » dès que Karen apparaissait. Elle fit un numéro éblouissant de barres parallèles et Broeden bondit sur ses pieds pour crier : « Bravo ! » Doug était aussi au premier rang, mais un peu plus loin. Il applaudit, mais n'était pas sûr que Karen l'avait vu. Je l'ai surveillée dans la cage à singes. Je l'ai poussée sur une balançoire quand elle était petite. J'ai installé une barre dans l'appartement et ai rapporté un trampoline. Je lui ai dit qu'elle était merveilleuse, alors qu'elle ne l'était pas encore, mais qu'elle avait besoin d'encouragement. J'étais là durant toutes ces heures, espèce de grande gueule.

Lorsque le spectacle fut terminé, Broeden se répandit dans le gymnase pour féliciter Elsa Vladic, Karen, les autres enfants, leurs parents. Il s'était érigé en maître des cérémonies.

Doug se fraya un chemin jusqu'à Karen et lui offrit le bouquet.

— Tu as été merveilleuse.

— Merci, papa.

Puis elle dut s'en aller. C'était le tour de garde de Susan. Celle-ci et son mari emmenèrent sa fille à lui déjeuner au restaurant.

— Vous ne trouvez pas qu'elle a été formidable ? dit Broeden à Doug.

— Oui, formidable.

En quittant le gymnase avec Susan et Karen, Broeden était toujours rayonnant.

Tu as volé jusqu'au sourire qui aurait dû être le mien.

L'université du Minnesota publia les résultats d'une étude sur les réactions des parents, lors du départ de leurs enfants pour l'Université. Comme le rapportait *USA Today,* les pères étaient particulièrement frappés par cette séparation, surtout ceux qui avaient consacré beaucoup de temps à leurs enfants. Je l'aurais trouvé tout seul.

Doug sentait que ses relations avec Karen étaient devenues précaires. Sans Andy, tout acquis à la garde partagée, et qui faisait la navette avec elle, n'allait-elle pas délaisser cet arrangement pour ne plus vivre que dans un seul endroit ? Il doutait qu'elle choisisse l'appartement où la lumière n'était pas « optimale ». Et pourtant elle n'avait rien de maussade. Elle lui annonça un soir qu'elle aimerait faire avec lui le tour des nouveaux restaurants chinois de New York. Ce serait une espèce de festival : ils les essaieraient tous au moins une fois. « Nous en aurons pour toute la vie », lui dit-elle. « On dit que ce sont les mêmes chefs qui passent de l'un à l'autre. Attends un peu qu'ils s'aperçoivent que ce sont aussi les mêmes clients. » A l'occasion d'une kermesse il se proposa pour distribuer des brochures en faveur des services d'enseignement du Bronx. Karen demanda à l'accompagner ; et un samedi, elle s'activa à ses côtés pendant plusieurs heures. Elle aimait toujours ses apparitions à la télévision. Il ne pouvait pas dire que sa fille le *rejetait*. Certains signes — tennis, voyages, références à Broeden, libertés prises avec le tour de garde — lui laissaient cependant penser à une certaine *partialité* en faveur de Broeden. Partia-lité. Après toutes les années qu'il lui avait consacrées, la voir ainsi pencher vers quelqu'un d'autre... Même si de fait elle ne l'avait pas encore *rejeté,* le mot de *partialité* était terrible.

Doug discutait au téléphone avec Susan des disposi-tions à prendre pour régler les frais d'université d'Andy. Entretien des plus banals. Lorsque l'affaire fut réglée, Doug dit :
— Il me manque beaucoup.
Quelque chose dans sa voix, ou bien le fait qu'Andy avait été leur petit garçon, altéra soudain l'atmosphère.
— Il me manque aussi, dit Susan. Beaucoup.
— Les séparations sont salutaires, mais doulou-reuses.
— Je sais. Tu as été un si bon papa.

— Papa. Ça fait un peu archaïque dans leur cas.

— C'est vrai. Je n'ai pas été très longtemps maman.

— C'est un peu tard, maintenant, Susan, mais il faut bien dire que je dois beaucoup au mouvement féministe.

— Peut-on en informer les médias ?

— Je me rends compte que j'étais un bon père, mais il a fait de moi un meilleur père encore.

— Si seulement j'étais toujours dans un groupe d'éveil...

— Tu aurais pu faire dix minutes là-dessus.

— Doug, il y a une compétition de gymnastique à Philadelphic dans une quinzaine de jours. Karen voudrait y assister. C'est pendant notre week-end, mais pourquoi ne l'emmènerais-tu pas ?

— J'adorerais. Mais pourquoi, Susan ?

— Parce qu'une fille a encore besoin de son papa.

— Nous allons faire de ta vie un festival de bonheur et de stimulation intellectuelle ; tu croiras rêver, annonça Nancy un soir que les enfants n'étaient pas là.

— Quand est-ce qu'on commence ? demanda-t-il en regardant sa montre.

— Dans une ou deux semaines. Si ça ne nous plaît pas, si ça nous paraît bête ou faux, nous arrêterons, mais si ça marche, nous nous amuserons bien.

Nancy organisa une série de vendredis soir dans l'appartement de Doug. Elle invita plusieurs personnes de son bureau. Il invita Jeannie, Bob, Sarah, John McCarthy et sa femme. Deux des femmes célibataires travaillant avec Nancy amenèrent des hommes ; d'autres fois elles vinrent seules. C'étaient des buffets, et chaque soirée était consacrée à un thème — politique, actualité, sport. Les gens étaient informés à l'avance du sujet choisi, et devaient se documenter avant la réunion. Certaines semaines, la discussion était remplacée par une soirée musicale : ils louaient un piano et on chantait, des chansons de *Guys and Dolls,* ou bien on lisait des pièces de théâtre. Au début, Doug trouva l'idée ridicule, et il se sentait lui-même ridicule d'y participer. Mais ces soirées remportèrent un franc succès. Lassés des dîners monotones et de la banalité de leur vie sociale, les gens se pressaient à ces réunions. Doug comprit qu'il y avait là pour Nancy deux objectifs : les réunions et lui-même. Elle avait réussi à élargir son univers social et à animer son intérieur, lui prouvant ainsi que la vie n'était pas finie.

— Tu es fabuleuse, lui déclara-t-il à l'issue d'une de ces soirées. Tu as réussi à créer une petite communauté.

— Nous.

— Non, c'est ton œuvre.

— C'est la nôtre. Ne comprends-tu pas ça ?

— J'essayais de te faire un compliment.

— Jamais je n'aurais songé à ces soirées si ce n'avait été pour nous. Tous ces magazines que tu lis, les opérettes que tu adores, tout cela venait de toi, et *ensuite* j'en ai eu l'idée.

— Je suis désolé.

— Tu peux l'être. Tu me fais beaucoup de peine.

— Je voulais simplement dire que c'est quelque chose que je n'aurais jamais fait.

— Justement, il ne s'agit pas seulement de toi. Il existe une autre entité qui s'appelle *nous.*

Doug faisait du jogging un samedi matin autour du réservoir, en songeant à des idées de chronique, aux factures, aux prochaines dépenses d'éducation, à Reynolds, qui lui avait envoyé la veille un mot sur son ordinateur : « Que diriez-vous d'un autre papier sur la forme, Doug ? Il y a du relâchement. » Près du panneau qui indiquait le mile, il éprouva une douleur à l'arrière de la jambe, une douleur mordante. Il rentra chez lui en boitant. Il souffrit de sa jambe pendant les deux semaines suivantes. Il avait lu que certains passionnés de jogging s'y vouaient comme à une drogue, et qu'ils étaient en proie, lorsqu'ils ne pouvaient pas courir pendant un certain temps, à une sorte de dépression, comparable à un état de manque. Mais pas moi, pas un traînard et un amateur comme moi. Et pourtant, le fait de ne pas faire d'exercice le rendait maussade, et puis il prenait du poids.

— Je courais pour calmer ma tension nerveuse, et lorsque c'est arrivé, j'étais justement en train de penser à ce qui provoquait cette tension nerveuse. C'est comme une mutilation volontaire, dit-il à Bob Kleinman pendant le déjeuner.

— On peut mourir en faisant du jogging. Tu n'as attrapé qu'une douleur à la jambe. Tu as plusieurs membres et fonctions vitales d'avance.

La douleur persista, et il dut se résoudre à aller voir l'orthopédiste qui lui avait soigné l'épaule. C'était un homme d'une soixantaine d'années, dont la clientèle comptait plusieurs athlètes professionnels.

— C'est une déchirure musculaire, monsieur Gardner. Pas de course, pas de longue marche, et ne forcez pas sur votre cheville, pendant six semaines environ. Tout va rentrer dans l'ordre.

— Je ne comprends pas ce qui s'est passé. J'étais bien chauffé.

— Ça arrive.

— Je n'ai jamais eu ça avant. Est-ce un effet de l'âge ?

— Voulez-vous que je vous dise la vérité ?

— C'est chose faite.

— En vieillissant, les fibres musculaires ne sont plus aussi élastiques.

Pour soulager sa jambe gauche, il devait mettre une petite talonnette de mousse dans sa chaussure. Le port de cette talonnette et l'effort involontaire qu'il faisait pour neutraliser cette déchirure musculaire contribuèrent à altérer sa démarche. Au bout d'une semaine, il souffrait de sa prétendue bonne jambe droite. Andy vint pour le week-end à New York, et proposa à son père de passer quelques heures avec lui. Doug était incapable de faire plus d'une centaine de mètres à pied. Ils allèrent en taxi dans East Side, pour voir un film. Doug se rendit ensuite au studio pour son émission de télévision ; Andy l'accompagna, puis alla rejoindre des amis, tandis que son père rentrait se plonger dans un bain chaud. D'abord les yeux. Maintenant les jambes.

Doug et Nancy dînaient chez Marty et Ellen. Pendant que Doug aidait Marty à servir les apéritifs, ce dernier lui demanda des nouvelles de sa jambe.

— Elle guérit lentement, Marty.

— Maintenant c'est mon dos qui me crée des ennuis. Par moments. Ellen dit que ça a coïncidé avec mon anniversaire. De cinquante ans.

— Je t'en supplie, ne dis pas ça. Tu es mon modèle de santé mentale.

— Moi ? Mais j'étais complètement dingo. Plus je m'approchais de cinquante ans, plus je devenais dingue. On aurait dit qu'il me manquait quelque chose, que ma vie était incomplète. Je faisais des affaires, négociais des baux, j'étais sur le point d'acheter des commerces, de me lancer dans le beignet, dans la choucroute. Je pédalais dans la choucroute.

— Marty, si toi, tu t'es fait avoir par tes cinquante...

— J'ai eu des idées délirantes. Ellen m'a remis dans la bonne voie. Et les pensées! Tu t'es déjà vu à ton propre enterrement?

— C'est ce qui vous attend ensuite?

— Accessoirement, merci. Au mien, tu as dit des choses très gentilles.

Doug était trop influençable pour laisser passer ça. Le lundi matin en allant à son travail, il sortit du métro pour se voir allongé dans la rue, victime d'une simple attaque cardiaque, provoquée par le souci qu'il se faisait de sa propre mort. Il y a beaucoup de monde à son enterrement. Pat Lahey est là. Il s'avance vers le lutrin. « Je connaissais Doug Gardner et je veux seulement dire : c'était un journaliste.» John McCarthy approuve, tout le monde approuve. Hé! une seconde! C'est tout? C'est tout l'éloge auquel j'ai droit? « C'était un journaliste.» C'est un peu bref, les gars. Son chien, Harry, est venu. Il parle. Harry parle! Harry, si tu avais pu faire ça quand j'étais en vie, ç'aurait été drôlement chouette. « C'était un bon maître. Il n'oubliait jamais de me promener», dit Harry.

Arrivant, un dimanche soir, Karen lui raconta ce qui s'était passé pendant les deux dernières semaines.

— La grande nouvelle, j'en suis surexcitée, c'est que Jerry m'a dit que je pouvais dessiner une collection de vêtements pour adolescentes et qu'il la fabriquerait et la mettrait dans les magasins Flash. Il dit que comme j'ai des dispositions artistiques, je peux très bien le faire. Tu imagines? Il va faire faire des prototypes et on verra ce que ça donne. Il dit qu'il pourrait y avoir toute une collection de sportswear appelée « Karen ». Et je vais commencer tout de suite. Je dois aller dans différents magasins voir ce qui se vend et ce que portent les jeunes, et lire les magazines, et c'est pour de vrai. Si la collection marche, je serai payée comme les stylistes qui travaillent pour lui. En attendant, je serai une espèce de conseillère pour les nouveaux vêtements qu'ils font et j'irai dans un bureau après l'école. Il a dit qu'il me donnerait un petit bureau pour moi toute seule, où je pourrai dessiner et lire les magazines, comme une vraie professionnelle. Je ne connais personne qui fasse quelque chose d'approchant. Aucune de mes amies. Je veux dire, elles sont des consommatrices. Mais être la personne qui invente ! *Karen !* Ça c'est quelque chose, non ?

— Oui. J'imagine que c'est très excitant pour toi.

Transportée par son projet, elle s'entretint à plusieurs reprises avec Broeden durant les jours suivants. Elle en parlait à Doug pendant le dîner ; elle remplissait d'idées un carnet de croquis. Doug n'arrivait pas à savoir si, en lui offrant cette occasion, Broeden était le type génial, que voyait Karen, ou s'il avait trouvé là un moyen de la détourner de lui.

Au bout de deux semaines, Karen rentra pleine d'impatience chez les Broeden.

— Je ne sais vraiment pas quoi penser, dit Doug à Nancy, un soir qu'il dînait chez elle. C'est peut-être une chance formidable pour une gamine. D'un autre côté, elle a été jusqu'à maintenant une artiste sérieuse. Il va la lancer dans la mode. C'est comme s'il la commercialisait. Tu trouves que j'exagère ?

— Je ne sais pas.

— Je ne veux pas dire qu'elle sera une grande artiste,

mais avant même qu'il en soit question, elle est déviée dans le commerce.

— Je suppose que si elle devient une brillante styliste, tout le monde s'en accommodera, dit Nancy d'une voix coupante.

— Qu'y a-t-il ?

— Qu'y a-t-il ? Toi, tu as des problèmes d'enfants. Et je me dis que dans quelques semaines j'aurai trente-six ans. Si je continue comme ça, jamais je n'aurai un Andy ou une Karen à moi. Je sais bien que c'est mon choix. Je voulais faire carrière, et cela me paraissait parfait quand j'étais plus jeune, mais la pendule biologique avance inexorablement, et je n'ai jamais voulu m'engager avec un homme. Nous sommes ensemble depuis six mois. Et puis, ce sera encore six mois. Ce ne sont pas les mêmes six mois que lorsqu'on a vingt-trois ans. Je veux me marier et avoir un bébé. Et à te voir avec tes enfants, ce n'est pas un bébé dans l'abstrait que je veux, c'est un bébé de toi. Tu trouves que je n'aurais pas dû te dire ça ?

— Mais si.

— Je suis terrorisée à l'idée de rester avec toi, et puis de rompre et d'avoir à tout recommencer et un jour il sera trop tard. Je t'aime, Doug, et je veux avoir un bébé de toi.

— Je suis très touché...

— Tu as dit exactement ce qu'il ne fallait pas dire. Dans ma tête tu dis : « Je t'aime et je veux avoir un bébé avec *toi*. » Mais il faut que tu y réfléchisses. Nous ne pouvons pas continuer ainsi.

Il se remit de sa jambe et put reprendre le jogging. Il écrivit un papier sur les jambes vieillissantes et la difficulté qu'il avait eue à reconnaître que cette forme d'exercice — aussi monotone soit-elle — lui était nécessaire. Cette chronique était sa contribution au quota imposé par Reynolds sur la forme physique. Nancy et Doug célébrèrent le trente-sixième anniversaire de celle-ci au Four Seasons. Ils parlèrent de leurs familles respectives, de leurs anniversaires les plus heureux et des plus ratés, ils rirent, et n'abordèrent pas la question que Nancy avait soulevée. Au cours des semaines suivantes, Nancy ne parla plus ni mariage ni enfants, mais Doug sentait que depuis qu'il avait été évoqué, ce problème faisait partie de leurs relations.

Bob demanda à Doug de déjeuner avec lui dans un restaurant japonais de la 16ᵉ Rue Est, loin de leurs lieux de rendez-vous habituels. On conduisit Doug dans une petite salle à manger privée séparée par des paravents. Dès que la serveuse, dont l'anglais était plus qu'incertain, pénétrait dans la pièce, Bob s'arrêtait de parler et attendait avec angoisse qu'elle ait refermé la porte, pour continuer.

— Pourquoi sommes-nous ici, Bob? C'est le genre d'endroit qu'on choisirait pour transmettre des secrets d'Etat.

— C'est à peu près ça. Il faut que tu me promettes de ne le dire à personne. Ni à Nancy, ni à Jeannie, ni à personne. Tu promets?

— Je promets.

— A personne.

— Je promets que je ne le dirai à personne.

— J'ai une liaison.

— Quoi?

— C'est une des choses les plus exaltantes, et en même temps attristantes, qui me soit jamais arrivée.

— Attristante, je veux bien le croire.

— Ça dure depuis cinq mois.

— Cinq mois ?

— Au début, ce n'était qu'un flirt, puis nous avons passé une soirée ensemble, et puis c'est devenu sérieux.

— Est-ce que Sarah est au courant ?

— Savoir est contraire à sa religion.

— Bob, qui est-ce ? Que fait-elle ?

— Connie Davis. Elle est psychothérapeute.

— Sait-elle que tu es marié et que tu as deux gosses ?

— Bien sûr.

— N'est-ce pas contraire au règlement ? Ne prêtent-ils pas un genre de serment d'Hippocrate ?

— Ils ne sont pas supposés coucher avec leurs patients, mais c'est une femme seule, énergique et normale, vivant au xxᵉ siècle. Presque au xxiᵉ siècle, ajouta-t-il.

— Que vas-tu faire ? Tu as une famille.

— Je n'ai pas besoin de ce ton de supériorité morale de la part d'un copain.

— Que veux-tu, de l'humour ? Je peux t'en donner. Oscar Levant disait que les liaisons c'était bien, mais que c'étaient les deux dîners qui vous tuaient.

— J'ai mangé les deux dîners.

— Je n'avais pas l'intention de jouer les supériorités morales, même si j'ai pu te le laisser croire. Mais je suis tellement surpris. Ce mariage, tu l'as voulu.

— C'est bien là le côté attristant. Si nous nous séparons, c'est Sarah qui aura la garde exclusive des enfants. Je ne peux pas faire ce que tu as fait. Je ne suis pas ce genre de père. Et puis, il y a la maison de campagne et tous les projets que nous avons faits de passer plus de temps ensemble.

— Alors pourquoi, Bob ?

— Je ne sais pas. Quand on est marié, on a toujours des tentations. C'est comme les virus, on est sans arrêt en contact avec des virus, mais quelquefois on est plus fragile et on attrape quelque chose. Mon mariage avait perdu de sa fraîcheur et j'ai attrapé une aventure.

— Adoptant ainsi la position de l'American Medical Association sur l'amour.

— Avec Connie, dans les meilleurs moments, c'est extraordinaire. Le sexe, Doug ! Jamais je n'ai éprouvé un tel plaisir sexuel. Miraculeux. Bestial. Nous sommes comme de superbes animaux.

Pauvre gros Bob avec son petit ventre replet ! N'eussent été la sincérité de l'homme et sa propre expérience, Doug en aurait presque ri à l'entendre parler de son plaisir sexuel. Avec Nancy aussi c'était bon. Etait-ce miraculeux ? Bob avait-il découvert un niveau de sexualité masculine qu'il n'avait jamais atteint ?

— Je ne sais pas ce qui va se passer, Doug. J'aime mes gosses. J'aime toujours Sarah d'une certaine façon. J'aime Connie. Je suis dans un tel pétrin.

Bob se mit soudain à pleurer. Tout son corps était agité de soubresauts. Doug l'entoura de son bras.

— Allons, voyons, calme-toi.

— Je ne veux pas perdre ma famille. Je ne veux pas perdre Connie. Dis-moi ce que je devrais faire.

— Comment pourrais-je ? Toi et Sarah. Si votre mariage ne marche pas... tu avais tout prévu.

— Oui.

— Et alors, qu'est-ce que je sais, moi ? Je vais avoir cinquante ans. Je suis censé savoir quelque chose. Je ne sais rien sur rien.

Prétextant du travail, il passa une semaine sans voir Nancy. Durant le week-end, il se promena dans la ville, traîna aux abords des cours de récréation, pour observer les enfants, dans l'espoir qu'une nouvelle vérité sur le mariage et la famille lui soit révélée. Du fond d'un placard de son appartement, il sortit un carton contenant sa part des photos de famille prises du temps où ils étaient mariés : Karen et Andy plus jeunes. Il mêla ces souvenirs comme des cartes. Sous les photographies, il y avait de vieux livres d'images dont personne n'avait voulu — les enfants en avaient passé l'âge — et un accès de sentimentalité les lui avait fait réclamer, lors du partage qui avait suivi le divorce. Il y avait *Boris and Amos; Goodnight, Moon; In the Night Kitchen.* Il en tourna les pages fatiguées et s'aperçut qu'il savait les textes presque par cœur.

Deux semaines plus tard, il appela Nancy et alla un soir chez elle. Lorsqu'il entra, elle affecta de prendre du recul, comme pour retrouver ses traits. Elle lui servit à boire. La tension était palpable.

— Nancy, si nous devons parler mariage, il nous faut aller plus loin.

Elle secoua la tête, comme si cela venait trop vite.

— Il me semble que ce n'est pas le moment d'aborder une affaire aussi sérieuse. Tu as l'air fatigué. Je le suis aussi.

— Il faut pourtant que nous y venions.

— Vraiment ? Ne préférerais-tu pas faire l'amour ? Soldat, je veux faire ton bonheur, dit-elle pour plaisanter.

Mais il poursuivit :

— En tant que mari, je n'ai pas de très bonnes références. Je n'en connais pas beaucoup qui en aient.

— J'opte pour un ajournement. Reparle-m'en dans quelques mois.

— Non, tu avais raison. On ne peut pas continuer comme ça.

— Dire que c'est moi qui ai mis ça sur le tapis. Moi qui suis si peu qualifiée.

— Voyons les choses en face. Tu parles de mariage et d'enfant, et il faut que je m'interroge.

— Pourquoi ai-je mêlé notre avenir à toutes ces histoires ?

— Peu importe, nous y sommes.

— Je n'aurais pas dû présenter les choses de la sorte. Mon Dieu, si dans mon métier j'agissais comme ça, je serais sans travail.

— Mais tu parlais d'enfant. C'est bien ce que tu as en tête ?

— Oui, dit-elle simplement.

— C'est donc à moi de décider. On entend parfois parler d'hommes de cinquante ou soixante ans, qui ont déjà de grands enfants, et qui recommencent, se remarient et ont des bébés. Mais comment se sont passés leurs premiers mariages, je n'en sais rien. Je ne sais pas quel genre de pères ils étaient alors, combien de temps ils consacraient à leurs enfants, à quelle heure ils rentraient chez eux, s'ils leur achetaient des souliers, s'ils les emmenaient chez le médecin, et ainsi de suite, ou bien s'ils rentraient pour se mettre les pieds sous la table ? Moi, j'étais là. Du temps, je leur en ai donné. Et je sais ce que cela implique. Et même s'il m'en coûte de le dire, je ne me sens pas capable d'aimer un enfant de cette façon-là, avec autant d'intensité, et de lui consacrer autant de temps. Et devoir supporter de nouveau une séparation, je n'ai pas le courage. Ni la force, dit-il d'une voix altérée.

— Je suis trop bête. T'adresser un ultimatum. Comment ai-je pu agir ainsi ? Ecoute, Doug, tu ferais un père merveilleux, parce que tu l'es, et que tu l'as toujours été.

— Nancy, je ne peux pas recommencer.

— Tu aurais une femme et un enfant pour t'aimer, des enfants peut-être. Parce que tu es formidable. Et je suis formidable. Je suis ce qui pouvait t'arriver de mieux. Et avec nous, ça marcherait !

— Ce n'est pas garanti. Les choses ne se passent pas toujours comme on l'imagine.

— J'étais si contente de te voir, et tu es venu me dire au revoir.

Elle avait les bras croisés et se tenait les flancs avec une expression douloureuse.

— Nancy...

— Non, rentre chez toi. Va-t'en. Je suis trop bête. Mais tu es un imbécile.

11.

Il était seul chez lui en train de lire des périodiques, la radio diffusait « I Get Along Without You Very Well », mais ce n'était pas à Susan qu'il pensait en écoutant cette chanson. Sans Nancy, sa vie changea de façon radicale. Plus de soirées le vendredi. Leurs rapports, leurs échanges téléphoniques durant la journée, sa présence la nuit, l'intimité, la stabilité — plus rien. Celui qui a dit « Une mauvaise décision est préférable à pas de décision du tout » n'allait pas avoir cinquante ans et ne venait pas de rompre. Il était incapable d'appeler qui que ce soit, d'endurer le laborieux processus des recommencements. Sarah Kleinman et Jeannie lui donnèrent des numéros de téléphone. Il ne les utilisa pas.

Après trois semaines de lecture nocturne, il accepta une suggestion de Jeannie. Elle l'avait informé que le Y.M.C.A. de West Side avait un club de célibataires ; elle y avait été plusieurs fois avec des amies, et il pourrait peut-être trouver quelqu'un sans avoir à passer par le rite du rendez-vous. Il assista à une conférence, suivie d'un quadrille. Donnée par un professeur de sociologie de Hunter College, la conférence était intitulée : « Qu'est-ce que le mariage ? » Une vingtaine de célibataires se tortillaient dans leurs sièges, en louchant sur les « partenaires possibles », tandis que le professeur, une femme mariée d'une quarantaine d'années, vantait les mérites de l'engagement à un auditoire impatient d'en avoir fini avec la conférence pour pouvoir circuler. On servit du vin dans des gobelets en carton. Les femmes et les hommes relativement jeunes étaient attirés les uns par les autres comme de la limaille de fer par des aimants. Un homme bedonnant d'une quarantaine d'années bavarda avec Doug, mais se désintéressa de lui lorsqu'il comprit que celui-ci n'avait pas l'intention de prendre une assurance-vie. Une femme presque obèse d'une trentaine d'années, vêtue d'une robe sac, discutait avec un homme d'une quarantaine d'années, qui avait bien une demi-tête de moins qu'elle. L'homme portait une veste en tweed bleu et un pantalon vert pomme. Elle regarda à plusieurs reprises Doug, lui sourit ; par politesse il lui sourit en retour. On retira les chaises pliantes, et la directrice, énergique petite femme d'environ soixante ans, ordonna : « Empoignez vos partenaires ! » Elle mit un quadrille sur le phonographe. Doug, la grosse dondon, l'homme au gros ventre et l'homme au pantalon vert regardaient les autres danser.

— Allons, faites connaissance. N'êtes-vous pas là pour faire connaissance ? proféra la directrice en entraînant les outsiders dans le cercle.

Doug et la grosse femme dansèrent en se tenant la main. Après quelques tours endiablés autour de la piste, le visage et les aisselles en eau, elle lui prit la main et l'entraîna sur le côté, où elle se versa un verre de vin.

— Je ne vous ai jamais vu ici avant.

— C'est la première fois que je viens.

— Je suis Donna.

— Doug.

— Doug, permettez-moi de vous poser une question personnelle. Supposez que vous soyez allé à un bal et qu'une femme vous ait repéré de loin et que vous lui ayez plu. Qu'elle ait tout de suite vu que vous étiez différent. Que travaillant dans un service du personnel, elle ait été un bon juge. Et qu'elle vous ait dit que les autres hommes étaient des pauvres types, mais qu'elle vous aimait et voulait vous ramener chez elle pour baiser. Baiser comme jamais vous n'avez baisé. Baiser jusqu'à extraire de vous la dernière goutte, que vous soyez si mou que vous pensiez ne jamais plus pouvoir bander, et qu'elle réussisse pourtant à vous exciter avec sa langue sur votre pénis. Que diriez-vous de cela?

— Je dirais que vous savez vous exprimer.

— N'avez-vous jamais rêvé de pénétrer dans un endroit pour jeter un coup d'œil, de rencontrer une femme qui vous ramène chez elle et vous baise jusqu'à ce que vous soyez tout mou? Et je peux aussi dire des cochonneries, mieux que ces trucs au téléphone. Je raconte de telles cochonneries que je peux vous faire jouir rien qu'en parlant. Alors, qu'en dites-vous, Doug? D'ici à quelques minutes vous pouvez me posséder.

— Franchement...

— Je ne le propose qu'une seule fois. C'est votre dernière chance.

— C'est un fantasme comme un autre, mais ce n'est pas le mien.

Elle lui lança un regard mauvais et tourna les talons.

— Alors, vous vous amusez, ici? lui demanda la directrice, comme il se dirigeait vers la sortie.

— Des gens pleins d'allant.

Comme le raconta Karen, la collection « Karen » était encore au stade préliminaire. Malgré toutes ses recherches, aucun de ses dessins n'avait mérité la confection d'un prototype. Le bureau qu'on lui avait fait miroiter se révéla n'être qu'une table au service comptabilité. Doug aurait pu dire à sa fille que Broeden était inconséquent, qu'il se défilait, mais elle était encore trop enthousiaste, et il n'avait pas les moyens de river son clou à Broeden.

Avec 560 000 exemplaires, la diffusion du *Sports Day* dépassa celle du *San Francisco Chronicle,* pour gagner la treizième place de tous les journaux du pays, et la deuxième après le *Wall Street Journal* dans la catégorie des journaux spécialisés. Pour fêter ce succès, les membres du personnel furent invités à un grand déjeuner à Houston. Doug était l'un des héros de la fête. Reynolds offrit des cadeaux personnalisés ; pour Doug, une tenue de jogging avec ces mots sur le dos : « Des jambes de 50 ans. »

— Je vous félicite, Doug, mon garçon, dit Reynolds après le déjeuner. D'avoir fait ce papier sans que je vous y pousse.

— Je suis un joueur d'équipe, Robby, dit-il avec emphase.

— Mais vous êtes toujours à la télé, si je ne me trompe.

— Le jeu d'équipe a ses limites.

— Cinq cent soixante mille. Suis-je autorisé à dire : « Je vous l'avais bien dit » ?

— Probablement.

— Vous savez que nous gagnons des lectrices. Pas

tout à fait assez. Que diriez-vous d'un petit tour dans un de ces coûteux bars à eau et d'écrire quelque chose dessus ?

— Robby...

— Je pense que ce serait amusant de lire vos impressions dans une situation de ce genre.

— Ce n'est pas du sport.

— Mais vous lire serait un amusement. La frontière entre les deux n'est-elle pas relativement ténue ? Doug Gardner dans un bar à eau. Ce n'est qu'une suggestion, Doug. Vous pouvez la prendre comme un ordre.

Un papier du *New York Times* sur les présentateurs sportifs mentionnait les « intelligents commentaires hebdomadaires de Doug ». A la suite de l'article du *Times*, Frank Cotton, le directeur général, lui offrit deux minutes d'émission et cinquante dollars de plus par semaine.

— Qu'aimeriez-vous faire ? demanda Cotton. Des interviews ? Un commentaire plus long ?

— Il y a des gens qui ne savent même pas qui était le Splendide Splinter.

— C'était qui ?

— Ted Williams.

— Mais bien sûr.

— Si je peux avoir de la pellicule, je ferai deux minutes chaque semaine sur quelques-uns des grands athlètes du passé.

— Les Souvenirs de Doug Gardner. Bravo !

Je suis assez vieux pour avoir des souvenirs.

Avec l'allongement de son émission, il se considérait comme une personnalité mineure de la télévision ; à sept minutes par semaine, il était tout à fait mineur. Il arrivait que des gens dans la rue le dévisagent, comme s'ils avaient du mal à remettre son visage. Non, je ne suis pas David Brinkley. Parfois c'était lui qui regardait les femmes en premier, réminiscence de ses années d'adolescence, lorsqu'il fixait les filles dans la rue, pour voir si elles soutiendraient le regard de l'étalon qu'il était. Il reprit ce jeu durant la période de vaches maigres qui suivit le départ de Nancy. Comportement absurde. Dévisager les femmes, tester sa séduction, son degré de célébrité. Certaines soutenaient son regard, la plupart détournaient les yeux. Parmi les plus jeunes, quelques-unes prenaient un air contrarié. Qu'as-tu à me regarder comme ça? semblaient-elles demander. Une jolie femme parut inquiète. « Qu'a-t-il à jouer de la prunelle, ce vieux con? Ne va-t-il pas faire de l'exhibitionnisme? » eut-elle l'air de se demander. Et il abandonna ce petit jeu.

Nancy téléphona à Doug, prétextant les coupures de journaux qu'elle avait réunies pour constituer une collection de ses articles, et qu'elle ne lui avait toujours pas rendues. Elle ne voulait pas les envoyer par la poste, dit-elle. Le début de la conversation tourna autour des coupures.

— Nancy, que deviens-tu?

— Je suis très occupée. Célibataire, occupée et avocate. Ça pourrait faire un article dans la presse féminine.

— On pourrait peut-être prendre un verre ensemble.

— Et je te donnerais les coupures.

— Bonne idée.

— On se retrouve à mi-chemin? proposa-t-il.

— Pour le verre, tu veux dire? Dans le hall du Plaza à 19 h 30 demain.

Ils s'abordèrent d'un air embarrassé et hésitèrent, ne sachant pas s'ils devaient s'embrasser, se jeter dans les bras l'un de l'autre, ou se serrer la main ; ils optèrent pour un baiser discret. Une fois à table, Nancy lui remit les coupures, et Doug la remercia. Ils en avaient fini avec les coupures. Elle demanda des nouvelles de Karen et d'Andy, il lui demanda comment allait son travail, elle lui demanda comment allait le sien. Ils revinrent à son travail à elle, puis à son travail à lui.

— Ce qu'on s'ennuie ! dit-il.

Et pour la première fois ils sourirent.

— Un homme qui me dira que je suis ennuyeuse quand je le suis.

— Nancy, ça n'a pas été la joie ces derniers temps.

— Pour moi non plus.

— Au début, je me suis dit : en fin de compte c'est mieux pour elle. Espérons qu'elle rencontrera quelqu'un. Mais l'idée que tu puisses être avec quelqu'un...

— Il y a une loi de prescription pour ce genre de souci. Dans le monde où nous vivons, c'est environ une semaine, dit-elle.

— Tu me manques.

— C'est toi qui me manques.

— Alors, si cette séparation nous rend malheureux, pourquoi nous l'imposer ?

— Parce qu'en fin de compte c'est mieux ?

— Il faut que nous nous revoyions.

— C'est à voir. Peut-être.

— Alors c'est décidé.

— Doucement, Doug. Il y a encore quelques petites choses à mettre au point. Que va-t-il se passer ? Nous recommençons comme avant ?

— Bien sûr. Nous serons de nouveau ensemble.

— Et ?

— Et nous serons heureux.

Elle attendit. Il ne proposa rien de plus.

— Il n'y avait pas là une proposition de mariage qui m'aurait échappé ? demanda-t-elle d'un air malicieux.

— Non, répondit-il doucement.

— Doug, je veux me marier et avoir un enfant. Si je n'avais pas cette volonté, ou s'il était trop tard, ce serait différent.

— Tout ça me dépasse, dit-il tristement. J'aimerais comprendre. J'ai déjà eu mes enfants.

— Je sais. Tu as été très clair. J'ai été très claire. Nous sommes deux personnes parfaitement claires et directes.

— Peut-être pourrions-nous décider un moratoire et ne plus en parler.

— Je suis convaincue que ce serait très bien, pour un temps.

— D'accord. Je ne soulèverai pas la question si tu ne la soulèves pas, plaisanta-t-il.

— Combien de temps crois-tu que ça durerait ? Nous en reviendrions toujours au même point. C'est ce que nous venons de faire. Il a suffi de quelques minutes pour en revenir au même point.

— Allons, mon enfant. Nous vivrons ensemble. C'est tout de même quelque chose.

— C'est tentant. Si j'accepte, c'est mieux qu'une liaison avec un homme marié. J'aurais au moins droit au Thanksgiving Day.

— Alors ?

— Réponds-moi honnêtement, dit-elle. Quelque chose a-t-il changé ?

— Nous savons combien nous nous manquons.

— Mais quelque chose a-t-il changé ? Vraiment ?

— Non, fut-il obligé d'admettre.

191

— Doug, ça ne peut pas marcher. Je soulèverais la question du mariage et des enfants. Sans relâche. Je sais que je le ferais. Et nous finirions par ne plus beaucoup nous aimer.

Ils se turent, découragés.

— C'est mieux ainsi, dit-elle sans conviction. Comme ça nous pourrons au moins garder un bon souvenir.

Aucun des deux ne put ajouter quoi que ce soit. Elle se leva, l'embrassa sur la joue, le regarda longuement, un dernier regard, et s'en alla.

Il était inconsolable. Il s'obligea à utiliser les numéros de téléphone qu'on lui avait donnés : une coordinatrice de mode par Jeannie, une jardinière d'enfants par Sarah. Son manque d'enthousiasme influait sur les soirées. Premiers rendez-vous. Quels sont vos intérêts ? Chacune de ces femmes, il la voyait une fois, un point c'est tout.

— Je crois que je ne peux plus affronter ce genre de rendez-vous, dit-il à Jeannie après une séance de cinéma. Je suis trop vieux pour rencontrer des inconnues. Je suis trop vieux pour les rendez-vous.

— Appelle ça autrement, mais tu ne dois pas lâcher. C'est ce que je me dis, malgré tous les raseurs que je ne cesse de me taper.

Il alla dîner chez les Kleinman, mais, du fait qu'il était au courant des activités de Bob, il se sentit mal à l'aise en leur présence. Il avait l'impression de trahir Sarah, et il ne retourna plus dîner chez eux.

Reynolds envoya un message sur l'ordinateur : « Prenez un jacuzzi, essayez le masque de boue. J'achète. »

Il répondit à Reynolds par écrit : « Cher Robby. Les chroniqueurs sportifs ne peuvent pas aller dans des bars à eau. Il y a contradiction dans les termes. » Il s'attaqua alors à un sujet qui jusque-là lui avait échappé. Billy O'Shea était le premier footballeur professionnel de John Jay College, l'école de police de New York. Il avait joué pendant un an comme attaquant avec les Birmingham Stallions de la ligue américaine de football. Une blessure au genou sur terrain artificiel avait mis fin à sa carrière, et Doug avait écrit deux papiers sur lui, le premier pendant sa période d'essai avec les Stallions, le second quand il avait dû quitter le football. Il avait vu plusieurs fois O'Shea au Blarney, et chaque fois celui-ci faisait allusion à une bonne histoire, qu'il se déciderait un jour à raconter. Doug l'appelait régulièrement jusqu'à ce qu'il se déclarât enfin prêt. Il demanda à Doug de venir dans son appartement-jardin de Bayside, dans le Queens. O'Shea paraissait avoir été monté en kit. La trentaine, un mètre quatre-vingts, il pesait environ cent vingt-cinq kilos ; son cou, ses épaules, ses bras et son torse étaient tellement musclés qu'ils semblaient impossibles à redémonter.

— Billy, que deviens-tu ?

— Marié, dit-il fièrement en entraînant Doug dans son salon tout de cuir meublé.

— Chérie ! appela-t-il.

Une rousse d'une vingtaine d'années, couverte de taches de rousseur, arriva dans la pièce.

— Voici Megan. Doug Gardner.

— J'ai beaucoup entendu parler de vous, dit-elle.

— Je te préviens tout de suite, Doug, ceci doit être enregistré.

Doug acquiesça, sortit un magnétophone de sa serviette et le déposa sur la table en verre qui les séparait.

— Habituellement, ce sont les superstars dont on parle, mais tu as écrit sur moi, c'est pour ça que c'est toi que j'ai choisi pour cette révélation. Il n'y a pas de bon mariage sans loyauté, et pas de loyauté si on n'est pas loyal.

En un récit laborieux, prudent, O'Shea admit avoir été un gros consommateur et fournisseur de stéroïdes anabolisants, du temps où il jouait au football en professionnel. Ces produits, analogues de l'hormone mâle, la testostérone, étaient très prisés des culturistes, des haltérophiles et, de toute évidence, des joueurs de football, qui en tiraient une résistance à l'effort accrue. Ils ne pouvaient en principe être utilisés que sur prescription médicale.

— Le marché noir était si bien admis dans le football professionnel qu'on ne pouvait même plus parler de marché noir. On vous en propose comme on vous offre un verre.

Il jeta un regard en direction de Megan, qui l'encouragea d'un signe de tête.

— L'ennui, c'est que j'ai été flic. J'ai trouvé une bonne source, et j'ai fini par en distribuer.

A la suite de sa blessure, il avait arrêté de jouer et d'utiliser ou de vendre des stéroïdes. Actuellement, O'Shea dirigeait un service de gardes du corps avec plusieurs anciens autres officiers de police. Il était inattaquable, mais moralement, pour se sentir « tout à fait propre », il lui fallait faire cette confession. En dehors du *Sports Illustrated,* pratiquement rien n'avait été écrit sur l'utilisation illégale de stéroïdes dans le football professionnel, et Doug promit aux O'Shea de faire un papier. La chronique parut, le sujet fut

194

largement repris par d'autres journaux, et O'Shea profita des interviews qui s'ensuivirent pour renouveler sa confession.

En remerciement, les O'Shea envoyèrent à Doug un énorme panier rempli de fruits, de noisettes et de chocolats, cadeau ruineux et charmant dans sa naïveté.

— Salut, Doug. Comment va notre New-Yorkais ?

— Bonjour, Robby. Comment va notre Houstonien ?

— Je voudrais vous parler un peu de cette chronique sur O'Shea. Je comprends pourquoi vous l'avez faite, je suis content que les autres journaux nous aient cités, mais, personnellement, je n'ai pas beaucoup aimé.

— Ah !...

— Trop déprimant. Trop sombre. Nous avons fait une étude. Je vais laisser Bill Wall vous expliquer. Le voici.

— Doug, les gens ne veulent plus qu'on leur parle de drogue. Lorsqu'on a demandé à nos lecteurs s'ils voulaient en savoir plus sur les athlètes et la drogue, soixante-neuf pour cent ont répondu non.

— Ils sont saturés d'histoires de drogue, dit Reynolds. C'est toujours à peu près la même chose. Et ils ne veulent pas voir leurs héros sous ce jour.

— Si l'histoire est fondée, il faut l'exploiter.

— Ne discutez pas. Vous avez casé votre machin sur O'Shea. C'est très bien. Mais ne sortez plus de ces sales histoires.

— Quatre-vingts pour cent de nos lecteurs veulent qu'on leur parle davantage des aspects positifs de l'Amérique, dit Wall.

195

— Ça en fait partie, répliqua Doug. Un homme qui avoue sa culpabilité.

— Sans doute êtes-vous satisfait d'avoir écrit ce papier, dit Reynolds. Mais c'est trop déprimant. De l'optimisme, Doug.

— Je devrais interviewer Lee Iacocca pour savoir ce qu'il fait pour garder la forme. Ça couvrirait à peu près tout.

— Doug, soyez sérieux. Cherchez des histoires exaltantes, trouvez des héros. Il n'en manque pas dans ce grand pays qui est le nôtre, dit Reynolds sur un ton facétieux. Alors trouvez-le, Doug. Il faut en passer par là si vous voulez être content de vous.

Depuis quelque temps, le bureau était envahi de solliciteurs avides de figurer dans la chronique de Doug : cinq attachés de presse vendant leurs clients, quatre fabricants lançant de nouveaux produits, trois athlètes se lançant tout seuls, deux organisateurs de rencontres de catch, et un Rosselli dans un costume brun étincelant.

Doug travaillait à une chronique sur la rémunération des athlètes. Il avait interviewé Steve Macklin, avocat prospère qui défendait les intérêts de plusieurs joueurs de base-ball célèbres. Macklin ne mâchait pas ses mots. D'après lui, les athlètes apportaient quelque chose au public, et il était normal qu'ils gagnent le plus d'argent possible. Grand et fort, Macklin avait une dégaine de truand, qualificatif plus charitable que celui que lui décernaient ses ennemis dans le milieu du base-ball.

— Si les athlètes sont si riches, avait-il dit à Doug, comment se fait-il qu'il n'y en ait aucun parmi les propriétaires de clubs de base-ball ?

Doug était assis au Blarney à revoir les notes de son interview, lorsqu'il remarqua Tony Rosselli, qui essayait désespérément de s'inscrire dans son champ de vision. La dernière fois qu'ils s'étaient vus, Rosselli avait tenté de convaincre Doug de consacrer une chronique à une course de chiens bâtards. Des citoyens ordinaires avec leurs chiens ordinaires. Le projet promettant d'être populaire, Doug avait accepté de se rendre dans une cour d'école d'East Harlem, où Rosselli organisait une démonstration à son intention. Une piste avait été dessinée à la craie. Deux douzaines de propriétaires y tenaient leurs cabots en laisse. Un gamin à bicyclette dépassa les chiens en brandissant une saucisse. Rosselli hurla :

— Partez !

On avait lâché les chiens et ç'avait été le foutoir : une douzaine d'entre eux s'étaient précipités derrière la saucisse, d'autres s'étaient mis à pisser, quelques-uns à se pourchasser, aucun ne respectant si peu que ce soit les règles d'une course. Et Doug s'était vu contraint de dire à Rosselli :

— Je ne crois pas que les courses de chiens populistes soient encore un sport.

— Tu as une minute, Doug ?

— De quoi veux-tu me parler encore ? De courses de chats ?

— D'un truc de première. Pense aux jeux Olympiques, Doug. Comment sont formées les équipes ? D'étudiants, d'anciens étudiants. Mais qu'advient-il de tous ceux qui ne parviennent pas à l'université ? De tous ceux dont les résultats scolaires ne sont pas assez bons ou qui ont été perturbés dans leur enfance ? De tous les malchanceux ? De l'athlète exceptionnel qui ne rentre pas dans le système ?

Il regarda Doug avec inquiétude pour voir s'il suivait.

— Continue...

— Nous allons organiser des jeux Olympiques pour tous ceux-là. Les Olympiades de la Rue. Nous ferons ça dans des lieux publics, comme ce stade, où quelqu'un que je connais, et ne nommerai pas, s'est fait baiser par des loups. L'athlétisme, ça ne coûte pas très cher à organiser. Et on peut le faire partout.

Il prit un morceau de papier et lut :

— Nous repérerons ceux que le système a laissés de côté et nous les mettrons sur un chemin neuf...

S'adressant de nouveau à Doug, il ajouta :

— Nous donnerons de nouvelles chances aux adolescents que la chance a abandonnés. Et même s'ils n'arrivent pas jusqu'aux jeux Olympiques, ils pourront participer à de vraies rencontres d'athlétisme. Nous formerons de vraies équipes.

Retournant à ses notes, il poursuivit :

— Nous leur donnerons une seconde chance de gloire.

Puis il leva les yeux de ses papiers et précisa :

— J'ai une nouvelle amie, formidable. Elle est agent de voyages. C'est elle qui a écrit ça. Alors voilà, Doug, les Olympiades de la Rue.

Doug demeura songeur. Rosselli, inquiet, ne le quittait pas des yeux. Ça tenait debout. Rosselli avait enfin mis dans le mille. L'idée était bonne. Et morale, en plus.

— C'est un beau projet, dit Doug.

— Vraiment ?

— Ça pourrait faire un événement.

— Oui ?

— Et si tu aboutis, tu te feras un nom dans le domaine du sport.

— Ecoute...

— Je ne veux pas te décourager, Tony, au contraire. Je vais t'aider. Tu auras ta chronique.

— Vraiment ?

— Absolument. J'y mettrai ton nom et tout.

— Tu ne me fais pas marcher ?

— Non, Tony. Je vais faire un papier.

— Seigneur ! J'ai ta chronique ! Il faut que je file. Je vais prévenir mon amie.

Rosselli ne savait que faire de ses mains. Il les porta à son visage, serra celles de Doug avec effusion et se cacha de nouveau le visage.

— Dans le journal ! fit-il. Ça va être dans le journal ! Puis il ajouta :

— Je savais bien que l'idée était bonne !

Sur ce il s'éclipsa.

Doug acheva son papier sur Steve Macklin et les salaires des athlètes et s'attaqua aux Olympiades de la Rue. Il interviewa Rosselli dans les formes et prit contact avec divers entraîneurs et responsables d'organisations d'athlétisme, pour avoir leurs réactions. La chronique était encore à l'état d'ébauche lorsque Reynolds passa par New York avant de s'envoler pour l'Europe avec sa femme. Il entra dans le bureau de Doug et jeta un coup d'œil sur l'écran, où apparaissaient des fragments du papier sur Rosselli.

— Qu'est-ce que c'est que ça ?

— Vous allez être très content. C'est exaltant. Optimiste. C'est un papier digne des années Iacocca que nous vivons.

— Des Olympiades de la Rue ? Pour les loubards ? fit Reynolds tout en lisant. Nos lecteurs s'en foutent. C'est dans nos enquêtes que vous avez vu ça ?

— Ceci doit être écrit.

— Les loubards agressent les gens. Ils se battent entre eux. Nos lecteurs ne s'intéressent pas à ces voyous et à ces paumés.

— D'où tenez-vous ça, Robby? C'est une idée géniale dans le domaine du sport.

— Comment pouvez-vous imaginer que des loubards correspondent à ce que j'appelle « exaltant » ? C'est votre côté new-yorkais qui vous égare. Passent encore les mutilés du Viêt-nam qui courent le marathon sur des béquilles. Les ménagères banlieusardes qui traversent le Michigan à la nage. Mais des loubards, non ! Pas la peine de perdre davantage de temps avec ça. Ce n'est pas un sujet pour nous.

— C'est ma chronique.

— Peut-être, mais je refuse ce papier. Ne le faites pas passer.

Et il sortit du bureau de Doug.

Doug ne tergiversa pas longtemps. Il alla boire deux bières au Blarney, regagna son bureau, écrivit son papier et l'envoya à Houston. Il était à son bureau, le lundi après-midi, jour de parution de la chronique, lorsque Reynolds entra. Pas de sourire texan.

— Je vous croyais en Europe, Robby.

— Nous n'y avons passé que le week-end.

— J'aimerais faire ça un de ces jours. Vous avez pris le Concorde ?

— La chronique a paru, Doug.

— Oui, je l'ai envoyée.

— Je vous avais dit de ne pas le faire. Brad !

Le directeur de bureau apparut à la porte.

— Apportez-moi un sac poubelle. Vous en avez un ?

— Dans la cafétéria.

200

— Apportez-le.

Reynolds se tourna vers Doug.

— Flanquez toutes vos affaires dans ce sac et emportez-le. Nous avons quatre chroniques d'avance. Ça suffira. Vous êtes viré. Si vous n'êtes pas dehors dans les trois minutes, je vous fais expulser par le service de sécurité.

— Et vous me jetez sur le trottoir comme dans un western?

— Vous êtes vraiment le petit malin de New York.

— Et vous le petit malin de Houston.

— J'espère que vous avez de quoi vivre, Doug. Parce que vous n'êtes pas prêt de retrouver une situation comme celle-ci, avec un salaire pareil.

— Allons, Robby, vous savez bien que ce n'est pas un problème de gros sous. On ne tient pas les gens par le fric.

12.

Cinquante ans. Il était plus près de cinquante ans que de quarante-neuf. Encore cinq mois. Son unique revenu provenait de la télévision, et cela ne suffisait pas. A un âge où il aurait dû se trouver au sommet de sa carrière, en dehors de quelques minutes d'émission par semaine, il n'avait rien.

Cinquante! Le général MacArthur, les amiraux, les directeurs d'école avaient cinquante ans. Parmi les femmes de cinquante ans, il y avait Tallulah Bankhead, Eleanor Roosevelt, les divas. Phil Niekro, ce lanceur vicelard qui avait l'air d'un vieillard, n'en avait même pas cinquante. Abby Meltzner, le serveur que ses parents connaissaient et qui avait dû se retirer parce qu'il avait la tremblote, avait cinquante ans.

— Pose le verre, Abby, lui avait dit son patron. Il faut que tu rentres chez toi.

— Je vais rentrer chez moi, avait répondu Abby. Mais je ne peux pas poser le verre.

Cinquante ans était plus près de soixante, l'âge de la retraite. A cinquante, il n'y a plus qu'à accepter d'être ce qu'on est, plus question de rêver à ce qu'on pourrait devenir.

— Tu as sept mois à vivre, lui annonça Bob Kleinman sur un ton lugubre.

Cela se passait à l'étude de Bob.

— Tu veux dire qu'il me reste sept mois avant que l'argent que j'ai en banque soit épuisé. Ce n'est pas la même chose que sept mois à vivre.

— Parce que tu crois que pour des hommes de notre âge et de notre condition être sans argent ce n'est pas la mort?

— Bob, ça t'est déjà arrivé de te voir à ton propre enterrement?

— J'ai été tellement souvent à mon enterrement que pour moi c'est comme revoir *I Love Lucy.*

— Au mien, mon chien a parlé. Bref, mais touchant.

— De quoi es-tu mort?

— De la peur de mourir.

— La dernière fois, je suis mort en baisant. Connie prétend que je fais une fixation parce que j'ai cinquante ans, que je ne serai jamais plus un jeune homme.

— C'est qu'elle ne te connaît pas. Tu n'as jamais été un jeune homme. A vingt-cinq ans tu en avais déjà quarante. Tu ne peux pas vieillir beaucoup plus.

— Et pourtant je vieillis. Cette aventure va me tuer. Mais j'en ai besoin. Je me suis rendu compte que je n'avais jamais passé de dimanche avec Connie. J'ai alors eu une idée de génie. Je devais faire un saut à Washington lundi matin. J'ai dit à Sarah que je voulais partir tôt pour éviter la cohue du lundi matin et préparer le travail. J'ai pris l'avion dimanche, j'ai appelé Sarah de l'hôtel de Washington et lui ai dit que le téléphone marchait mal. Si nous étions coupés, elle devrait rappeler. Je coupe. Elle me rappelle. Sarah me rappelle à Washington! Nous terminons notre conversation, je reprends l'avion pour New York, et je passe le dimanche après-midi et la nuit avec Connie, tandis que Sarah me sait à Washington. Le lendemain, je vais où je suis censé être depuis la veille !

— C'est ce que j'appelle se donner beaucoup de mal pour ajouter quelques milliers de kilomètres à un score déjà impressionnant.

Andy était chez son père ; Karen venait d'arriver après ses deux semaines chez les Broeden, et Doug leur raconta ce qui s'était passé au *Sports Day*.

— C'est une question de principe, dit Andy. Tu as bien fait.

— Et tu as toujours l'émission de télévision, dit Karen.

— Oui, j'ai toujours l'émission de télévision.

Ils le soutenaient, mais il se sentait déshonoré. Quels que soient ses arguments en face de Reynolds, il venait d'annoncer à ses enfants qu'il avait été fichu à la porte. Ce genre de chose n'arrive pas à un papa. Quant au beau-papa il n'a pas à s'en soucier. C'est lui le patron.

Ayant appris la nouvelle par Karen et Andy, Susan lui téléphona.

— J'espère qu'ils ne vont pas tirer de cette affaire l'idée que la révolte est la meilleure des politiques, dit-il. Ce n'est peut-être pas toujours le cas.

— Ils voient que tu t'es défendu. Doug, que vas-tu faire ?

— Rien de bien déterminé.

— Je veux seulement que tu saches qu'il ne faut pas que tu prennes n'importe quoi à cause de ta part. Si besoin est, je payerai les factures des enfants pendant un certain temps.

— Je ne veux pas que toi et Jerry...

— Il n'est pas question de Jerry. C'est entre nous. Tu m'as aidée, je peux le faire à mon tour. L'argent n'est pas un problème.

— Merci de ta proposition, Susan.

Doug déjeuna avec John McCarthy au Carnegie Delicatessen.

— Pour moi, c'est un symbole, dit Doug en savourant son sandwich. Quand il n'y aura plus de pastrami ici, ce sera la fin.

— Je vois que tu as été remplacé par de la musique disco et des exercices de gym.

Dans l'impossibilité de communiquer avec Doug par l'intermédiaire de l'ordinateur, Reynolds trouva un nouveau moyen de lui envoyer un message disant : « Doug, mon garçon, nous pouvons vivre sans vous. » La surface précédemment réservée à la chronique de Doug était consacrée à « La Forme Physique », et confiée au Californien Bonny Sunshine, bien connu pour ses séances d'entraînement télévisées.

— Le billet doux de Reynolds adressé à ton serviteur.

— Je ne sais pas ce que tu vas pouvoir trouver comme travail. Peut-être un journal de province.

— Je ne peux pas quitter New York. Karen est ici. Andy vient de temps en temps.

— Ce que tu aurais de mieux à faire maintenant, c'est de te lancer dans la télévision.

— Ça ne me paraît pas très sérieux, John.

— C'est le moment de proposer un bon jeu sportif. Si on arrive avec une idée, ça peut marcher. C'est toi qui serais l'animateur.

— Un vrai Bob Barker. Tu te rappelles John Drebinger, il écrivait dans *Times* quand nous étions gosses ?

— Bien sûr.

— Cette prose emphatique. C'était pour nous le modèle de la littérature sportive. Il y a un livre qui est sorti avec plein de ces vieux articles de *Times*.

— Je l'ai vu.

— Quand Bevens perdit le match sans avoir marqué, j'étais justement en train de lire Drebinger.

— Yanks-Dodgers, 1947.

— Henrich était à droite. « Il essayait désespérément de saisir la balle, après son rebond contre la clôture, mais ce mur en pente est une barrière sournoise, et lorsque la balle toucha le sol, un temps précieux avait été perdu. » Ce style est tellement fleuri et admirable qu'il en est presque victorien. On se veut d'abord John Drebinger pour finir Bob Barker.

Doug reçut un coup de téléphone de Steve Macklin, le juriste sportif à qui il avait consacré une chronique. Macklin avait une proposition à lui faire ; il demanda à Doug de passer le voir à son bureau. Macklin ne voulait pas lui en dire davantage et Doug en conclut qu'il avait l'intention de lui demander d'écrire ou de corédiger un livre. Il ne voulait pas s'aventurer sur un terrain que John McCarthy, à qui on ne pouvait pas en remontrer en la matière, considérait comme de la grande consommation. Doug pénétra dans les bureaux de Macklin, installés dans le Seagram Building. La réception était meublée d'un luxueux mobilier moderne italien ; derrière la réceptionniste, un Picasso ; l'ensemble proclamait : « Quoi que vous ayez décidé avant d'entrer ici, vous auriez intérêt à augmenter votre offre. » Doug fut conduit jusqu'au bureau de Macklin où trônaient un Chagall et un Degas.

— Merci d'être venu, Doug.

— Je sens que j'aurais dû mettre un costume trois-pièces.

— Les apparences... Malheureusement, ça compte. Alors, que s'est-il passé au *Sports Day*?

— Un différend artistique. Non, je ne crois pas que, dans ce cas précis, le terme artistique convienne.

— Vous étiez trop bien pour eux. Je sais que Reynolds raquait, j'imagine donc que vous gagniez plus chez lui que vous n'auriez eu dans un autre journal. Je vous lis depuis des années, et j'estime qu'en tant que chroniqueur sportif vous avez obtenu votre bâton de maréchal. Que comptez-vous faire maintenant? Vous ne vous contenterez pas d'un salaire inférieur, et vous n'allez pas continuer toute votre vie à interviewer des combinards de mon espèce. Voulez-vous que je poursuive?

— Ça veut dire que j'admets que vous êtes un combinard ou que ce que vous allez me dire peut m'intéresser?

— L'un et l'autre. Vos papiers étaient épatants, mais c'est le passé. Il est temps de faire autre chose. L'une des activités à laquelle nous nous consacrons ici consiste à mettre en relation des entreprises et des événements sportifs pour constituer des associations.

— Comme les Volvo Masters.

— Exactement. Beaucoup d'entreprises aimeraient monter des associations dans ce genre, pour leur image de marque, et pour améliorer leurs relations avec 'la clientèle. Ce qu'il faut, c'est susciter des événements.

— Agent matrimonial, en somme.

— C'est ça. Nos structures actuelles ne nous permettent pas de faire face à la demande. J'ai un juriste pour négocier les prix et les contrats, mais j'ai besoin de quelqu'un qui ait des idées, qui soit capable de discuter avec les responsables des entreprises et de superviser la publicité, et qui connaisse le monde du sport. J'ai d'abord songé à engager un ancien athlète. Mais un athlète spécialisé dans un seul sport n'aurait pas une connaissance suffisamment vaste.

— Toujours les apparences.

— Vous, Doug, vous avez le profil. Vous connaissez la musique. Vous tenez un créneau à la télé. Je ne vous cacherai pas que c'est un plus. Et puis, vous êtes un homme intelligent. Je parie que vous pourriez me sortir une idée tout de suite, là.

— C'est un test, Steve ?

— Oui.

— Banco. Tennis. On s'intéresse surtout aux têtes de série. Les grands tournois ont déjà leurs sponsors. Mais on pourrait organiser un tournoi junior. Les Champions de Demain. On pourrait faire ça dans les Meadowlands et intéresser l'une de ces banques ou entreprises dynamiques du New Jersey et l'affaire serait faite.

— Je vous engage.

— Tout de suite ?

— Soixante-quinze mille par an. C'est un bon salaire et c'est mon dernier mot. Je suis un négociateur légendaire.

— Puis-je y réfléchir ?

— Si vous voulez. Et laissez-moi vous dire aussi que pour toute affaire durable, nos tarifs seront modifiés tous les ans. Si bien qu'avec les primes...

— Je gagnerai plein d'argent.

Avait-il vraiment obtenu son bâton de maréchal ? Ça faisait longtemps qu'il était journaliste. A la place qu'il venait de quitter il gagnait plus qu'il n'aurait gagné n'importe où ailleurs. S'il demeurait dans la presse il devrait accepter une baisse de salaire. Soixante-quinze mille dollars plus des primes, pour un chômeur presque quinquagénaire...

— C'est mieux qu'un coup de pied au cul, statua Bob Kleinman, lorsque Doug en discuta avec lui.

— Reste l'aspect moral, dit Doug.

— L'aspect moral ?

— Ces associations ne vont-elles pas trop loin dans la commercialisation du sport ?

— De quoi parles-tu ? Tu te crois à la télévision ? Tu es au chômage et on t'offre plus que tu n'as jamais gagné.

— Il y a tout de même un problème.

— Le problème, le voici : Puis-je t'obtenir plus d'argent ? Et l'intéressement aux bénéfices ? Je vais négocier avec Macklin et je reviens.

L'aspect moral chatouillait tout de même Doug. Il avait besoin d'en parler, mais à qui ? John McCarthy n'était pas l'interlocuteur idéal ; son rôle était de marchander la vie de ses clients. Jeannie ? Peut-être, mais son domaine, la publicité, ne prospérait que d'excès. Quant à Bob Kleinman, ces questions lui passaient au-dessus de la tête. Nancy ? Elle était honnête. Elle savait peser le pour et le contre. C'était elle qui pourrait l'aider. Il hésita à l'appeler, et, après plusieurs jours d'indécision, se décida.

— Bonjour.

— C'est Doug. Ça va ?

— Que se passe-t-il, Doug ?

— Tu vas bien ?

— Pourquoi téléphones-tu ?

— Voilà, je ne suis plus au *Sports Day*. J'ai été un peu trop loin.

— Pas possible ? J'ai bien remarqué que ta chronique ne paraissait plus. Je te croyais en vacances.

— Nancy, Steve Macklin m'a proposé un boulot.

— Quel genre ?

— Monter des alliances entre le sport et les entreprises. Bob négocie la question financière, mais il y a un problème moral.

— Je vois. Et c'est à moi que tu t'adresses ?

— En la matière, tu es mon guide.

— Vraiment ?

— J'ai confiance en toi.

— Tu as confiance en moi ? soupira-t-elle. Que veux-tu savoir ?

— Je me demande si ces alliances sont très morales.

— Et tu veux mon avis ?

— Oui, si tu veux bien.

— Ces alliances sont monnaie courante. Certains de mes clients participent sans cesse à des tournois sponsorisés. Si les compétitions sont régulières, très bien. Si elles sont truquées, on peut s'en passer.

— C'est ce que je me disais. Il faut savoir où on met les pieds.

— Doug, tu ne peux pas m'appeler comme ça, alors que j'ai tellement de mal à t'oublier.

— Personne d'autre que toi ne pouvait me conseiller.

— Ne recommence pas. Ça m'est très pénible. Je ne peux pas à la fois être dans ta vie et en dehors.

Il lui était douloureux, à lui aussi, de s'apercevoir qu'il tenait encore à elle. Mais c'était fini. Il ne recommencerait plus.

Le lendemain, Bob Kleinman lui donna les résultats de son entretien avec Macklin.

— Je me considère comme coriace, mais ce type-là, c'est quelque chose. Je t'ai obtenu quelques trucs. Le salaire ne bouge pas. Les primes dépendront des affaires.

— Ça j'aurais pu te le dire.

— Les frais d'hospitalisation sont pris en charge.

— Bob...

— Il faut préciser tous ces points. Un pépin et tu es liquidé. Une chute dans ta baignoire, une crise cardiaque...

— Je songe à une nouvelle carrière et tu me mets sous perfusion.

— Je t'ai tout de même obtenu quelque chose. Et avec lui, c'est une grande victoire. Cinq costumes de chez Brooks Brothers.

— Quoi?

— Je lui ai dit que tu ne pouvais pas te trimballer dans tes costumes de l'année dernière, que c'était une question d'image, et il en est convenu.

— Et quoi encore? Touchez la cible et vous gagnez un costard? C'est à la fois gênant et ridicule.

Doug éclata de rire.

— Ce sont les à-côtés du monde des affaires. J'ai pensé que tu devais être beau.

Doug se vit affecter un bureau à moquette et coûteux mobilier de chêne, une secrétaire, un juriste de l'entreprise, chargé de suivre les implications juridiques des associations, une aquarelle d'Edward Hopper, empruntée à la collection de Macklin, et une plaque de cuivre apposée sur sa porte avec gravé dessus : « Corporate Sports Promotions ». Il s'attela à son premier projet, le tournoi de tennis junior. Andy, qui était venu pour le week-end, visita avec Karen le nouveau bureau de Doug. Le cadre les impressionna. Il les emmena ensuite à Arcadia, restaurant de l'East Side, où ils firent un dîner beaucoup plus raffiné que d'ordinaire.

— Ce que je fais maintenant ne s'oppose pas à ce que je faisais avant, leur dit-il. Trouver une idée d'association ou une idée de chronique, c'est la même chose. Et il faut se tenir au courant de ce qui se passe dans le sport. La seule différence, c'est ce beau bureau où je me rends tous les jours.

Bien que son nouveau costume et la qualité du repas le proclament, il n'ajouta pas que son salaire n'était pas non plus le même.

Doug prit contact avec des responsables du milieu du tennis pour s'informer de leurs espoirs les plus prometteurs, bloqua les jours où le Byrne Arena des Meadowlands était libre, et, remarquant que le président de la Jersey National Bank apparaissait à la télévision dans le cadre d'une campagne publicitaire, il alla lui parler de son projet d'association. Au bout de deux réunions, l'affaire était conclue. Doug chargea son juriste d'en régler les détails. Sa première alliance était lancée. Macklin fit apporter du champagne dans le bureau de Doug, et but à son succès. Mais celui-ci ne voulait pas se contenter de champagne. Il demanda à Andy de se rendre libre, et lorsque ce fut son tour d'avoir Karen, il les emmena tous les deux passer un week-end aux Caraïbes. Ils descendirent au Dorado Beach Hotel de Porto Rico. Il but des piñacoladas en regardant les enfants jouer au tennis, et ils se baignèrent tous ensemble. Andy et Karen n'avaient jamais vu leur père faire une telle folie. Le style Broeden, en somme.

— Papa, devine ! s'exclama Karen en arrivant chez lui pour ses deux semaines. Je vais faire un safari.
— Un safari ?
— Au Kenya. Pendant les vacances du Washington's Birthday. Ça fait longtemps que Jerry en parlait, et cette année, il a réussi à le caser dans son emploi du temps.
— Andy aussi ? demanda-t-il.
— Il ne peut pas. Il n'a pas de vacances. On y va Maman, Jerry et moi.
— Ça doit être fascinant.
— Jerry dit qu'il faut se dépêcher d'y aller avant que tout soit bitumé !
Doug pensait que les choses s'étaient un peu tassées. Karen parlait moins de Broeden ; il n'était plus question de création de mode — le projet devait être en sommeil — et voilà que Broeden lui offrait un nouveau motif d'exaltation. Utilise-t-il une carte d'état-major et des épingles ? Porto Rico pour le week-end... On peut faire mieux. Mais un safari...

Doug eut l'idée de multiplier les tournois de tennis des Champions de Demain. Sa secrétaire, Laura Viona, efficace quadragénaire, découvrit les noms des principaux décideurs des banques de province, et, s'appuyant sur l'exemple de la première alliance, il organisa par téléphone et avec quelques déplacements, un nouveau réseau d'associations. Il ne se demandait pas s'il pouvait faire ce travail, il le faisait. Après quelques semaines de succès, Macklin l'invita à dîner chez lui, dans son vaste appartement de la Cinquième Avenue. Parmi les œuvres d'art, il identifia un autre Picasso, un Miró, un Johns, un Rosenquist.

— Superbe, dit-il à Macklin. Voyons, qu'est-ce que je collectionne ? Autrefois, je faisais collection de billes.

— Continuez comme ça, et bientôt ce sera de l'argent que vous amasserez.

Jane, la femme de Macklin, conduisit les convives vers la table de salle à manger. Mince, les cheveux grisonnants, la cinquantaine, elle était l'ombre de son imposant mari. Elle tournoyait avec grâce autour de lui pour s'assurer que leurs invités ne manquaient de rien. Parmi eux se trouvaient des juristes, des responsables de Wall Street et une femme d'une quarantaine d'années, dont la sérénité était saisissante. Un mètre soixante-dix, svelte, les yeux bleu clair, elle portait une robe de soie noire, des perles et était coiffée à la page, sans un cheveu qui dépassait. Elle s'appelait Ann Townsend. Ils parlèrent des Macklin et de ce qui les liait à eux. Ann faisait du bénévolat avec Jane Macklin.

— Etes-vous marié ? demanda-t-elle.

— Divorcé.

— Ah ! bon. Quand on rencontre un homme mûr et séduisant, qui n'a jamais été marié, on peut se poser des questions.

Elle a dit « mûr ». J'ai déjà entendu employer ce mot pour les plus de soixante ans : « Appartements-jardins pour personnes mûres. »

— Je suis passé par le mariage, dit-il.

— J'ai été mariée deux fois.

— Ça veut dire que vous êtes deux fois plus robuste que moi.

214

Ann collectait des fonds pour United Way. Elle avait un grand fils en Suisse, où il travaillait dans la banque avec son père, qui était son premier mari. Elle lui demanda ce qu'il faisait, et lorsqu'il lui eut décrit son travail à Corporate Sports Promotions, elle lui déclara avec assurance :

— Ça marchera très bien. Les directeurs de société sont fous de sport.

Ann était la personne la mieux informée qu'il ait rencontrée. Elle avait vu toutes les pièces, toutes les expositions et connaissait toutes les galeries de New York.

— Vous pourriez tenir une rubrique dans un magazine, dit-il.

— Quel est l'intérêt de vivre ici, autrement ?

Il comprit qu'elle pourrait vivre où elle voudrait. Sa famille possédait des journaux en Nouvelle-Angleterre. « Une vieille fortune », précisa-t-elle.

— Ce que j'aime chez les Macklin, c'est qu'ils n'ont rien des nouveaux riches.

— Je n'en suis pas encore à faire la distinction. Dites-moi, êtes-vous vraiment très riche ?

Elle rit et dit :

— Oui.

— C'est formidable.

— Oui, c'est vrai. Dites-moi tout, êtes-vous un coureur de dot ?

— Je n'en suis pas là non plus.

La conversation roulait sur le Moyen-Orient. L'un des juristes présents y défendait des intérêts pétroliers, et, grâce aux magazines qu'il lisait, Doug fut en mesure d'émettre quelques commentaires sensés. A la fin de la soirée, Ann et lui échangèrent leurs cartes. Elle l'appela quelques jours plus tard pour l'inviter à un concert du

215

New York Philharmonic, à des places d'anciens riches. Ils allèrent souper à l'Arcadia et prirent un taxi pour rentrer chez elle, à l'angle de la Cinquième Avenue et de la 64ᵉ Rue. Avec son mobilier, le salon évoquait pour lui le Metropolitan Museum. Ann libéra son personnel, un couple d'une soixantaine d'années, qui lui servait de cuisinier et de femme de chambre. Deux personnes pour elle toute seule. Elle servit du vin ; il se rapprocha d'elle dans le canapé et l'embrassa. Elle se laissa faire. Ils gagnèrent sa chambre. Draps mode et savon parfumé. La pièce était décorée de tissus voluptueux dans des tons de rose. Sur une table, un exemplaire de *House Beautiful* dont la couverture représentait justement cette chambre. Ils firent donc l'amour dans une pièce qui était « l'incarnation du romantisme des années 80. » Mais elle-même était tout sauf romantique : elle était précise et efficace au lit. Elle se leva ensuite pour prendre un bain, et lui demanda de bien vouloir la laisser, car elle devait se lever de bonne heure.

Ils se virent désormais une fois par semaine. Ils allaient au concert. A l'opéra. Dîner chez ses amis à elle. La deuxième semaine de leur liaison, il acheta un smoking. Dès la quatrième semaine, par rapport aux sommes qu'il aurait dû débourser pour en louer un, il était amorti. Ann n'acceptait de passer la nuit avec lui que le week-end, et toujours chez elle. La curiosité la poussa à venir une fois chez lui et ils y firent l'amour. Elle qualifia son installation de « très bohème ». Mon appartement petit-bourgeois ? Doug savait parfaitement que s'ils pouvaient se retrouver sur toutes sortes de sujets, elle appartenait à un milieu qu'il n'avait jamais approché. Elle ne citait pas de nom, mais connaissait depuis toujours des gens dont il

216

n'avait jamais fait qu'entendre parler. Dans le monde du sport, elle n'aurait pas connu les joueurs, mais les commanditaires des équipes. Il ne manquait pas d'être étonné par ses préoccupations morales. Elle ne passait pas son temps dans les magasins, comme il imaginait que le faisaient les femmes riches, mais se consacrait à réunir des fonds pour une organisation charitable.

— Tu es vraiment quelqu'un de bien, lui dit-il un soir.

— Nous sommes quelques-unes à l'être, plaisanta-t-elle.

Elle donna un dîner habillé de seize couverts. Rien à voir avec la faune du Blarney. Elle était assise à l'une des extrémités de la table et Doug, à l'autre bout, était tactiquement placé à côté du président de Trandex, fabrique d'ordinateurs en pleine expansion. Ancien joueur universitaire de base-ball pour Williams, il s'intéressa tout de suite à la dernière idée de Doug : un championnat national de soft-ball, où s'aligneraient les meilleures équipes amateurs des Etats-Unis. Ils conclurent un accord sur-le-champ. Il restait stupéfié par la facilité avec laquelle, dans ce milieu, on pouvait faire des affaires. A ce qu'il entendit, ce ne fut pas la seule conclue pendant ce dîner. C'était ça les relations.

Après avoir topé avec l'homme de Trandex, il hocha la tête d'étonnement ; Ann surprit ce mouvement et lui adressa un sourire de connivence. Le mur derrière elle était recouvert d'une glace dans laquelle il se voyait, avec son smoking bien à lui, entre deux richissimes personnages. Il imaginait l'irruption de quelqu'un en habit d'arbitre, Harpo par exemple, soufflant dans son cornet ; un arbitre dément qui le jetterait dehors. Mais je suis là et j'y reste. Après tant d'années d'errances, j'ai réalisé le rêve de mes parents. J'ai l'air d'un républicain.

13.

C'était sans doute la décence qui caractérisait le mieux sa liaison avec Ann Townsend. Sur le plan sexuel, elle se montrait légèrement distante. Mais non réticente. Elle était correcte et faisait ce qu'on attend d'une femme. Lorsqu'ils sortaient en semaine, Doug sentait croître sa tension à mesure qu'ils se rapprochaient de chez elle. Il l'embrassait alors sagement et prenait rendez-vous pour le week-end. Ils parlaient de l'actualité, de personnalités new-yorkaises, de leurs activités respectives, mais rarement d'eux-mêmes. Il ne se découvrait pas ; elle non plus. Quelque part, au-delà de la chambre reproduite dans *House Beautiful,* au-delà des domestiques, il y avait sûrement des angoisses et des démons. Lorsqu'il tentait de pénétrer dans ces régions — et il lui semblait nécessaire de le faire pour atteindre une autre qualité de relations — elle lui faisait clairement comprendre qu'elle n'en avait pas envie. Un jour qu'ils parlaient du mariage en général, il se risqua :

— Il m'a fallu longtemps pour surmonter l'échec du mien. Bien plus longtemps que je n'aurais cru. Et toi ?

— Non, fit-elle. Tout était fini avant le divorce. Les deux fois...

Et elle changea de sujet, ne laissant pas douter qu'à

ses yeux une telle conversation était déplacée. Pour toute révélation, elle lui avoua un jour :

— Je connais mes talents. Ils sont limités. Mon point fort, c'est l'équilibre. Comme je me fiche éperdument de gagner de l'argent, que dans ma famille ça a toujours été l'affaire des hommes et que j'ai tout l'argent que je veux, je m'efforce d'utiliser cet équilibre à faire un peu de bien.

Puis elle se hâta de mettre la conversation sur la place des femmes dans le monde des affaires, comme si elle avait peur de compromettre son équilibre en devenant trop personnelle.

Une fois par semaine Doug et Macklin prenaient le petit déjeuner ensemble au Regency Hotel. Doug lui faisait alors le compte rendu verbal de ses travaux. A cette heure, le Regency Hotel était plein d'hommes d'affaires talentueux, dont les noms apparaissaient régulièrement dans les journaux financiers.

— Regardez-les, disait Macklin, désignant l'assistance. Nous sommes dans l'obligation de les soulager, en toute légalité, d'une partie de leur argent, en leur fournissant des services que nous leur facturons au tarif maximum. C'est comme ça qu'eux-mêmes ont gagné leur argent.

— Steve, il faut que je vous dise. Ces costumes que mon avocat a négociés. Ça me gêne beaucoup. Des costumes !

— Remarquez que la plupart des costumes qu'on voit dans cette pièce ont un minimum de plis. C'est du sur mesure. Croyez-moi, il n'est pas un seul des hommes ici présents qui n'aurait pas essayé d'obtenir le meilleur contrat possible, costumes compris, si le contrat impliquait des costumes.

— Qu'avez-vous pensé lorsque Kleinman a abordé la question ?

— J'ai pensé que c'était un bon avocat. Ne pouvant rien obtenir de moi, il a tenté sa chance sur un autre terrain. Mais il n'est pas allé assez loin.

— Vous m'auriez aussi payé des chemises ?

— Vous auriez pu avoir un manteau.

— Steve...

— Je ne plaisante pas. Mais avec les dix mille dollars de primes que je vais vous remettre pour les contrats de tennis et de soft-ball, vous pourrez vous l'acheter vous-même.

— Des costumes. Un manteau. Des primes. Ma vie est devenue un jeu-concours.

Karen apporta des photos de son safari. Grâce à un choix judicieux de Karen ou de Susan ou des deux à la fois, le Gros Richard Blanc n'y apparaissait qu'une seule fois. Voyage spectaculaire et sans surprise. Le père, qui n'avait jamais pu emmener ses enfants qu'au zoo, hochait la tête en émettant des remarques de circonstance. S'il avait un jour les moyens d'emmener sa fille faire un safari — ce qui avec son nouveau job était de l'ordre du possible — ce ne serait jamais pour elle que du déjà vu, avec un Broeden souriant sous son casque colonial.

Rentrant un samedi de son jogging avec le chien, Doug trouva Karen, très volubile, au téléphone. La conversation achevée, elle se précipita vers son père :

— J'ai des nouvelles énormes, dit-elle.

Sous l'effet de la terreur dans laquelle il vivait et dont Broeden était la cause, il pensa tout de suite qu'il avait de nouveau été dépassé. Qu'avait-il encore inventé ? De la montgolfière dans le Midi de la France ?

— On m'a fait venir aujourd'hui au bureau. Lana Krupcek y était. Elle était entraîneuse sportive en Europe de l'Est, et maintenant elle fait travailler des gymnastes américains. J'ai été sélectionnée. Nous sommes trois filles dans notre groupe, et douze seulement pour tous les Etats de l'Est. On va d'abord dans un collège à Wilmington dans le Deloware, dès l'automne prochain. Mais avant ça, camp d'été dans le Colorado. Entraînement pour le championnat des Etats-Unis et après on peut même viser les jeux Olympiques ! Les étudiants sont placés dans les universités qui ont les meilleurs programmes de gymnastique, et pendant leurs études ils peuvent faire de la compétition. Elle m'a dit que j'étais très douée, mais qu'il me fallait faire de la compétition, et que j'avais un grand avenir ! Moi, papa ! Et c'est une entraîneuse connue dans le monde entier.

— C'est magnifique !

— J'ai quelques semaines pour décider, mais je ne peux pas les faire attendre à cause de l'école. La chambre et les repas font partie de la scolarité. De toute façon je serais allée dans un camp, mais celui-ci est un camp spécialisé.

— Bravo, chérie ! Félicitations !

Et voici maintenant que je te perds, deux ans avant le terme prévu.

Lorsque Karen fut endormie, il appela Susan.

— Que penses-tu de cette histoire de gymnastique ?

— C'est une grande décision.

— N'est-ce pas fantastique ? dit Broeden, intervenant sur la ligne. C'est notre fille.

— Je croyais que nous avions encore deux ans, reprit Doug ignorant Broeden.

— Je sais.

— C'est une fille formidable, dit Broeden, sans se démonter.

— Nous en reparlerons, dit Doug, et il raccrocha. Elle venait d'entrer au jardin d'enfants. Il n'y a que quelques années de cela, semble-t-il. Est-ce que j'ai vraiment été six mois avec Nancy ? Ça m'a paru comme un mois. Comment ralentir le temps ? Que reste-t-il de tout cela ?

Ann et Doug avaient deux réceptions le même jour en tenue de soirée. La première était un cocktail chez les Macklin, suivi d'un dîner chez des amis d'Ann. Le cocktail était donné pour un sculpteur du Sud-Ouest découvert par Jane Macklin. Doug et Macklin se tenaient dans un coin. Doug l'entretenait d'un projet d'alliance avec une maison d'équipements sportifs, dont le président avait mis de l'argent dans la North American Soccer League.

— C'est un requin, dit Macklin, mais je ne vois pas d'inconvénient à lui faire un peu les poches.

— Et voilà le loubard qui ressort, fit Jane Macklin qui avait surpris cette dernière phrase.

— Loubard de quel quartier ? demanda Doug.

— 29ᵉ Rue et Septième Avenue, répondit Steve Macklin.

— Ah bon ! fit Doug.

— Et moi, dit Jane Macklin, 20ᵉ Rue, Huitième Avenue.

— Jane et moi ressemblons peut-être aux autres et vivons comme eux, mais nous n'avons pas commencé comme eux.

Le dîner avait lieu du côté de la 70ᵉ Rue Est, au bénéfice des Music Artists, qui patronnaient des solistes américains. Ann était l'un des mécènes. Leurs hôtes, le Dr et Mrs Baldwin Fairly, couple raffiné d'une soixantaine d'années, placèrent les invités à des tables de huit, réparties dans toute la maison. Doug et Ann étaient assis lorsque arrivèrent les retardataires, bronzés et souriants. Mrs Fairly les présenta.

— Dr et Mrs Mitchell Breen, Paul et Elizabeth Dawson, Ann Townsend et Doug Gardner, j'aimerais vous présenter Susan Brook et Jerry Broeden.

Occupé sans doute à s'assurer qu'ils étaient bien placés, Broeden manqua les présentations. Doug et Susan se saluèrent, puis Broeden, ébahi, aperçut Doug à deux sièges de lui.

— Comment ça va, les amis ? fit Doug à l'adresse de Susan et Broeden.

— Vous vous connaissez ? demanda Ann.

— Oui, dit Susan.

— Comment ?

— Par mariage, répondit Doug.

— Tu as l'air de prendre plaisir à cette situation atroce, dit Ann.

— Atroce, je te l'accorde, répondit Doug.

Susan, Ann et lui-même se risquèrent à sourire. Broeden s'en abstint. Doug sentait Broeden ulcéré de le voir là. D'avoir enfilé son smoking, sa chemise, ses boutons de manchette, de s'être donné le mal de se changer pour trouver Doug dans la place.

Le programme des Music Artists faisait les frais de la conversation, mais au beau milieu de cet échange poli,

Broeden fit une sortie si grinçante que Doug crut entendre crisser les freins d'un camion. Les Dawson racontaient qu'ils revenaient du Japon, où ils avaient assisté à plusieurs concerts, lorsque Broeden embraya sur le Japon. Il parla de la difficulté de faire des affaires avec les Japonais, du temps perdu avec leurs coutumes, mais il leur avait montré qui il était : il avait ouvert trois magasins Flash en un temps record.

— Le Japon n'est pas grand-chose, statua Broeden.

— Le pays dans son ensemble ? demanda Doug.

— Et leurs stylistes, qui ont soi-disant tant de talent, poursuivit Broeden, nous pouvons leur donner des leçons.

— Je les croyais à l'avant-garde, dit l'une des femmes.

— Ma fille, dit Broeden, est une jeune styliste, une adolescente, et je vous garantis qu'elle les enfonce tous.

Ta fille est une jeune styliste ?

La conversation passa ensuite aux voyages et au terrorisme. Broeden prit de nouveau la parole, affirmant qu'aucun terroriste n'empiéterait jamais sur son droit à voyager. Doug imaginait Broeden traînant Karen à travers un aéroport en état de siège, pour aller discuter avec des terroristes iraniens.

Ann et Susan échangèrent quelques propos ; Susan patronnait aussi les Music Artists. Sur le chemin du retour Ann dit à Doug :

— Je l'ai trouvée très agréable ; elle est tout à fait charmante. Avec toi elle s'est trompée.

— Merci. Mais tu as l'air de tenir pour établi que le tort est uniquement de son côté.

Deux jours plus tard, le *New York Times* publiait un papier donnant les noms des invités de marque. Après avoir vu tant d'articles sur Susan et Broeden, Doug les avait enfin rattrapés. Leurs noms s'étalaient dans le *Times*, avec le sien et celui d'Ann.

— Le type qui allait à la plage en transportant ses affaires dans un sac en plastique est cité dans la page chic du *New York Times* ? lui dit Jeannie au téléphone.

— Veux-tu faire ma publicité ? la taquina-t-il.

— Vous n'en avez pas besoin, monsieur Chic. Mais tu seras le clou de mes relations. J'ai un nouvel ami. Un veuf à la retraite, avec de grands enfants. C'est un vrai gentleman. Il achète ses sous-vêtements chez Bergdorf.

— Je vois...

— Il s'appelle David Whitley. Je le connais depuis un certain temps. Je ne voulais pas en parler par superstition.

— C'est formidable, Jeannie.

— Ce n'est pas tout ! C'est moins formidable, mais ce n'est pas mal non plus. Hier soir, David et moi étions au restaurant, dans le centre. Et le séduisant Jerry Broeden était là. Avec une fille, Doug. Un mannequin, sûrement. Si jeune qu'à côté d'elle Brooke Shields a l'air d'une vieille peau.

— C'était peut-être un dîner d'affaires.

— Un dîner d'affaires, où l'on se tient par la main ? J'avais envie d'aller lui dire : « Je vous demande pardon, monsieur Broeden, je suis dans la publicité. Voulez-vous que je fasse un papier ? »

— Pouvons-nous lui laisser le bénéfice du doute ?

— Non, il lui faisait manifestement la cour. Et c'est lui qui gloussait !

— Ça lui ressemble assez.

— Croyait-il vraiment passer inaperçu ?

— Et de quel droit se mêle-t-il de la vie de ma Karen, le salaud ?

Il pianotait fébrilement sur la table.

— Qu'y a-t-il ?

— Je dois toujours me sentir propriétaire, car je me demandais aussi : que fait-il à ma Susan ?

Jeannie invita Doug à un buffet, où David ferait son entrée dans le monde. Il amena Ann, qu'il montrait pour la première fois à ses amis. La soixantaine, élégant, les cheveux blancs, David Whitley portait en son propre honneur un smoking, et lorsqu'il souriait, il découvrait ce que Doug appelait une dentition « débonnaire ». Il y avait là une quarantaine de personnes. Les Kleinman arrivèrent et furent présentés à David et à Ann. En voyant Ann dans son tailleur raffiné, Sarah Kleinman se rabougrit à vue d'œil dans sa jupe et son chandail démodés. Comprenant ce qu'elle pouvait éprouver, Doug eut pitié de Sarah ; il l'entoura de son bras et l'étreignit.

— Je sais que certains d'entre vous se connaissent depuis très longtemps, dit David. Et vous avez tenu compagnie à Jeannie en attendant que j'entre dans sa vie.

— Bob, ce soir, oublie ton régime, dit Jeannie.

Bob considéra le plantureux buffet.

— Sauf votre respect, ma chère, avec tout le cholestérol que j'aperçois sur cette table, je serais à une bouchée de la mort.

— Les rois avaient des bouffons, expliqua Doug à David et Ann. Bob est notre bourdon. Si déprimé qu'on soit, avec lui on se sent en pleine forme, parce qu'il est toujours plus déprimé que soi.

— Sarah, j'ai commandé un repas casher spéciale-
ment pour toi, dit Jeannie. Je l'ai commandé chez El
Al.

Sarah accepta de bonne grâce la taquinerie et rit avec
les autres.

— Regardez, dit Jeannie exhibant une bague de
diamants qu'elle avait tenue jusque-là cachée dans sa
main. Fiancée !

Tout le monde voulut la féliciter, et elle fit le tour de
ses invités pour montrer sa bague.

Bob s'approcha de Doug, qui se tenait un peu à
l'écart.

— Ann est une dame très riche, je crois. Du genre à
faire établir un contrat prénuptial. Viens me voir avant
de faire quoi que ce soit.

— Tu vas lui soutirer quelques costumes ?

— Doug, j'ai quelque chose à te dire, dit-il à mi-voix.
Hier, après le bureau, j'ai vu Connie. Quand je suis
rentré à la maison et que j'ai enlevé ma chemise, Sarah
a remarqué que mon maillot de corps était à l'envers, ce
qui n'était pas le cas le matin. J'ai dit que j'étais allé
prendre un sauna avec toi. Si elle t'en parle, tu me
couvres, hein ?

— Pas question. Ne me mêle pas à tes histoires.

— Que veux-tu dire ?

— Je veux dire que je considère Sarah comme une
amie. Elle a toujours été très dévouée. Et je suis sûr
que si je l'appelais pour lui dire : « Je ne peux pas
t'expliquer, mais je t'attends dans vingt minutes au coin
de la 42ᵉ Rue et de Lexington Avenue avec trois cents
dollars », elle y serait.

— Ferait-elle ça pour moi ? Oui. Et Connie ? C'est
un bon test, Doug. Je trouve que c'est plein de sens...

Et il se mit à réfléchir.

— Ce n'est pas le bonheur que tu tires de cette affaire qui te trahira.

Jeannie les rejoignit et leur demanda :

— Alors, comment trouvez-vous David ?

— Il est très gentil, répondit Doug. Quel mal il se donne à faire notre connaissance !

— N'est-il pas superbe ?

— Et comment ! Tu épouses Maurice Chevalier.

— A-t-il demandé un prénup ? dit Bob.

— Un quoi ?

— Un contrat prénuptial. Il vaut mieux que je m'en occupe.

— Bob, ce n'est pas le moment. Nous ne sommes pas au tribunal.

— Je suis très heureux pour toi, dit Doug.

Jeannie prit Doug par le bras et dit :

— Oui, j'ai de la chance.

Karen hésitait encore à se lancer dans une carrière de gymnaste. Elle en parla à Doug, qui en conclut que si elle se confiait à lui, c'est qu'elle se confiait aussi à Broeden. Ce qu'il savait de ce dernier le laissait mal augurer des conseils qu'elle en obtiendrait. Il lui proposa donc de se renseigner sur la question, et traita la question comme une enquête de presse. Il prit contact avec des responsables des équipes olympiques américaines de gymnastique, rencontra des athlètes, des entraîneurs universitaires, établit la liste des meilleurs programmes universitaires de gymnastique. Puis il passa à l'art. Il se renseigna sur les écoles de beaux-arts et sur les programmes artistiques des universités.

— Le problème, dit-il quelques jours plus tard, c'est que les gymnastes n'ont que quelques années de bon. Si on atteint le niveau mondial, on en vit. Mais ce serait au détriment de ta formation artistique. Cela dit, tu pourrais toujours t'y remettre plus tard.

— Et si je veux faire les deux à la fois ?

— L'ennui, c'est que les universités qui ont un bon niveau artistique ont rarement un bon niveau en gymnastique. Il faudra que tu choisisses entre les deux.

Il lui remit le dossier qu'il avait constitué à son intention. Elle était en admiration devant son perfectionnisme. Elle le remercia et emporta le dossier dans sa chambre.

Doug reçut un coup de téléphone de sa mère à son bureau.

— Ça y est, dit-elle sombrement.

— Quoi ?

— Ton père. Il a eu une crise cardiaque.

— Oh, non !

— Ça va. Il vivra.

— Où est-il ?

— Au Roosevelt Hospital.

— C'est sur mon chemin. Marty est au courant ?

— Je viens de lui parler. Nous y voilà ! Les hôpitaux.

Frank Gardner était dans une salle qui sentait le bassin. Marty, Ellen et Doug se tenaient à son chevet. Norma était assise dans un fauteuil. Frank avait ressenti des douleurs dans la poitrine et, connaissant les symptômes par les récits de ses amis, avait appelé une ambulance.

— Je n'étais aucunement en danger. J'aurais pu prendre un taxi.

— Ben voyons. Tu aurais pu aussi venir à pied, dit Doug. Et maintenant il s'agit de t'obtenir une chambre.

230

— Je serai à la maison dans quelques jours. Je n'ai pas besoin de chambre.

— Nous la paierons, dit Marty.

— Je n'ai pas besoin de chambre. Tu veux me contrarier et provoquer une autre attaque ?

— Voilà un bon truc pour n'en faire désormais qu'à ta tête, le taquina Doug.

— Comme si ce n'était pas déjà le cas ? dit Norma.

Ils le quittèrent au bout d'un moment et s'arrêtèrent dans le vestibule de l'hôpital.

— Il devrait vraiment prendre sa retraite, dit Marty.

— C'est ce que je lui ai dit, répliqua Norma. Il a soixante-neuf ans. Ça suffit. De toute façon, il ne sera jamais Rockefeller.

— Il faut tout de même lui trouver une chambre convenable, dit Ellen.

— Sans doute, mais il va bientôt sortir. On ne les garde pas. Si on survit à la première crise cardiaque, tout va bien. Je connais un type qui en a fait une véritable carrière. Il en a eu six. Il en avait comme on sort sa poubelle. C'est sa femme qui n'a pas tenu le coup. Elle a eu une attaque. Elle est morte, et lui s'est remarié.

— Mais c'est horrible, ton histoire ! fit Doug. Tu ne l'aurais pas tirée des *Contes immoraux* ?

La veille du jour où Frank devait sortir de l'hôpital, Marty, Ellen et Doug se réunirent chez Norma. Ils regardèrent les brochures de résidences en Floride qu'elle avait rassemblées.

— Celle-ci a le plus beau club-house, dit Norma. Deux piscines, une couverte et une en plein air.

— Il vaudrait mieux commencer par lui demander s'il a l'intention de prendre sa retraite. Pour le reste on verra après, suggéra Doug.

— Je veux la Floride. Je veux bronzer, tant qu'il en est encore temps. J'en ai assez des hivers new-yorkais. Nous pouvons nous l'offrir.

— C'est vrai ? fit Doug.

— Peut-être pas l'appartement au bord du lac, dit-elle leur montrant une page de la brochure. Ça fait six mille dollars de plus. Mais derrière le lac, dans le coin le moins prisé, c'est possible.

Doug et Marty se regardèrent d'un air entendu. L'appartement au bord du lac, ils l'auraient.

— Qu'est-ce que je vais faire toute la journée ? demanda Frank à son retour chez lui.

— Rester vivant, dit Norma.

— Il doit bien y avoir des choses à faire, plaida Marty.

— Je ne joue pas au golf. Je ne nage pas. Je ne fais pas de poterie. Qu'y a-t-il pour moi ? Moi, c'est la pêche.

— Et tu crois qu'il n'y a pas de poisson en Floride ? dit Norma. Il y a bien un poisson quelque part dans toute cette eau.

— La pêche est superbe là-bas, dit Marty.

— Je ne me sens pas prêt. Vraiment pas.

— Tu viens d'avoir une crise cardiaque, dit Norma. Ça ne te suffit pas ?

Les négociations secrètes entre Frank et Norma aboutirent quelques jours plus tard à l'annonce de leur prochaine installation à Palm Vista, au nord de Fort Lauderdale, dans l'appartement du bord du lac.

Frank tenta de vendre son affaire. Il multiplia les coups de téléphone et passa des annonces dans les pages spécialisées. Comme il louait les locaux et ne possédait que le mobilier de son bureau, en dehors de quelques meubles, il n'avait à vendre que sa bonne volonté et la raison sociale « Norma Créations ». Et personne n'en voulait. Un samedi que Marty travaillait, Frank demanda à Doug de l'accompagner à l'atelier pour débarrasser ses affaires. Doug proposa de louer une voiture ou d'emprunter celle de Marty. Frank déclara que ce n'était pas la peine. Il avait déjà déposé les papiers chez son comptable et ne voyait rien d'autre à emporter. Il préférait prendre le métro, comme il l'avait toujours fait. L'endroit était à deux cents mètres de la station Hunts Point, dans un quartier commercial du South Bronx. On entrait dans le bureau par une porte latérale, ménagée dans un atelier sans étage. A côté de cette porte, il y avait une enseigne carrée, où s'inscrivait en lettres blanches sur fond bleu : « Norma Créations ». La pièce, d'environ trois mètres sur quatre, était équipée d'un mobilier de bureau en bois sombre, trop médiocre pour être ancien ; les murs et le plafond étaient, on ne sait pourquoi, peints en rouge.

— C'est maman et toi qui l'avez peinte ?

— Bien sûr. Pourquoi donner de l'argent à un peintre ?

Frank demanda à Doug de pousser les meubles sur le trottoir, où un brocanteur viendrait les prendre. Frank s'assit dans un fauteuil pivotant pour lui donner ses instructions, puis le siège fut poussé dehors. Frank considéra un instant les lieux, hocha la tête d'un air définitif et ferma la porte. Il sortit de sa poche un tournevis, certainement emporté à dessein, et entreprit de dévisser l'enseigne « Norma Créations ». Il se dirigea ensuite vers une poubelle et s'apprêtait à y jeter l'enseigne.

— Attends, papa. Tu ne veux pas la garder ?

— Pourquoi faire ? fit-il, pliant en deux l'enseigne qui était de métal mince et la jetant sur le tas d'ordures.

— Il n'y a plus de « Norma Créations ». Alors que ferais-je d'une enseigne ?

Il se retourna pour jeter un dernier coup d'œil au bâtiment, hocha encore la tête pour signifier que tout était fini et s'éloigna.

— Je suis venu ici sans rien. Je m'en vais sans rien, dit-il comme ils se dirigeaient vers le métro.

— Tu t'en vas avec un appartement en Floride.

— Pour tout ce que j'ai trimé ? Cinquante ans de travail ?

Doug fit un effort pour imaginer ce passé. Frank et Norma s'étaient mariés adolescents. Frank avait dix-huit ans à la naissance de Marty, dix-neuf à celle de Doug. De ces cinquante années, combien avaient passé à payer des factures pour cette famille de quatre personnes ? Doug, dont la vie avait été empoisonnée par les factures, était plein d'admiration : payer, mois après mois, la nourriture, les vêtements et tout le reste, pendant cinquante ans... Voilà qui me dépasse. C'est un concept de durée qui intéresserait Carl Sagan. Cette persévérance extravagante, pour une telle cause, pour Norma Créations. Et pour en tirer quoi ? De quoi payer toutes ces factures... C'est de l'héroïsme. Se retournant brusquement vers son père, il l'embrassa.

Décrétant qu'ils n'avaient que de la camelote, Frank et Norma Gardner laissèrent tout à l'Armée du Salut. Ils achetèrent une voiture d'occasion et partirent pour la Floride.

Doug était d'accord : leurs affaires n'étaient que camelote. La gêne qui avait assombri la vie de ses parents ne toucherait pas la sienne. Il se lança avec fougue dans une opération d'alliance avec Palton, fabricant de chaussures de sport. Il vendit à son vice-président l'idée d'une série de courses — sur un mile — dans les principaux centres commerciaux des grandes villes américaines. Lorsque ce contrat fut signé, il décida qu'aucune de ses relations d'affaires n'habitait d'appartement comme le sien — il était logé comme un ouvrier. Une journée de recherches à Manhattan lui apprit qu'il s'en fallait encore d'une bonne année de primes substantielles avant de songer à s'élever dans le marché immobilier. En attendant, il pouvait se débarrasser des meubles achetés à l'époque du divorce. Il visita plusieurs magasins et trouva chez Lord & Taylor un mobilier de salon qui lui plut, combinaison éclectique de moderne et d'artisanat américain. Il acheta un canapé et deux fauteuils, et, chez un antiquaire, un coffre ancien en chêne massif, qui lui servirait de table basse, deux couvertures en patchwork, un tapis navajo en guise de tapisserie, et enfin, par pur caprice, il s'offrit une nouvelle chaîne stéréo.

Il n'avait plus le temps ni le goût de préparer son émission télévisée du samedi après-midi. Ni la tête aux résultats sportifs et aux champions d'hier. Devant aller faire du repérage en province pour sa dernière alliance, il lui fallut manquer une émission, et comprenant que cela lui arriverait de plus en plus souvent, il appela le directeur général et lui annonça qu'il était dans l'obligation de mettre fin à leur collaboration.

Doug s'installa dans son nouveau salon avec un verre de cognac et la bande-son du générique d'*Annie Get Your Gun* sur sa nouvelle chaîne stéréo. S'il avait fumé le cigare, il en aurait allumé un, comme Red Auerbach, qui en allumait toujours après une victoire. Pour tout avouer, son ancien travail, écrire trois chroniques par semaine, et celui qui l'avait précédé, couvrir les grands événements sportifs, étaient beaucoup plus difficiles que ce qu'il faisait actuellement, et payaient beaucoup moins. Il avait coupé tout lien avec le journalisme sportif. Il était devenu un entrepreneur. Il y était arrivé, avant cinquante ans, avec meubles anciens, et aucune camelote dans son appartement.

14.

John Gannon, qui passait pour être un confident de Ronald Reagan, et à qui le *Wall Street Journal* venait de consacrer un article traitant du rendement de sa société, Gannon, Inc., qui fabriquait des chronomètres industriels, désira rencontrer Doug au sujet d'un éventuel mécénat sportif. La secrétaire de Mr Gannon avait prévenu Doug que son patron devait atterrir à 8 heures du soir à La Guardia. Sa limousine les emmènerait tous les deux dîner dans un restaurant de Westchester et, après avoir déposé Mr Gannon chez lui, reconduirait Doug à Manhattan. Doug devait retrouver la limousine à un endroit précis. Il attendit en compagnie du chauffeur jusqu'à près de 9 heures. John Gannon approchait de la soixantaine. Grand, mince, les tempes grisonnantes, il marchait d'un pas allongé, un attaché-case et une raquette de squash à la main. Doug attendait à côté de la voiture. Gannon s'y engouffra, avec à peine un regard pour lui.

— Monsieur Gannon, je suppose ?

— Monsieur.

Doug monta en voiture à sa suite. Sans lui adresser la parole, Gannon passa six coups de téléphone. Ils avaient déjà fait pas mal de chemin.

— J'ai vu le président Reagan aujourd'hui, dit enfin Gannon à l'intention de Doug. C'est un grand homme. Vous le connaissez?

— Je l'ai vu à la télé.

— Il m'accorde sa confiance. C'est une responsabilité publique que d'avoir la confiance du Président.

Il s'étendit sur ses relations avec Ronald Reagan pendant un quart d'heure. Ayant épuisé ses murmures d'approbation, Doug se contenta de hocher la tête.

— Bon. Et le mécénat sportif. C'est pour ça que vous êtes ici. Qu'aviez-vous en tête?

— J'ai lu que vous aimiez le golf et j'ai pensé à une épreuve de golf.

— J'ai vu quelque chose dans un journal sur une de vos alliances. Mais à la réflexion, je ne vois pas ce que ce genre de publicité apporterait à une société industrielle comme la nôtre?

— Laissez-moi vous vendre un peu mon idée...

— Non, non, c'est inutile. Nous avons changé d'avis. Phil! fit-il à l'adresse du chauffeur, déposez-moi à la maison, et conduisez monsieur...

— Gardner.

— A la gare.

— Que faites-vous? demanda Doug.

Mais ignorant Doug, Gannon reprit le combiné.

— Il était prévu que le chauffeur me reconduirait en ville, dit Doug.

— Les dispositions ont changé.

Gannon resta au téléphone jusqu'à ce qu'ils arrivent devant chez lui, à Mamaroneck. C'était une grande maison de style colonial au milieu d'un bois. Le chauffeur lui tint la portière.

— Nous pourrions remettre ça un de ces jours. Nous nous retrouverions dans le métro, et je vous laisserais

238

en rade à Coney Island, dit Doug pendant que Gannon descendait de la limousine.

— C'est censé être drôle ?

— Je viens d'expérimenter ce qu'on appelle au base-ball l'Instructional League. Il y a les gars qui sont d'un côté de la barrière et il y a les autres. J'ai du chemin à faire avant de faire partie des autres.

Gannon ne comprit pas, et n'en avait cure. Il prit congé d'un signe de main et se dirigea vers l'entrée de sa maison.

— Je suis désolé, dit le chauffeur, mais je ne peux pas faire autrement.

Il déposa Doug devant une gare écartée. Il y avait quarante minutes d'attente avant le prochain train. Que ferait mon père dans une situation comme celle-là ? Il s'assiérait. Que feraient Reynolds, Macklin, Broeden ? Doug loua par téléphone une limousine et rentra à Manhattan. Il se sentait humilié, mais dans une limousine l'humiliation était plus supportable.

Le lendemain, il raconta l'histoire à Ann.

— C'est un horrible individu, dit-elle. Je vais te faire connaître Tom Daley. Il est au moins aussi puissant que John Gannon et c'est un homme charmant.

— Pour moi, quelqu'un qui jette les gens comme de vieux Kleenex ne peut pas être fondamentalement heureux, dit Doug, s'efforçant à la légèreté.

— Doug, tu en as suffisamment rencontré pour savoir qu'il est sans doute parfaitement heureux.

Jeannie demanda à Doug de venir prendre un verre avec elle à l'Algonquin. Elle lui montra une alliance. Son mariage avec David avait eu lieu à Rome.

— J'espère que tu ne nous en veux pas d'avoir agi

comme ça. Lorsque nous avons prévu de nous marier, nous avons décidé d'éviter les flonflons. Après tout, la réception, c'était déjà fait.

— C'est une grande nouvelle ! Tu es une femme mariée !

— J'ai autre chose à t'annoncer. Nous quittons New York.

— Oh...

— David a une maison à Scottsdale et des intérêts immobiliers dans le coin. Bien qu'à la retraite, il veut superviser les choses. Pour s'occuper.

— Que feras-tu là-bas ?

— La boutique. Accessoires, bijoux. J'en ai assez de la publicité. Finalement Bob prépare un contrat de mariage, pour que les enfants de David ne s'imaginent pas que j'en ai après l'argent de leur père. Ça ne me choque pas vraiment. Après avoir travaillé si dur pour gagner ma vie, ça m'amuse assez d'être considérée comme une sorte de Jackie Onassis.

— Bob va sûrement mettre une clause fracassante.

— Je lui ai téléphoné ce matin pour lui donner des précisions, et à la fin il m'a dit : « Scottsdale, Jeannie ? C'est en Arizona ? Protège-toi du soleil. Ça donne le cancer. Et on en meurt. »

— Tu reviendras nous voir, hein ?

— Bien sûr. Je me paierai des voyages. Et s'il y a un bon film, appelle-moi. Il faut bien que l'argent et les avions servent à quelque chose.

— D'accord.

— Tu sais, à la soirée, quand David a dit que vous m'aviez tenu compagnie jusqu'à ce qu'il arrive, c'était vrai. Tu m'as aidé à garder mon équilibre. C'est grâce au copain qui m'emmenait au cinéma ou manger un hamburger que je n'étais ni tordue ni folle lorsqu'il a fait son apparition.

— Je te dois le même service.

Une fois dehors, Jeannie entoura Doug de ses bras et appuya la tête sur sa poitrine.

— Merci, mon pote, mon vrai pote.

— Amuse-toi, Jeannie.

— Entendu. Doug...

Elle le regarda droit dans les yeux.

— N'avons-nous pas gâché quelque chose ? Les choses auraient-elles été différentes si nous avions été amants ?

— Nous avons eu beaucoup d'amants, mais les vrais copains sont rares.

Le bureau de Tom Daley était situé dans un bâtiment qui dominait le port. Les murs étaient décorés de cartes anciennes et de gravures représentant la ville de New York. La cinquantaine, corpulent, il semblait n'avoir cure des apparences. Plutôt qu'un costume d'homme d'affaires, il portait une veste de tweed, une chemise rayée et une cravate de tricot. Mais comme il faisait le tour de son bureau pour serrer la main de Doug, celui-ci remarqua la Rolex, l'épingle de cravate en or et les mocassins en croco — qui trahissaient sa prospérité. La société dont il était président, Waldron Electronics, était un conglomérat, qu'il avait récemment constitué en réunissant plusieurs firmes spécialisées dans la fabrication d'appareils électroniques domestiques. Doug lui apporta un exemplaire de l'album, destiné à d'éventuels clients, dans lequel étaient présentées des alliances en cours.

— Vous êtes un ami d'Ann Townsend ?

— Oui.

— Ma femme et Ann partageaient la même chambre à l'université. Nous sommes sortis ensemble. Il y a un siècle, on dirait.

— C'est un sentiment que je connais bien.

Il y avait sur le bureau de Daley toute une série de photos de famille, où se remarquait une séduisante femme aux cheveux auburn, qui pouvait avoir quarante ans, et trois jeunes gens d'une vingtaine d'années.

— Votre femme et vos enfants?

— Les enfants sont grands, dit-il avec une nuance de regret.

— Eh oui! C'est comme ça. J'ai un fils en première année d'université et une fille dans le secondaire.

— Vous avez de la chance. Ils sont encore jeunes.

— J'ai rencontré l'autre soir John Gannon. Il aurait été impensable d'échanger avec lui ce genre de propos. Vous le connaissez?

— Nous nous sommes rencontrés. C'est un m'as-tu-vu. Venons-en au fait. Ann m'a conseillé de vous voir.

Il ouvrit un dossier préparé sur son bureau qui contenait l'inventaire des activités de Doug.

— Ça a l'air de marcher.

— Vous voyez comment nous fonctionnons.

Et Doug commença de présenter son argumentaire.

— Ça, on peut le sauter. Avez-vous des idées?

— Oh, des idées... Nous avons de bonnes idées, nous en avons d'un peu moins bonnes; de bonnes idées qui sont chères, mais qui en valent la peine; des idées moins chères, mais aussi moins valables.

— Tout n'est pas aussi formidable?

— Non.

— Bravo pour l'honnêteté. Mais lorsque vous êtes

valables, pour qui l'êtes-vous ? Pour ma société ou pour le bien public.

— Pour les deux.

— Eh bien voilà, nous venons de lancer une nouvelle campagne de pub, qui met l'accent sur des produits populaires de fabrication américaine. Si donc je faisais quelque chose avec vous, je ne voudrais ni polo ni golf, rien qui évoque un quelconque country-club. Ce qui m'intéresserait, ce serait une promotion qui répande notre image et soit, comme vous venez de le dire, utile au public aussi bien qu'à nous-mêmes.

Ce langage plut à Doug. Rien à voir avec John Gannon. Et Daley s'inquiétait même du bien public... Il décida de lui parler des Olympiades de la Rue dont le projet, avait-il appris à la suite d'une récente conversation avec Rosselli, était sur le point de s'effondrer, faute de commanditaire. Doug présenta l'idée en expliquant comment l'organisation projetée pourrait aider des jeunes tout en assurant la publicité du sponsor. Il ajouta que l'auteur du projet était un particulier et qu'il faudrait le prendre comme consultant. Doug l'avait subodoré, l'idée plut à Daley et ils convinrent de se revoir avec Rosselli et les directeurs de la publicité et de la promotion de Daley.

Doug appela Rosselli, qui avait compris que seul il n'arriverait à rien et mettait tout son espoir dans un sponsor.

— Il y a un problème, dit Doug. Tu vas avoir en face de toi un directeur de haut niveau. Je sais que tu sauras te vendre avec enthousiasme. Malheureusement, les apparences comptent.

— Je vais me raser et me faire couper les cheveux.

— Ça ne suffira pas.

Il fixa rendez-vous à Rosselli chez Brooks Brothers

dans Madison Avenue. Rosselli arriva dans un costume en peau de requin beige brillant et une chemise en soie noire.

— Je n'ai jamais mis les pieds ici, dit-il à Doug. Ce n'est pas mon style de magasin.

— Il faut parfois porter l'uniforme et le tien n'est pas le bon.

Ils entrèrent chez Brooks Brothers où Rosselli fut tout de suite mal à l'aise.

— Je n'aime pas cet endroit, Doug. Je veux partir.

— Il faut passer par là, pour le projet.

Rosselli essaya des vestes. La coupe carrée de Brooks Brothers convenait mal à sa frêle charpente, et ils durent abandonner le rayon homme pour se rabattre sur le rayon adolescent, mais Rosselli avait toujours l'air d'un gamin déguisé en adulte.

— Nous allons essayer le rayon garçonnet. Ils auront sans doute un trente-six ou un trente-sept qui vous ira.

— Non, pas le rayon garçonnet! supplia Rosselli dans un gémissement.

Au rayon garçonnet, raide comme la justice, il essaya un costume croisé gris anthracite, qui lui allait mieux que tout ce qu'il avait essayé auparavant. Mais il flottait encore un peu dans le pantalon et le vendeur proposa de le faire reprendre.

— Doug! chuchota Rosselli au désespoir. Je ne vais pas laisser un vulgaire costumier me toucher l'entre-jambe!

Il prit le costume tel quel, il l'apporterait chez son tailleur. Doug l'aida ensuite à choisir des souliers noirs archiclassiques et une cravate.

La réunion eut lieu dans le bureau de Daley. Les collaborateurs de ce dernier avaient tous deux la quarantaine et arboraient aussi des costumes de chez

Brooks Brothers. Doug se félicita de sa prescience : Rosselli avait tout du cadre supérieur. Il présenta son projet avec passion, et, en dépit des aspérités de son discours, sa sincérité fut irrésistible. Doug réussit à placer quelques explications sur l'organisation de la chose. Daley donna son accord à l'opération. Ses adjoints firent chorus et l'affaire fut décidée. A la fin de la réunion, comme ils se serraient la main, Doug remarqua un détail qu'il avait négligé en habillant Rosselli : les chaussettes. Celui-ci portait ses chaussettes habituelles, elles étaient bleu électrique.

Un dimanche, Doug loua une voiture et s'en alla à Wesleyan déjeuner avec Andy. Il lui parla des Olympiades de la Rue, de Rosselli et des chaussettes.

— C'est le type à la fille-loup ?

— Lui-même. C'est quelqu'un maintenant. Il est en train de devenir célèbre. Conseiller à 25 000 dollars.

— Ton nouveau travail te plaît ?

— Je suis content d'avoir pu faire ça.

— Il paraît que tu sors avec une nouvelle femme ?

— Oui.

— Revois-tu Nancy ?

— Avec elle, ça ne pouvait pas marcher, dit-il avec une pointe de mélancolie.

Comme ils arpentaient le campus, Doug remarqua que certains professeurs avaient l'air de gamins. A côté de lui, qui allait bientôt avoir cinquante ans, c'étaient vraiment des gamins. Pour se sentir aussi vieux que Boris Karloff dans *La Momie,* il n'est que de traîner sur un campus.

— Nous lançons la semaine prochaine un nouveau modèle de télévision, annonça Daley à Doug par téléphone. Ils auront des couleurs de crèmes glacées. Mon service de relations publiques ne m'a rien proposé de neuf pour ce lancement. Comme vous avez de bonnes idées, j'ai pensé à vous. Je veux m'offrir une bonne action qui puisse aussi servir à la promotion du modèle.

— Vous voulez vous payer une bonne action?

— Ça revient à ça. Pas forcément dans le sport. Quelque chose qui frappe les médias.

Doug connaissait si bien les publicitaires et les Rosselli que les recettes d'une bonne couverture de presse n'avaient pas de secret pour lui.

— Si je voulais m'offrir une bonne action qui attire en même temps de la publicité à mon entreprise, je ferais quelque chose pour les sans-abris. Je distribuerais quelques milliers de mes nouveaux postes de télévision à tous les comités d'hébergement que je pourrais recenser. Vous feriez du bien, et peut-être pourriez-vous même donner une conférence de presse.

— Votre idée me plaît. Je vais la suivre. Comment vous remercier? Qu'est-ce qui vous ferait plaisir? Une platine laser, une télévision, un ordinateur?

— Rien du tout. Vous savez, je travaillais dans une branche où offrir une bière à un type, c'était quelque chose.

Karen arriva un dimanche soir chez Doug avec Harry. Elle était sombre.

— Il faut que je te parle, dit-elle.

Ils s'installèrent dans le salon.

— J'ai réfléchi à cette histoire de gymnastique. Est-

246

ce que je veux vraiment me lancer là-dedans ? Vise la médaille d'or, dit Jerry. Et ma peinture, est-ce que je veux continuer ?

— Grave décision.

— C'est dur. Mais tu vois, j'ai ce père...

Elle fondit en larmes, sanglotant comme il ne l'avait plus vue depuis qu'elle était toute petite. Il la prit dans ses bras ; elle essayait de parler, mais ses mots étaient entrecoupés de sanglots.

— Tu m'as donné un dossier... pour m'aider... tout un dossier... et tout ce dont j'avais besoin pour me décider... était dedans.

— Tout ira bien, chérie, calme-toi.

Elle s'apaisa.

— Tu m'as donné ce dossier. Voilà ce que tu as besoin de savoir. Et tu m'as dit si tu choisis l'un, voilà ce qui risque de se passer. Si tu choisis l'autre... Papa, je ne vais pas faire de gymnastique. Je vais terminer l'école ici. Ensuite j'aimerais aller dans une université avec un bon enseignement artistique. Et j'aimerais être une bonne artiste, aussi bonne que mon talent me le permettra.

— Voilà qui me paraît formidable.

— Avant de prendre ma décision, j'en ai parlé à Jerry et à maman. Maman m'a dit d'écouter mon cœur. Jerry... lui, il ne cesse de parler de Mary Lou Retton. Il dit que je pourrais avoir un jour mon portrait sur les boîtes de céréales et faire fortune avec la publicité. Vise la médaille d'or. Sois Mary Lou Retton. Les choses étaient si brillantes avec lui. Et pas une seconde il ne s'est arrêté à tes arguments. Il n'a jamais considéré le pour et le contre. Mais toi, tu m'as donné ce dont j'avais besoin pour m'aider à prendre ma décision.

Elle était sur le point de se remettre à pleurer.

— J'essaie donc d'écouter mon cœur, et mon cœur me dit... que j'ai été très moche...

Elle sanglotait de nouveau.

— J'ai un père merveilleux qui m'aime et que j'aime... et il m'a acheté ma première boîte de peinture. Tu te rappelles ? Maman était en voyage, et nous avons passé tout un samedi à faire les magasins. Et...

Elle ne pouvait plus parler. Les sanglots l'étouffaient.

— Du calme, mon ange.

— Je ne peins même plus dans ton appartement !

Elle tremblait. Il la pressa contre lui.

— Rappelle-toi, dit-il, nous regardions *Sesame Street* et Kermit la Grenouille chantait « Ce n'est pas facile d'être verte ». Eh bien, ce n'est pas facile d'avoir autant de talent. Et ce n'est pas facile d'avoir deux maisons. Et ce n'est pas facile d'être toi. Mais tu n'y réussis pas si mal. Sinon, pourquoi t'aimerais-je autant ?

— J'ai honte de moi. Dis-moi que tu me pardonnes.

— Il n'y a rien à pardonner. Mais je pense personnellement que tu as pris la bonne décision, dit-il, lui arrachant un sourire.

— Viens. Allons avec Harry nous acheter une pizza, et, comme il va sans doute presque tout nous barboter, nous n'aurons plus qu'à nous rabattre sur un chinois sérieux.

C.B.S. Sports s'engagea à diffuser trois épreuves de sélection et les finales des Olympiades de la Rue. Une société de production appartenant à Macklin produirait les émissions. Macklin proposa à Doug de prendre quelques jours de vacances bien mérités. Il en profita pour aller en Floride voir la nouvelle installation de ses parents. Puis il rejoindrait Ann qui passait un week-end prolongé dans sa maison de Saint-Thomas.

Les parents de Doug l'attendaient à l'aéroport de Fort Lauderdale. Ils avaient le visage bronzé et tanné par le soleil. Norma portait une petite robe imprimée et des sabots en plastique. Frank était en tenue de plage ; il avait un short dans le style « Miami Beach Rhumba ». Palm Vista était un ensemble de résidences en stuc, construites au milieu de jardins. Chaque appartement disposait d'une véranda. Les rues portaient des noms de pierres ; Frank et Norma habitaient rue d'Opale. Le lac sur lequel donnait leur appartement était une pièce d'eau artificielle. Les appartements qui le bordaient bénéficiaient d'un petit patio prolongeant la véranda. Enchantés de ce luxe, Frank et Norma ne manquèrent pas de souligner cet avantage et firent entrer Doug par le côté patio. L'appartement comprenait un ensemble salon-salle à manger, une cuisine donnant dans la salle à manger, une chambre de maîtres et une chambre d'amis. Toutes les pièces étaient meublées en rotin, comme si Frank et Norma avaient acheté en cinq minutes dans un entrepôt « de quoi se meubler entièrement pour 399 dollars ». Il était dans la maison de ses parents, et elle n'avait pas d'histoire.

— Superbe, dit-il.

— Nous avons tout ce qu'il nous faut, expliqua Frank.

Ils avaient hâte de lui faire voir les équipements collectifs. Ils longèrent la piscine découverte, les courts de tennis, et s'arrêtèrent au pavillon principal, vaste construction d'un étage en briques blanches, renfermant la piscine couverte, les ateliers de bricolage, un théâtre. Climatisé, propre et bien entretenu, ce bâtiment était le cœur de Palm Vista, et Frank et Norma en étaient fiers.

Doug comptait les emmener dîner. Ils ne voulurent pas qu'il dépense son argent et insistèrent pour prendre une collation dans un restaurant. A 5 h 30, tout en grignotant une salade, il les regarda avaler avec enthousiasme leur goulasch et leur pudding de nouilles.

Après le dîner, il se promena avec ses parents le long d'un sentier empierré qui faisait le tour du lac.

— Et ton boulot ? demanda Frank.

— Mieux que je n'aurais cru.

— Et ta vie ? demanda Norma.

— Je vois quelqu'un. Elle est collectrice de fonds. En vous quittant, je compte aller chez elle à Saint-Thomas.

— Saint-Thomas ? fit Norma. Elle n'est pas dans la mouise.

Plus tard, couché dans la chambre d'amis, il entendit Frank et Norma parler doucement dans la cuisine, et rire, ce qui était très surprenant de leur part.

Le jour suivant, voulant les voir séparément, il alla se promener avec l'un puis avec l'autre.

— Les équipements sont de premier ordre, dit Doug à son père.

— L'assistance médicale aussi. On voit plus d'ambulances que de taxis.

— Et la pêche ?

— Je pêche. J'ai trouvé quelques compagnons de pêche. J'ai assez de poissons dans le congélateur pour ouvrir une poissonnerie.

— Mais tu t'occupes.

— Occupé ici, ce n'est pas occupé à New York. Ici, c'est la Floride. Je m'y ferai. Ils ont des ateliers d'adaptation. Ils ont des ateliers pour tout. Baisse-toi

250

pour lacer tes souliers, et, séance tenante, ils ouvrent un atelier pour apprendre à lacer les souliers.

— Avez-vous besoin de quelque chose ? Un magnétoscope ?

— C'est pas un magnétoscope qui changera notre vie. Si je pouvais travailler, je travaillerais. Si je pouvais gagner beaucoup d'argent, je gagnerais beaucoup d'argent. Mais je n'ai pas à me plaindre. L'endroit est magnifique. C'est la retraite, quoi.

Une femme d'une soixantaine d'années, les seins pendants débordant de son chemisier, passa à côté d'eux et salua Frank.

— Ce n'est pas mon type, dit Frank.

— Voyez-vous ça.

— Tu crois peut-être que rien ne se passe ici ? Moi, ça ne m'intéresse pas. Mais ça baise à tout va.

— Vraiment ?

— Ici, il n'y a pas de vertu farouche.

Plus tard dans la journée, Doug fit une promenade avec sa mère.

— Papa et toi avez l'air de bien vous entendre.

— On a intérêt. Il faut faire le plein avant la dernière étape.

— Dis-moi. Vous avez eu des années difficiles...

— C'est le moins qu'on puisse dire.

— Qu'est-ce qui vous a tenus ensemble ?

— Autour de nous, personne ne divorçait. Myrna Loy a divorcé. Mais, autant que je sache, je n'étais pas Myrna Loy.

— Mais il y avait pourtant des gens qui se quittaient.

— Pas que nous connaissions. On restait ensemble. On avait des enfants, on restait pour les enfants. Je ne critique pas. Tu as été formidable pour mes petits-

251

enfants, mais ton frère et toi, malgré tout, vous avez eu un toit et deux parents.

— C'est vrai.

— On restait. On sait ce qu'on perd, on ne sait pas ce qu'on gagne. Qui dit que ce sera mieux ailleurs ?

Sa génération était celle des divorces et des remariages, mais il se demandait, en écoutant sa mère, si sa génération à elle, si éloignée de ces finesses, ne connaissait pas quelque chose qu'ignorait la sienne.

Le lendemain matin, ils allèrent à la piscine découverte. Les gens se disputaient les meilleures places ; ils laissaient des lunettes de soleil ou un livre sur les fauteuils et revenaient après le petit déjeuner pour réclamer leur siège. Doug entra dans l'eau, puis se sécha au soleil dans une chaise longue. Encadrant leur fils, Frank et Norma, installés dans des fauteuils, prenaient le soleil.

— Qu'est-ce que ça veut dire ? entendit-il prononcer avec colère.

Se retournant, il vit un homme tout en os d'environ soixante-dix ans dans un maillot de bain trop large, faisant face à une solide femme de quelques années plus jeune que lui dans son maillot une-pièce, qui ne parvenait pas à dissimuler ses bourrelets.

— C'est mon fauteuil ! Il y avait ma casquette dessus, dit-il.

— Quelle casquette ? Il n'y avait pas de casquette.

Se baissant pour regarder sous le siège, l'homme trouva une casquette à lisière.

— Elle était sur le fauteuil. Vous l'avez jetée par terre.

— Je ne l'ai pas jetée, dit-elle, tirant le fauteuil à elle.

— Rendez-moi mon fauteuil, dit l'homme, essayant de le lui arracher. Espèce de grosse vache !

— Voilà qu'il m'insulte. Espèce de vieux sac d'os !

— Donnez-le-moi. C'est mon fauteuil. Donnez-le-moi !

Ils tiraient tous les deux sur le siège, et Doug se disait que de la manière dont ils s'y prenaient, si l'un des deux lâchait prise, l'autre tomberait en arrière et se ferait mal. Les gens qui se trouvaient au bord de la piscine les regardaient, comme si cela faisait partie du programme de la matinée. Doug se leva pour intervenir, mais avant qu'il n'ait eu le temps de les atteindre, l'homme hurla :

— C'est mon fauteuil, espèce de grosse voleuse !

Il tira de toute ses forces et s'évanouit. Un cerf-volant qui s'abat. Il se tenait la poitrine en haletant. Les signes étaient clairs. Les gens se précipitaient dans tous les sens, un homme lui donnait les premiers soins, quelqu'un d'autre courait vers le téléphone du garde chargé de la sécurité. L'homme était étendu par terre à côté de son fauteuil tant convoité. Dans les minutes qui suivirent, une ambulance arriva et l'emporta. Tout le monde reprit sa place. Les derniers arrivants furent informés de ce qui venait de se passer, et très rapidement le calme retomba sur la piscine.

Le soir, Doug et ses parents étaient assis dans le patio, à regarder le lac artificiel.

— Ce sera à vous un jour, dit Frank. A toi et à Marty.

— C'est incroyable, non ? dit Norma, parlant de ce petit lopin qui lui appartenait. D'avoir quelque chose comme ça dans sa vie.

L'incident de la piscine ne semblait pas les avoir frappés outre mesure. Ils avaient appris à vivre avec des ambulances. Doug, quant à lui, fut secoué par cet événement. Comparé à ses enfants ou aux yuppies, il n'était pas beaucoup plus jeune que certains de ceux qui se trouvaient à la piscine. Etait-ce la prochaine étape ? La vie tient à un siège, et un simple fauteuil peut vous valoir une attaque.

15.

Située sur une colline surplombant la ville de
Charlotte Amalie, à Saint-Thomas, la villa d'Ann
Townsend dominait le port. Assis sur sa terrasse, on
pouvait observer les bateaux et les yachts, en sirotant
plein de contentement un daiquiri servi par son serviteur.

Dans l'après-midi, Doug prit le volant de la jeep
qu'Ann laissait sur place, et ils gagnèrent une petite
baie qui faisait face à l'île Saint-John. Ann y avait
rendez-vous avec Steve Clair, qui était promoteur et
travaillait à un projet de complexe de loisirs, à l'emplacement d'un ancien club balnéaire. Le conseiller financier d'Ann y avait investi pour elle des capitaux, et
Clair, qu'elle connaissait de New York, lui avait
demandé de venir voir le site pendant qu'elle était dans
l'île. Par politesse, elle vint inspecter les lieux. La
quarantaine, blond, hâlé, un mètre quatre-vingt-trois,
Clair portait une chemise et un bleu de travail. Il leur fit
visiter le chantier, maquettes et plans à l'appui.

— Steve est un génie de l'immobilier, dit Ann,
s'adressant à Doug.

— En sachant s'y prendre ici, on peut faire merveille, dit Clair.

— Tout me paraît parfait. De toute manière, je suis partie prenante, dit Ann.

— En effet. Entre parenthèses, dit-il à l'adresse de Doug, si vous voulez faire un placement, dites à votre avocat de nous appeler à New York.

C'est ainsi que cela se passait dans certains cercles. Si vous en faites partie, votre avocat n'a qu'à prendre contact avec nous. Clair monta dans sa Jaguar ; Doug et Ann se promenèrent sur la plage déserte.

— Nous allons faire l'amour tout de suite, ici même, dit Doug.

— Pas en public.

— Ça n'a rien de public. Il n'y a personne ici.

— Doug, je t'en prie.

— Même si quelqu'un nous voyait, il n'en croirait pas ses yeux.

Pour la taquiner, il la tira sur le sable, mais elle résista.

Ils firent l'amour ce soir-là, à une heure correcte, après les cocktails, le dîner et le départ du domestique. Le lendemain, sur la plage, Doug trouva un Frisbee à demi enfoui dans le sable ; il essaya de le lancer à Ann, mais elle ne voulait pas jouer. Il avait envie de la prendre par les épaules, de la secouer et de lui dire : « Je t'aime, mais je voudrais te voir, juste une fois, lancer un Frisbee, être spontanée, chanter " On the Road to Mandalay", comme Jerry Colonna. » Et il se mit à chanter « On the Road to Mandalay » ; mais, lorsqu'il en arriva aux ébats des poissons volants, quelques personnes allongées au soleil levèrent les yeux, si bien qu'Ann lui demanda d'arrêter. Ils restèrent encore deux jours et deux nuits à Saint-Thomas, à lire, parler de leurs lectures, faire l'amour au moment adéquat, après le dîner, avant de s'endormir. Séjour caraïbe sans passion tropicale, mais d'une bienséance toute tropicale.

Quelques jours plus tard, eut lieu à New York un bal de charité au profit de la Croix-Rouge. Le nom d'Ann figurait sur le programme parmi les membres du comité d'organisation ; Doug n'était lui qu'« ami du bal » pour cinq cents dollars. Pendant qu'Ann et d'autres membres du comité s'entretenaient avec la presse, Doug observait la scène. Tom Daley se trouvait là avec sa femme, Mary, séduisante dans sa robe de lamé argent ; il la présenta à Doug.

— Cet homme a un cerveau qui tourne à toute vitesse, dit Daley. Qu'avez-vous à me proposer là tout de suite ? Une bonne action discrète.

— L'alphabétisation. Vous fabriquez des ordinateurs. Ce n'est pas sans rapport. Il faut savoir lire pour les utiliser. Donnez de l'argent à des programmes d'alphabétisation.

— Tu as vu ? fit Daley. Je vais le faire, Doug.

Daley s'excusa et entraîna sa femme sur la piste de danse. Doug observait les danseurs en buvant son champagne. Il connaissait plusieurs personnes qui lui firent un petit signe, quelques directeurs avec lesquels il avait été en affaires, des gens qu'il avait connus par Ann et les Macklin. Seigneur ! C'est mon milieu. Je suis devenu l'un d'eux.

Susan téléphona à Doug pour prendre un verre avec lui. Ils se retrouvèrent chez Pierre après le bureau. Elle ne lui parut pas en forme. N'y avait-il pas prêté attention auparavant, ou bien la voyait-il avec plus de lucidité, maintenant qu'il en était complètement détaché ? Il lui remarqua des rides au coin des yeux, un empâtement du visage et du menton. Non. Ça ne me fait aucun plaisir de le constater. Mais pourtant, toi aussi, Susan, tu as vieilli.

Ils parlèrent des enfants, de la décision de Karen de rester à New York. Susan était préoccupée, nerveuse ; elle ne cessait de tripoter son verre, de plier et replier sa serviette.

— Doug, finit-elle par dire, j'ai quelque chose à t'annoncer. Jerry et moi divorçons.

— Quoi ?

— Nous avons pris des avocats. Les enfants sont prévenus. Je déménage cette semaine.

— Cette semaine ?

— Il court les filles. Symptôme ou cause, je ne sais pas. Mais le fait est là...

Sa voix se brisa.

— Et depuis le début. Je ne voulais pas l'admettre. Mais les choses sont devenues tellement évidentes, que je ne pouvais plus refuser de voir.

— Comment le prends-tu ?

— J'encaisse.

— Comment les enfants ont-ils réagi ?

— Ça les a perturbés. Il fallait que je leur donne une raison, et j'ai dit, entre autres choses, qu'il y avait incompatibilité d'humeur entre Jerry et moi. Ça n'a pas très bien pris. Je leur ai dit aussi que Jerry n'était pas mûr pour le mariage, et je crois qu'ils ont très bien compris qu'il y avait une histoire de femmes là-dessous. Il leur a longuement parlé seul à seul. Il pleurait. Il leur a dit qu'il leur était très attaché et qu'il voulait qu'ils restent amis. J'aimerais pouvoir le croire. Avec le recul, je pense que j'étais une possession parmi d'autres. Moi, comme les autres. Pour lui, je n'étais pas différente d'une nouvelle voiture.

258

— Je suis désolé pour toi.

— J'ai vu une psy. Nous avons évoqué les conséquences sur les enfants. Elles seront moindres que s'ils étaient plus jeunes. Elle dit qu'il vaudrait mieux qu'ils ne s'imaginent pas que nous allons nous réconcilier.

— En effet, dit-il avec détachement.

— Je leur ai donc parlé du nouvel appartement que je vais louer et je leur ai dit que nous l'arrangerions ensemble.

— Tu vas quitter ce palais ?

— Je ne veux pas y rester. J'aurai un appartement plus petit dans la 72ᵉ Rue Est. Pauvre Harry. Je ne sais pas comment il va prendre la chose. Dormir dans un couloir, comme les autres chiens...

— Toutes ces pièces dans toutes vos maisons...

— Jerry va garder la maison de campagne et vendre l'appartement. Il va en tirer un bénéfice. Je n'ai pas à me plaindre. Il paye mon nouvel appartement, ce qui est normal, et je possède une part des magasins Flash.

— Oh...

— Je les ai pensés. Je les ai conçus. Je les ai dessinés. Son imagination ne lui sert qu'à inventer des histoires pour cacher ses frasques. Doug, quel désastre ! Deux divorces !

— Dis-toi qu'il y a des tas de filles, qui vont encore à l'école, ou qui travaillent pour la première fois et qui voudraient bien être à ta place.

— C'est gentil de me dire ça. Mais ce qu'elles voudraient peut-être c'est mon compte en banque, sûrement pas le reste. Ma psy dit qu'Andy et Karen devraient s'en sortir sans problème, car ils savent que toi et moi séparément, nous sommes « solides comme des rocs ».

— Des rocs, dit-il doucement, c'est bien ce que nous sommes.

— Qui l'aurait cru ? Notre couple est meilleur dans le divorce que dans le mariage.

Il rentra chez lui, triomphant. C'en était fini des parties de bras de fer avec Jerry. Il s'acheta une bouteille de champagne et la but à la santé de Jean Jerry. Il commanda une pizza. Pizza et champagne, une soirée d'adieu à Broeden. Une heure plus tard, la bouteille finie, un peu éméché, il prit une douche. Cherchant une chanson adaptée aux circonstances, il choisit « I'm Gonna Wash that Man Right Out of My Hair. »

— Je sais que c'est une chanson de fille, s'écria-t-il à l'adresse des voisins, mais le sentiment est juste !

Puis le mal de tête du lendemain matin, et les implications du divorce. Quelle idée de l'amour Karen et Andy en tireraient-ils ? Leurs parents divorcés, leur mère divorcée deux fois ? Et Susan devrait tout recommencer. Il voulait croire que c'était par amour qu'elle l'avait épousé lui, Doug, tandis que Broeden, c'était en partie, peut-être, par commodité. Mais dans un cas comme dans l'autre, c'était un échec.

Doug jugea important de parler du divorce aux enfants. Andy venait à New York pour voir le nouvel appartement, et Doug l'emmena déjeuner avec Karen. Ils s'installèrent dans un des boxes du Blarney, et les enfants essayèrent de lui donner l'impression qu'installer un nouvel appartement constituait une expérience positive ; ils allaient choisir de nouveaux tableaux, de nouveaux coloris, mais Doug n'était pas dupe de leur peine. Nous recommençons. Ça n'a encore pas marché.

Humpty-Dumpty. Les mariages en morceaux ne pouvaient être raccommodés, pas plus le sien que les autres. Les enfants parlaient, parlaient, trop vite, avec trop d'enthousiasme, accumulant les détails de décoration, pour masquer leur peine aux yeux de leur père et aux leurs propres. Ils s'arrêtèrent. Karen et Andy se turent, épuisés par leur effort pour faire croire qu'ils ne se souciaient que de décoration.

— Je veux que vous sachiez, dit-il, que même si ce mariage n'a pas été un succès, ça ne veut pas dire que l'amour est impossible.

— Ton mariage non plus n'a pas été un succès, dit Andy.

— J'en ai bien conscience, Eunice, répondit-il, reprenant une réplique d'une pub télévisée qu'ils aimaient tous.

Ils sourirent.

— Quand je serai plus vieille, on aura peut-être inventé autre chose que le mariage, dit Karen.

— L'important, c'est que vous n'en concluiez pas que l'amour est impossible. Il ne faut pas que mon mariage avec maman et celui de maman avec Jerry faussent votre vision des choses. Il faut vous dire que, malgré nous, vous pouvez tomber amoureux et vous marier. Ecoutez donc les romances les plus démodées, les plus sirupeuses et les plus romantiques, et faites-les vôtres. Et à vos moments de déprime, de cynisme...

— C'est-à-dire à présent, fit Andy.

— Je veux bien le croire. Et quand vous serez plus vieux, je veux que vous vous rappeliez ce moment, cet instant même, et que vous vous souveniez que je vous ai dit que le plus important dans ma vie, ce qui compte le plus pour moi, c'est le fait d'être votre père. Et je ne serais pas votre père, et vous ne seriez pas ici, si un jour je n'étais pas tombé amoureux de votre mère et qu'elle n'était pas tombée amoureuse de moi.

Doug était sur un gros hors-bord, ou un yacht, il ne voyait pas la différence. La dernière fois qu'il était monté dans un bateau, c'était à Central Park dans un canot à rames. Celui-ci s'appelait le *Red Herring* et appartenait à Sy Chapman Realty. Fendant les flots de l'Hudson, ils faisaient le tour de l'île de Manhattan, pour permettre à Chapman de montrer ses possessions immobilières. Un équipage, composé de trois personnes, s'activait aux manœuvres pendant que Doug et Chapman contemplaient l'horizon. Un mètre soixante-huit, la cinquantaine bien entamée, Chapman était si rondouillard qu'il faisait penser à une grosse boule de pâte à pizza.

— Ça vous plaît? demanda-t-il à Doug.

— On dirait que la Circle Line Cruise est à moi.

— Je suis l'un des plus gros propriétaires d'immeubles résidentiels. Dans le commercial, il y a plus gros. Mais dans le résidentiel, je suis l'un des meilleurs. Ici, j'en ai, dit-il en désignant le rivage. Et là, j'en ai.

« Là » était un immeuble sur Riverside Drive, théâtre d'un conflit propriétaire-locataires à propos de tracasseries, dont Chapman se serait rendu responsable. Doug avait lu un article à ce sujet et la dispute s'était terminée par un compromis.

— Là, vous avez eu des problèmes.

— C'est arrangé. Nous sommes tous amis. Je suis pour les locataires, je suis pour la ville. Je viens de Lower East Side. Je suis juste. Le Propriétaire Juste. C'est notre devise.

— Je ne savais pas que les sociétés immobilières avaient des devises.

— C'est moi qui en ai eu l'idée. Maintenant, comment la faire passer ?

— Il est question d'une association avec un événement sportif à New York principalement ?

— Je n'ai rien à Chicago.

— Je suis un peu lent aujourd'hui. L'eau ne me convient pas.

— Vous voulez rentrer.

— A vrai dire, oui.

— Hé ! cria-t-il. Demi-tour.

— On pourrait organiser une épreuve de marche à travers les rues de la ville, avec arrivée à Central Park. C'est une discipline peu connue. On pourrait procéder à des éliminatoires par catégorie. Organiser des sessions d'entraînement.

— Les concurrents porteraient mon T-shirt ?

— Vous pourriez en faire cadeau aux marcheurs.

— Et il y aurait ma photo dessus et ma devise : « Chapman, le Propriétaire Juste ? »

— Vous voulez dire votre photo et votre devise sur les T-shirts ?

— « Le Propriétaire Juste. » J'y tiens.

— Je comprends. Mais je ne crois pas que les gens vous suivront, monsieur Chapman. Ils auront l'impression d'être des panneaux ambulants.

— Alors, où est mon intérêt ?

— Votre image de marque. Témoigner de votre générosité.

— Et sur la ligne d'arrivée, il y a un calicot ?

— Oui.

— On pourrait les mettre là aussi.

— Il ne s'agit pas d'une campagne politique.

— Je vais y réfléchir. Mais tâchez de placer ma photo quelque part. J'en ai une bonne. Bachrach. Ils font d'excellentes photos.

La semaine suivante, Doug fut interviewé dans son bureau par une journaliste du *Business Times* sur ses activités. La fille avait à peine plus de vingt ans. C'était une petite brune à l'air concentré, équipée d'un magnétophone, qui vérifiait constamment si son appareil fonctionnait bien. Elle avait préparé une liste de questions, et était tellement absorbée par cette liste et par son engin que Doug se demandait si elle écoutait les réponses. Lorsqu'elle lui demanda si les alliances qu'il mettait sur pied ne portaient pas atteinte à l'esprit du sport, question qu'il s'était lui-même posée, il répondit par la négative, dans la mesure où les épreuves n'étaient pas truquées, ce à quoi il veillait strictement.

— J'ai appris que vous montiez une opération avec Sy Chapman.

— Il en est question. Rien n'est décidé. Comment le savez-vous ?

— Il harcèle le journal pour qu'on parle de lui. Ça ne vous gêne pas, dit-elle, le nez dans ses notes, de faire des affaires avec un homme accusé de tracasser ses locataires et de bloquer le classement d'un immeuble de Greenwich Village, à seule fin de le raser dans un but lucratif ?

— En première instance, on est parvenu à un compromis, et en deuxième instance, il a renoncé à son projet. Il n'a rien à se reprocher et nous travaillons à l'organisation d'une épreuve sportive qui sera très populaire.

— Estimez-vous qu'en matière d'accord le marché

du tennis soit saturé ? demanda-t-elle pour changer de sujet.

Comme elle continuait à le presser de questions, il réfléchissait à la façon dont il s'était tiré de la question piège ; il croyait y être arrivé. Il était dorénavant de l'autre côté ; il se comportait comme ceux qu'il avait interviewés autrefois. Il biaisait.

Ann désirait aller à une foire aux antiquaires à Greenwich, dans le Connecticut, et elle demanda à Doug de l'accompagner. Ne voulant pas avoir de voiture, elle utilisait les services d'une entreprise de louage. Pour ce déplacement, Doug loua donc une voiture. A la foire, elle acheta une broderie d'enfant datant de 1840, « ouvrage exquis » de quatre mille dollars.

— Ça fait longtemps que j'en cherche, dit-elle en faisant le chèque.

Quelques minutes plus tard, il découvrit un dessus-de-lit de patchwork américain, fait de carrés rouges, blancs et bleus, qu'Ann déclara de « bonne facture ». Il l'acheta pour quatre cents dollars. Je n'en avais aucun besoin, mais dans ce nouveau style de vie, le besoin n'est jamais en cause. Que diable ! C'est de « bonne facture ». Doug et Ann quittèrent la foire avec leurs acquisitions. Ann proposa alors, puisqu'ils en étaient si près, de passer voir sa mère à Darien. Ann téléphona. Sa mère était sortie, mais devait rentrer d'ici à une heure. Ils se mirent en route. Il s'attendait à une maison, pas à Versailles. Ayant passé deux haies épaisses et hautes comme des arbres, franchi une grille verrouillée à commande électronique, ils s'engagèrent dans une longue allée circulaire menant à une construction de style géorgien en brique rouge, à côté de laquelle le manoir colonial de John Gannon à Mamaroneck avait l'air d'une bicoque.

— Combien de pièces? demanda-t-il.

— Une vingtaine, répondit Ann.

— Et qui y vit?

— Ma mère. Et le personnel.

— C'est ici que tu as grandi?

— Avec mes frères.

Un maître d'hôtel en tenue les accueillit à la porte.

— Miss Ann.

— Walter, voici monsieur Gardner.

— Madame votre mère va bientôt rentrer.

— Où est-elle allée? demanda Ann.

— Aux courses.

— Elle parie?

— C'est son passe-temps favori, répondit-elle.

Ils se promenèrent dans le parc magnifiquement aménagé. Une équipe de jardiniers s'activait sous les ordres d'un vieil homme en vêtements de travail verts. Ann lui dit bonjour. Il effleura son chapeau.

Elle lui fit visiter la maison, les pièces qu'elle-même et ses frères avaient occupées, l'appartement de son père, mort dix ans auparavant — sa mère avait aussi le sien — les chambres d'invités, d'adultes et d'enfants, le billard, le ping-pong, les fumoirs, les divers salons, l'aile des domestiques.

Une Cadillac de collection, haut perchée avec d'énormes pare-chocs et de gros pneus à flancs blancs, apparut, conduite par un chauffeur si vieux et fluet qu'il dépassait à peine du volant. Il en sortit avec raideur pour ouvrir la portière à la mère d'Ann, Mrs Grace Fielding, petite femme voûtée encore fraîche aux cheveux gris, dont les quatre-vingts ans bien sonnés laissaient deviner qu'elle avait été une beauté. Elle portait une robe rose, des souliers roses, tenait à la main le *Daily Racing Form* et arborait une visière verte.

— Matinée épouvantable, dit-elle. J'ai perdu sur tous mes chevaux. Comment vas-tu, Ann? Qui est-ce?

— Doug Gardner, un ami.

— Un nouvel ami? Que faites-vous?

— Je travaille dans le sport. Je mets en rapport des responsables d'événements sportifs et des entreprises susceptibles de les parrainer.

— Je n'ai jamais entendu parler d'un truc pareil. Connaissez-vous les chevaux?

— Ce n'est pas mon point fort.

— Doug était chroniqueur sportif, mère.

— Vraiment? Vous allez me raconter ça autour d'une tasse de thé.

Elle entra lentement dans la maison, ses domestiques lui ouvrant les portes.

— Démarrage rapide, ralentissement avant la ligne d'arrivée, dit-elle à Doug en se dirigeant vers le patio, situé à l'arrière de la maison. Mais cette pouliche reste valable.

Ils s'installèrent dans des fauteuils en osier autour d'une table assortie. Une servante âgée leur servit du thé et des biscuits. Hormis les jardiniers, aucun des domestiques ne semblait avoir moins de soixante-dix ans.

— Happy Banquet. Parti à douze contre un et je l'avais joué. A mené toute la course et s'est effondré dans la dernière ligne droite. Connaissez le cheval? demanda-t-elle à Doug.

— Pas personnellement.

— Pas personnellement? Très drôle. Vous est-il arrivé de connaître des chevaux personnellement?

— J'ai été présenté à Dr Fager...

— Et ?

— Il a essayé de me mordre.

— C'est vrai qu'il mordait ! Tu entends ça, Ann.

Elle ouvrit le *Racing Form*.

— Parlons un peu des trotteurs.

— Mère, je ne crois pas que Doug ait très envie de rester ici à parler chevaux.

— Dans quoi écriviez-vous ?

— Dans le *Sports Day*. Le *New York Post*.

— Avant, j'achetais le *Post* pour les résultats. Et puis je me suis mise aux vrais journaux hippiques. Vous vous rappelez Native Dancer ? Sa cote était faible, mais j'ai parié gros. J'ai meublé les chambres grâce à lui.

— Jimmy Cannon a écrit un article sur ce cheval, que je n'oublierai jamais. C'était à la limite du bon goût. Il disait que Native Dancer était un grand cheval, mais un type meilleur encore.

— Ce n'est pas Dancer qui vous aurait mordu.

Elle se tourna vers Ann.

— Il me plaît, dit-elle en parlant de Doug. Pourquoi ne l'épouses-tu pas ?

— Mère !

— On peut vous faire un beau mariage dans le parc.

— J'ai déjà eu un mariage dans le parc.

— Mais pas lui.

Elle décréta qu'elle voulait jouer au croquet. Ann s'étant défilée, Doug accompagna la vieille dame, qui lui expliqua les règles du jeu.

— Vous n'avez jamais joué au croquet ? D'où sortez-vous ? Vous devriez songer à épouser Ann. A raté ses deux premiers départs. Pourrait surprendre.

— Je suis très flatté.

— Elle manque un peu d'entrain.

Seigneur, est-ce là tout mon avenir ! Discuter sport et débiter des monstruosités.

— Ann est quelqu'un de bien, dit-il.

— Oui, c'est vrai. Et elle aura la maison. Je la lui ai laissée. Mes garçons n'en ont pas besoin. Ils en ont déjà.

Ils jouèrent un petit moment, puis elle se fatigua.

— Je vous suis reconnaissante d'avoir fait cela, dit-elle en regagnant le patio, où les attendait Ann.

— Un des meilleurs, dit-elle, parlant de Doug.

Elle s'assit dans un fauteuil.

— Départ impressionnant. Pourrait bien l'emporter d'une encolure, ajouta-t-elle.

Puis elle laissa tomber la tête et s'endormit.

— Elle est très pittoresque.

— Elle l'est moins quand c'est ta mère.

Il se voyait le samedi assis avec la vieille dame à siroter du thé autour de la table en osier en discutant chevaux. Entraîné dans cette liaison commode, où les sentiments n'avaient qu'une place limitée, il en accumulait les avantages et en venait peut-être même à l'épouser et à vivre dans cette immense maison entourée de ce parc superbe. J'ai joué au base-ball. Je peux bien apprendre à jouer au croquet.

16.

La salle à manger de direction de la société de Tom Daley avait été aménagée sur une terrasse vitrée, au sommet de l'immeuble abritant ses bureaux, qui dominait le port. La table était ornée de fleurs ; deux maîtres d'hôtel servaient du vin et du pâté. Le directeur de la publicité et celui de la promotion vinrent prendre un verre avec Doug et Daley. C'était la deuxième fois que Doug rencontrait les collaborateurs de Daley, et il ne les avait encore rien entendus dire de marquant. Ils étaient sûrement bien payés et devaient habiter de belles maisons en banlieue. C'était le genre d'hommes qu'admirait Doug, dans les années cinquante, sur les publicités du *Saturday Evening Post* et auquel il aurait voulu s'identifier, lorsqu'il s'était inscrit aux cours de gestion de l'université de New York. Maintenant qu'il les avait devant lui, il ne leur trouvait rien d'exceptionnel. Daley avait beaucoup plus de présence que ses deux directeurs. Doug n'était pas sûr de pouvoir égaler Daley. Mais il était sûr de pouvoir faire aussi bien que les deux autres.

— Qu'aimeriez-vous manger ? lui demanda Daley.

— Qu'y a-t-il au menu ?

— Il n'y a pas de menu, dit Daley avec un sourire

Commandez ce dont vous avez envie. Mon chef fera acheter ce qu'il faut et le préparera.

— C'est vraiment le fin du fin.

Doug demanda du saumon poché et une salade. Daley commanda la même chose. Ils parlèrent des Olympiades de la Rue et d'autres opérations du même genre. Le dîner fut annoncé une heure plus tard et les deux directeurs, qui n'avaient pas été conviés, se retirèrent. Lorsqu'ils furent seuls, Daley changea de ton. Il s'impliquait davantage dans ses propos. La vraie discussion commençait.

— Notre société, Doug, est sur le point d'attaquer les Japonais sur les marchés internationaux. Je nous verrais bien nous engager dans une opération de sponsorisation sportive à grande échelle, quelque chose de mondial. Et vous êtes l'homme de la situation.

— J'essaie de l'être.

Daley ouvrit un dossier préparé sur la table et feuilleta toute une série de photocopies de chroniques et d'articles de Doug.

— Vous êtes plein d'idées, et vous ne sortez pas du moule commun.

— En fait, j'ai fait de médiocres études de gestion.

— Voilà quelque chose qu'on se garderait bien de dire dans mon entourage. Ils ont trop peur. Votre parcours, étranger à la bureaucratie, me plaît.

— Cela n'a pas été tout seul, Tom.

— Mais vous ne correspondez à aucun modèle convenu. Vous avez un sens tout à fait singulier des choses, et je voudrais pouvoir l'utiliser à temps plein. Je veux que vous veniez travailler avec moi, Doug.

— Tom, les types qui étaient ici tout à l'heure ont été congédiés. En fait, vous les avez tout bonnement congédiés. Je n'aimerais pas me trouver dans cette situation. En principe, je dépends de Macklin, mais en fait je suis mon propre maître.

— Justement. Votre travail actuel consiste à prendre contact avec des sociétés pour enlever des contrats. Vous avez des concurrents. La concurrence pourrait se durcir. Ce qui paraît intéressant aujourd'hui ne le sera plus dans quelques années.

— Une fois signé, un accord peut rapporter pendant longtemps.

— Mais vous êtes tenu d'en trouver d'autres. J'ai besoin de vous, Doug. J'aimerais vous confier mon image et celle de ma société, vous demander de contrôler tout ce que nous serions amenés à en dire ; et aussi de participer aux décisions importantes du groupe. Je vois en vous un bras droit.

— Après avoir vu ces types sortir d'ici...

— Vous ne rendrez compte à personne d'autre qu'à moi, et je ne crois pas que vous soyez du genre à me lécher les bottes. Vous serez extérieur à l'organigramme. Vice-président chargé des promotions spéciales. Vous gagnez le pompon.

— Je n'en crois pas mes oreilles.

— Ce n'est pas tout. Il y a un autre pompon, mais un peu plus petit. Deux cent mille dollars par an pour commencer. Un contrat de trois ans garanti. Une augmentation automatique de cinquante mille par an. Des primes en action, et nous sommes en pleine expansion. Jamais vous ne gagnerez autant avec Macklin. Et on mettra à votre disposition une des limousines avec chauffeur de la société. Ce poste n'existe pas, Doug. Je le crée pour vous.

— Voilà qui mérite réflexion.

— Pour moi, c'est tout réfléchi. De vendeur, vous devenez acheteur, vous faites des choses intéressantes et vous devenez riche. A propos, comment est le saumon ?

— Excellent.

— Cette pièce est à vous. Seul un petit nombre d'entre nous est autorisé à l'utiliser. Je la mettrai à votre disposition.

— Stupéfiant ! La dernière fois, c'était des costumes. Maintenant, c'est du saumon poché personnalisé.

Doug s'entretint le soir même avec Bob Kleinman qui décréta l'offre « fabuleuse ». Il s'inquiétait surtout de savoir si la limousine avec chauffeur pouvait être utilisée à titre personnel.

— Au fait, je ne vois plus Connie, dit Bob. Elle commençait à avoir des exigences d'épouse. J'ai une épouse. J'ai calculé que si je consacrais autant de temps à mon mariage qu'à ma liaison, celle-ci n'aurait peut-être plus son utilité.

— Je crois que tu es dans le vrai, espèce de vieux coureur.

— Je ne crois pas que Sarah l'ait su. Mais je me suis mis à faire la vaisselle à la maison, habitude que je tiens de Connie. Et un soir, Sarah m'a regardé d'un air quelque peu soupçonneux.

— En général, c'est au lit que les hommes se trahissent. Tu serais le premier à t'être trahi à la cuisine.

Le lendemain, à son travail, Doug essaya de comparer sa situation actuelle à celle que lui proposait Daley. Son premier appel provint de Sy Chapman, qui voulait savoir si Doug accepterait de faire figurer sa photo et sa devise sur tous les T-shirts et les calicots, en échange de quoi il parrainerait l'épreuve de marche. Pour enlever l'affaire, Doug proposa un compromis : la devise, mais pas la photo. Au moment où ils terminaient leur conversation, ils furent interrompus par la standardiste, l'avisant d'un appel urgent. C'était la mère de Doug.

— C'est ton père, dit-elle.

— Qu'y a-t-il ?

— Il a eu une deuxième attaque. Il vit. Il n'est pas encore mort.

— Que veux-tu dire par « encore » ? C'est grave ?

— Plus que la dernière fois.

— Où est-il ?

— A Broward General.

— Tu as eu Marty ?

— Il était sorti. On m'a dit qu'il rentrerait bientôt.

— Nous arrivons par le prochain avion.

Ils prirent le premier vol disponible. A l'hôpital, Doug et Marty trouvèrent Norma à la réception, dans une robe d'hôtesse.

— Maman, que se passe-t-il ? demanda Doug.

— Pas de visite avant une heure.

— Comment est-il ? demanda Marty.

— Dans un état critique.

Doug et Marty parlèrent au cardiologue. On allait lui faire des examens, dès qu'il irait mieux, pour savoir s'il supporterait un pontage. Les visites étaient autorisées ; pas plus de deux à la fois, et comme Norma l'avait déjà vu, Doug et Marty montèrent ensemble. Frank était relié à tout un système de tuyaux et à un moniteur cardiaque. Il était blanc et cireux. Dans la chambre, séparés par des paravents, se trouvaient deux autres hommes, également branchés à la technologie.

— Mes gars. Mes gars sont venus me voir, dit Frank, articulant avec difficulté.

— Bonjour, papa, dit Doug.

— Comment te sens-tu ? demanda Marty.

— Il faut avoir du cœur. C'est ce que nous disons à la résidence. C'est censé être drôle. J'ai encore du cœur.

— Mais bien sûr, papa, fit Doug.

— Comment vont les enfants ?

— Ils sont en bonne forme, répondit Doug.

— Tout le monde va bien, lui dit Marty.

— Nous avons vu ton médecin. Il veut te faire des examens, dit Doug. On fait maintenant des choses formidables.

— Je veux que vous me promettiez quelque chose. Quand je serai parti.

— Tu ne vas pas partir, papa, dit Doug.

— Quand je serai parti, je ne veux pas être mis sous terre, et mangé par les vers. Je veux être incinéré.

— Papa...

— Promettez-moi de le faire. Promettez.

— Je le promets.

— Marty, toi aussi.

— Je le promets.

— Je veux qu'on emmène mes cendres au large. Et qu'elles soient jetées dans une belle eau pure. Mais pas en Floride, dit-il, ses yeux allant de l'un à l'autre. Ça ne peut pas être en Floride. Je ne veux pas que mes cendres soient offertes aux poissons des mers du Sud. Emmenez-moi dans la baie de Sheepshead, prenez un bateau, et dispersez-moi au-dessus de l'eau. Mon âme reposera avec les bons carrelets de New York.

Epuisé par l'effort, il ferma les yeux. Doug et Marty restèrent un moment à le regarder dormir, avant de redescendre dans le vestibule. Norma alla passer une

275

demi-heure à son chevet, puis revint, disant qu'il dormait toujours. Elle remonta vérifier qu'il ne s'était pas réveillé, puis ils se rendirent à l'appartement. Doug et Marty partagèrent la chambre d'amis, chuchotant dans le noir, comme autrefois dans leur jeunesse, mais ils ne parlaient pas de filles, ni de leurs projets, mais de l'état de santé de leur père. La sonnerie du téléphone retentit à 5 heures du matin. Frank Gardner était mort.

— Faire une chose pareille, dit Norma en pleurant. Juste quand les choses allaient mieux.

Doug et Marty s'occupèrent de l'incinération, des billets d'avion pour ceux qui viendraient de New York, de l'organisation d'un service funéraire. Doug demanda où devrait avoir lieu le service. A New York ou en Floride ?

Norma préférait rester en Floride. La nuit qui précéda la cérémonie, la famille se réunit chez Norma et composa un éloge collectif au défunt. Il fut décidé qu'il vaudrait mieux que ce soit le rabbin qui le lise. Celui-ci fut envoyé par la synagogue la plus proche. C'était un homme sympathique, mais jeune. Il ne paraissait pas plus de trente ans. Voilà maintenant que même les rabbins se mettent à être plus jeunes que moi.

Le pavillon central de Palm Vista abritait une chapelle où eut lieu le service. Quelques amis new-yorkais de Frank et de Norma, installés en Floride, étaient présents, ainsi que deux hommes, qui se présentèrent comme compagnons de pêche de Frank. L'éloge funèbre était une accumulation de souvenirs : Andy jouant aux cartes avec son grand-père, Karen jouant avec lui à des jeux de société ; les filles de Marty et d'Ellen évoquèrent Frank les aidant à faire un bonhomme de neige ; Marty et Ellen, la visite de Frank dans leur maison de campagne ; Norma rappela combien il avait travaillé dur pendant tant d'années, ce qui recoupait la contribution de Doug : l'opiniâtreté du défunt, toutes ces années à régler des factures et à se battre pour demeurer solvable, qui tenait de l'héroïsme.

Doug ne pouvait pas s'empêcher de penser : un jour ce sera mon tour. Si les choses se passent comme prévu, je partirai sur une chanson, tirée de *Guys and Dolls* ou d'*Annie Get Your Gun*. Sur instruction de Doug, l'organiste acheva le service par un air que Frank aimait à fredonner : « When My Baby Smiles at Me ».

Durant cette épreuve, Doug dut soutenir Karen et Andy. Karen pleurait souvent, tandis qu'Andy retenait ses larmes. Il leur rappelait que leur grand-père avait vécu longtemps, et qu'ils avaient été très proches de lui. Ils ne quittaient pas leur père. Andy et sa démarche virile — je suis à l'université, je ne suis plus un enfant — et Karen avec sa féminité florissante furent déconcertés par cette leçon de précarité humaine. Doug avait le sentiment qu'ils s'accrochaient à lui pour s'assurer que lui, au moins, il allait bien. S'il reconnaissait dans la mort de son père sa propre mortalité, ses enfants aussi.

Après la cérémonie, l'assistance resta un moment groupée devant le bâtiment et tomba d'accord pour dire que tout s'était bien passé, mais pour Doug quelque chose clochait. Le service funèbre de son père avait eu lieu en Floride dans une atmosphère parfumée, au milieu de promeneurs en tenue estivale, sur fond de palmiers et de joueurs de golf. Tout cela était très loin de son père. Ils auraient dû être à Manhattan, dans le flots des voitures et des taxis, dans le mouvement et le bruit de la ville. C'était là le monde de Frank, et Doug se demandait si sa transplantation en Floride n'avait pas hâté sa fin. Frank Gardner n'était pas d'ici et son service funèbre n'aurait pas dû y avoir lieu.

Doug et Marty louèrent un bateau de pêche par téléphone, et lorsqu'ils se présentèrent dans la baie de Sheepshead sans autre équipement de pêche qu'une mallette, portée par Doug et contenant l'urne, ils avaient l'air de tout sauf de pêcheurs. Le patron du bateau, grand efflanqué d'une trentaine d'années, les considéra avec suspicion.

— Vous allez louer des trucs?

— Nous ne pêcherons pas, répondit Doug.

— Vous ne pêcherez pas. Je vois que je ferais mieux de ne pas poser de questions. Pas vrai?

— Bien vu, dit Marty.

— Pauvre type, dit Doug à Marty, il s'imagine que nous faisons partie de la pègre.

Une fois au large, Doug ouvrit la mallette et en sortit l'urne. Les deux frères ensemble en répandirent le contenu à la surface de l'eau.

— Au revoir, papa, dit Doug. Tu as tant travaillé. Tu as fait de ton mieux.

— Moi, je n'ai rien à dire, fit Marty. Au fond, il ne m'aimait pas.

— Que veux-tu dire?

— Il ne m'aimait pas.

— Ce n'est pas vrai.

— Je suis trop petit.

— Marty...

— Il voulait avoir de grands fils, et j'étais à peine plus grand que lui. Et puis, il n'a pas aimé comme j'ai tourné.

— Il était très fier de toi, des magasins, d'Ellen, des enfants, de la maison de campagne. Ça se lisait sur sa figure, dès qu'il était avec toi. Il était fier, Marty.

278

— Tu crois?

— J'en suis sûr. Ellen et les enfants l'ont rappelé pendant le service. Quant à cette histoire de taille, tu te fais des idées. Combien mesurait-il? Aucun d'entre nous n'aurait jamais pu être Karim Abdul Jabbar.

— Eh bien, je voudrais lui dire : tu as fait de ton mieux, papa, et tu vas beaucoup me manquer.

Comme le bateau rentrait au port, ils regardaient défiler l'eau en silence.

Il avait soixante-neuf ans. Dans six semaines, j'aurai cinquante ans. Il y a deux minutes, me semble-t-il, j'avais trente ans. Combien de temps me reste-t-il? Deux minutes? Quelle différence cela fait-il alors de travailler pour Macklin ou pour Daley? Le temps passe si vite, c'est affolant.

Dans la période qui suivit la mort de son père, Doug ne voulut pas prendre de décision concernant l'offre de Daley. Il reprit son travail. Le soir, il regardait des films au magnétoscope. Il ne lisait pas. Il n'avait rien à apprendre. Il allait avoir cinquante ans.

Les enfants l'appelèrent du nouvel appartement de Susan pour lui demander ce qu'il aimerait faire pour son anniversaire. Ils voulaient donner une fête.

— Je ne veux rien faire du tout.

— Papa, on ne va pas escamoter ton anniversaire, dit Andy.

— Il faut faire quelque chose de formidable, dit Karen. Quelque chose que tu n'aies jamais fait. Une balade en hélicoptère au-dessus de New York...

— On pourrait peut-être traiter ça par la banalité, répondit Doug. Un dîner au Burger King. Et au lit.

De Floride, il avait parlé à Ann au téléphone. Elle

l'appela, s'inquiétant de ce qu'il ne lui avait pas donné signe de vie depuis son retour.

— C'est cet anniversaire. Cinquante ans, chez les hommes, c'est un vrai mythe. Qu'y a-t-il donc à célébrer?

— Ta réussite.

— Ah bon?

— Oh! Arrête! Nous allons faire une fête formidable. Chez les Fairly. Nous ferons venir Lester Lanin. Tenue de soirée et tout le tremblement. Somptueux. Mais il faut que je me dépêche. Je vais commencer à lancer les invitations.

— Ann, je ne veux pas de fête.

— Pour le moment, tu ne sais pas ce qui est bon pour toi.

— Ce n'est pas faux.

— Et pour demain soir?

— Demain soir?

— Au Hilton. Le dîner des lauréats.

C'était un dîner de gala en l'honneur des plus importants donateurs de United Way, qu'Ann avait aidé à organiser.

— J'avais complètement oublié.

— Doug!

— Je sais que c'est important pour toi. J'y serai.

Il l'y accompagna, vêtu de son smoking, et fit des frais à toutes sortes de gens de son nouveau milieu. Tom Daley s'avança vers lui.

— Alors?

—- Je ne peux pas encore répondre.

— Je pars en Europe pour plusieurs semaines. J'aimerais que vous démarriez avec nous à mon retour.

A la table où Ann et lui étaient placés se trouvaient un investisseur, passionné par un luxueux projet de station balnéaire dans le New Jersey, projet qu'il défendait avec un zèle religieux, et un général en retraite, qui avait servi au Viêt-nam et s'efforçait de réécrire l'histoire. Le champagne coulait à flots, et pour surmonter l'épreuve des discours qui se succédaient à sa table et au podium, Doug y ajoutait des doubles scotchs. La tête lui tournait, et dans le taxi qui ramenait Ann chez elle, il se sentait très mal à l'aise et craignait de vomir. Il lui dit bonsoir devant sa porte — en semaine il ne restait pas chez elle — et plutôt que de rentrer chez lui en taxi, il jugea plus sage de marcher un peu. Il descendit en titubant la Cinquième Avenue, avant de tourner dans Central Park South.

Il songeait à son père qui n'avait jamais assisté à une réception comme celle de ce soir, ni possédé un smoking, ni jamais mis les pieds dans les salons que fréquentait maintenant son fils. C'était un travailleur dont on pouvait seulement dire qu'il avait fait de son mieux. Doug avait de beaucoup dépassé son père. Ils n'appartenaient plus à la même classe sociale. Mais cette nuit-là, il se demandait s'il faisait de son mieux. Travailler pour Macklin, était-ce faire de son mieux ? Par rapport à cela, la situation offerte par Daley représentait probablement une amélioration, mais promouvoir une entreprise, était-ce là son mieux ? Cette liaison avec Ann, conformiste et quasi professionnelle, était-ce là son mieux ? L'accompagner à ses manifestations mondaines, passer tout ce temps dans les bals et les réceptions, était-ce là son mieux ? Epouser Ann et jouer au croquet sur la grande pelouse, serait-ce là son mieux ? Et son mariage avec Susan ? Etre séduit par une femme en raison de son style et s'indigner ensuite de ce qu'elle utilise ce style dans les affaires ? C'est pourquoi elle s'était mise à travailler davantage. On ne peut pas être séduit par les qualités d'une femme et lui en vouloir d'en tirer parti. C'était vraiment lamentable. Et Nancy ? Tu l'as laissée partir pour ce truc — ce smoking. Le smoking devint soudain le symbole de tout ce qui n'allait pas. Il étouffait dans ce smoking. Il arracha son nœud papillon, jeta sa veste par terre, se débarrassa de sa ceinture de soie. L'air lui manquait. Il étouffait.

Il allait s'asseoir un instant contre un mur pour retrouver son souffle. Il s'évanouit sur le trottoir. Une ambulance vint le ramasser et il fut ranimé par les gifles d'un infirmier. Il entra dans l'ambulance, les jambes flageolantes.

— Où allons-nous ? demanda-t-il.

— Au Roosevelt Hospital.

C'est là qu'ils avaient emmené papa.

Le médecin des urgences lui dit :

— Vous êtes ivre, c'est tout.

Doug fut libéré. Il rentra chez lui à pied et en manches de chemise, et dut s'arrêter deux fois pour vomir dans le caniveau.

C'est avec la gueule de bois qu'il alla travailler le lendemain. Il annula un déjeuner et réussit à tenir jusqu'au soir. Il n'irait pas voir Ann ce soir. Il se jugeait « hors course » pour la soirée. Il remarqua dans le journal une rencontre entre les Mets et les Philadelphia Phillies. Il y avait des mois qu'il n'avait pas assisté à un match de base-ball, et il décida d'y aller. Il prit le métro jusqu'au Shea Stadium, acheta un billet comme tout le monde, gagna le point le plus haut du stade et s'assit à la dernière place de la dernière rangée de l'angle droit de l'édifice, de manière à avoir une vue d'ensemble. Le ciel s'assombrit, la lumière des projecteurs commença de faire ressortir les contrastes du terrain. Les verts et les blancs s'accentuèrent, et tous les détails lui apparurent plus nets. De si haut, l'extension du jeu était frappante. Les dimensions du base-ball apparaissaient dans toute leur étendue. Les intervalles faisaient toute la beauté du spectacle, les espaces vides entre les joueurs, entre les bases, les joueurs essayant de combler ces espaces, cet instant où l'on ne sait pas si la balle tombera, sera bonne, mauvaise, atterrira dans les gradins. C'est dans ce moment précis, dans ces espaces, que résidait toute la beauté du jeu. Assis là-haut, il revivait tout cela.

La foule des spectateurs n'arrivait pas jusqu'à Doug. Le spectateur le plus proche, à trois rangs devant lui, était un solide gaillard d'une quarantaine d'années, vêtu d'un coupe-vent et buvant une bière. Il était chef de tribune et se retournait de temps en temps vers Doug, son unique voisin, pour faire des commentaires.

— Tenir la troisième base, il y a de quoi crever, dit l'homme. C'est une question de fraction de seconde, d'envoyer un gars, de le retenir. Et qui mettent-ils à ce poste dans beaucoup d'équipes ? Des impotents. Des grosses têtes. Moi, j'y mettrais de bons coureurs. Il y en a eu des fanions gagnés et perdus par des responsables de troisième base, mais on ne le sait pas.

Lorsqu'un remplaçant prit la batte pour les Mets, il dit à Doug :

— Il faut que ceux de droite frappent davantage contre ceux de droite, et ceux de gauche contre ceux de gauche. C'est une question de pourcentage. Vous me suivez ?

— Oui.

— Il faut leur donner confiance au lieu de les embrigader. Ce sont des êtres humains. On n'en est pas encore au base-ball informatisé

283

Il n'arrêtait pas de débiter ses commentaires, puis il mit Doug au défi de prouver qu'il était digne de l'attention qu'il lui accordait. Il voulait que Doug prophétise les mouvements des Mets avec un coureur à la base. Doug prédit avec succès un hit-and-run, ce qui lui prouva que Doug était un véritable connaisseur. Les Mets, menés 3-2, marquèrent à la huitième.

— Bravo ! On les a rattrapés, hurla l'homme. Vous voulez une bière ? Je vous offre une bière.

— Pas la peine.

— Si, si, ça leur portera chance.

Il apporta une bière à Doug et regagna sa place, hurlant des directives aux joueurs. Lorsque les Mets l'emportèrent à la dixième période sur un home run de Gary Carter, l'homme s'avança rayonnant vers Doug pour lui serrer la main.

— Belle partie, dit-il.

— Vous aussi, vous avez bien joué !

— Je m'appelle Mike O'Brien. Je viens souvent. Je me mets toujours là.

— Doug Gardner.

— Le type du sport ?

— Lui-même.

— Sans blague ? Je vous lisais dans le *Post*. Qu'est-ce qui vous est arrivé ?

— Je suis parti.

Doug resta longtemps à contempler la foule s'écouler tandis que le stade se vidait. J'aime ça. J'aime les Mike O'Brien et les Tony Rosselli et le base-ball. Et je n'ai pas donné tout ce que je pouvais dans le journalisme. Je n'ai pas encore donné mon maximum. Je peux faire mieux.

Le lendemain, il téléphonait aux rédacteurs en chef des journaux de New York, en quête d'un emploi. Comme il l'avait soupçonné au moment de son différend avec Reynolds, il n'y avait pas de débouché pour un chroniqueur, et toutes les situations qui auraient pu l'intéresser étaient prises. La réponse la plus encourageante lui vint du *Daily News*. Il en connaissait le rédacteur en chef sportif, Dave Goodman, pour qui il avait travaillé au *New York Post*. Goodman se déclara intéressé par la candidature de Doug, mais la décision ne dépendait pas que de lui ; il faudrait en discuter avec la société.

Il devait aller le lendemain soir avec Ann à un dîner en « tenue de soirée » à Sutton Place, chez le Dr et Mrs Mitchell Breen. L'occasion de mettre son smoking de rechange. Il appela Ann pour lui demander s'il pouvait passer. Elle congédia son personnel, et ils s'installèrent dans le salon, où elle lui servit du vin et un assortiment, parfaitement composé, de fromages et de biscuits.

— Nous sommes censés aller à ce dîner demain, dit-il, et je voulais te dire que je ne peux pas y aller. Ann, je ne peux plus aller dans ce genre de soirées.

— Qu'est-ce que tu racontes ?

— Ce n'est pas mon truc, et en plus, je m'aperçois que j'aime quelqu'un d'autre.

— Doug, ça ne te ressemble vraiment pas. Tant de duplicité. Deux femmes en même temps.

— Je suis trop monogame pour mener deux liaisons de front.

— Je ne te suis pas.

— C'est une femme que je voyais il y a un certain temps, un engagement antérieur qu'il me faut renégocier, si la chose est possible. Et je viens de me rendre

285

compte que je ne pouvais plus affronter encore un dîner demain, deux autres la semaine prochaine et d'autres ensuite. En un sens, ce serait te tromper.

— Je vois. Ma mère sera déçue...

Et avec un fugitif froncement de sourcils, elle ajouta :

— Et je le suis, Doug.

— Tu es exquise, Ann. Je suis vraiment navré.

— Nous ne fêterons donc pas ton anniversaire ?

— Non, il n'y aura pas de soirée d'anniversaire.

— Peut-être aurais-je dû être... Je ne sais pas ce que j'aurais dû être, plus frivole ? Je ne sais pas l'être.

— Voilà ! Nous sommes nous-mêmes. Il y a une expression sportive : « Jouer hors jeu », lorsqu'on se trouve à un endroit du terrain où on ne devrait pas être. J'étais hors jeu dans ton style de vie.

— Je n'en connais pas d'autre.

— Je te remercie pour tout. Tu as été très généreuse, tous ces contacts, Tom Daley...

— Ça faisait partie du contrat, dit-elle avec douceur.

Le soir même, il essaya à plusieurs reprises de joindre Nancy au téléphone. Il était 11 heures passées, lorsqu'elle répondit.

— Allô ?

— C'est Doug. Il faut que je te voie, Nancy. Je t'aime.

— Doug...

— Est-ce que je peux venir tout de suite ?

— Tu n'as pas quelqu'un dans ta vie ?

— Je peux honnêtement répondre non. Et toi ?

— Non.

— Je serai chez toi dans dix minutes.

— Doug, je viens de rentrer du bureau. Je suis éreintée. Nous dînerons ensemble un de ces jours.

— Demain.

— Demain, je ne peux pas. Je t'appellerai. On verra.

Voilà comment lui-même se débarrassait de Tony Rosselli. Mais Rosselli ne se contenterait pas d'un « on verra ». Il se trouverait, dès 7 heures du matin le lendemain, devant l'immeuble de la femme, attendant qu'elle en sorte pour aller travailler, prêt à la convaincre, espérant qu'elle serait seule, mais bien décidé, dans le cas contraire, à faire face à la situation.

Doug y était à 7 heures. Et lorsque Nancy sortit, à 9 heures, seule, il s'avança.

— Depuis combien de temps es-tu là?

— Deux heures. J'ai à te parler. Ce ne sera pas long. Mon discours tient en quelques mots : Je t'aime et je veux t'épouser.

— Tu m'as dit que tu ne voulais pas d'enfants. Tu étais catégorique.

— Je ne veux pas te perdre pour une question d'enfants.

— Tu prétendais ne plus avoir la force.

— Ecoute, je ne suis pas comme ces types qui croient nier la vieillesse en ayant des bébés. Réflexion faite, je ne suis pas si vieux que ça, hein?

— Non, Doug, tu n'es pas si vieux que ça, et c'est précisément ce que j'essayais de te faire voir. Pourquoi ne me l'as-tu pas dit avant?

— Il m'a fallu un certain temps pour en arriver à cette prise de conscience. Malheureusement, je n'ai pas choisi le chemin le plus court.

Perplexe, elle s'assit sur une marche du perron de l'immeuble.

— Après notre rupture, dit-elle, il m'a bien fallu

envisager la possibilité de ne jamais me marier. Et je me suis dit : j'ai mon travail, et si ce doit être ma vie, acceptons-le. Mais si mon travail est assez important pour donner un sens à ma vie, comment le sacrifier à une famille ?

— Tu n'aurais pas à le sacrifier.

— Je ne sais pas ce que tu espères Que se passerait-il si nous avions des enfants et que je me remettais à travailler ? Je ne ferais pas d'heures supplémentaires, mais ça pourrait bien me prendre à plein temps.

— Très bien. Je m'organiserais pour m'occuper de nos enfants. Je ferais mes croquettes de thon.

— Jusqu'à ce que tu m'en veuilles de travailler.

— Je ne t'en voudrais pas, Nancy. Mon premier mariage en est la preuve. Il s'est en partie défait parce que je n'ai pas accepté alors ce que j'accepte aujourd'hui.

— Tu dis ça, mais...

— Je le pense. C'est comme le type qui veut coucher avec une fille ; elle dit « Me respecteras-tu ? » et il répond « Je te respecterai comme un malade ». Je t'aime telle que tu es, avec ta carrière, et je continuerai après que nous serons mariés. Je te respecterai comme un malade.

— Sais-tu combien de mariages ratent pour cause de doubles carrières ?

— Pour ce qui est du mien, cent pour cent. Mais ensemble, nous diviserons ce pourcentage de moitié.

Doug et Nancy recommencèrent à se voir. Pour prouver ses bonnes intentions, il l'écoutait avec attention, dès qu'elle parlait travail. Mais il estimait que le seul moyen de savoir comment il réagirait dans le mariage avec une femme qui travaille, c'était de se marier. Nancy demeurait hésitante. Par prudence, elle proposa de ne pas dormir ensemble tous les jours. Il était si heureux de l'avoir retrouvée — et cela semblait réciproque — que ne pas la voir était un supplice. Ils ne pouvaient pas continuer ainsi. Il fallait prendre une décision.

Doug attendait toujours une réponse du *Daily News,* lorsque, deux semaines après ses premiers contacts, Dave Goodman lui demanda de le retrouver dans un café, proche des bureaux du journal. Aimable, chauve, la cinquantaine, Goodman avait un visage rond d'angelot.

— Doug, je ne pouvais pas décider seul. J'ai dû en référer aux échelons supérieurs.

— Je comprends.

— J'ai dit qu'il fallait sauter sur l'occasion, que j'avais besoin de toi. Malheureusement, il y a une grille. Aussi, on ne peut pas t'offrir un pont d'or. Cinquante mille, pas au-delà.

— Je vois. Ce serait pour commencer. On peut espérer une augmentation.

— Bien sûr, mais plus tard.

— Et si je veux faire de la télé ou des livres, j'imagine que ça ne pose pas de problèmes. Je voudrais aussi conserver les droits d'exploitation annexe de mes papiers.

— On voit que tu étais dans les affaires, dit Goodman en souriant. Je suis sûr que ça pourra s'arranger. Ecoute, Doug, pour tout t'avouer, on te fait de la place, parce que c'est toi. Ton boulot consisterait à couvrir un secteur. Cette saison, ce serait le base-ball. Et le dimanche, tu aurais une chronique, pour traiter de ce qui te plairait.

— Formidable !

— Mais n'est-ce pas rétrograder ? C'est comme si tu repartais de zéro.

— C'est précisément ce dont j'ai besoin.

— Alors, ami, tu es casé.

Goodman lui fit faire le tour des bureaux du *Daily News*. Doug dit bonjour à tout le monde. Il était rayonnant. Il alla ensuite trouver Macklin pour le remercier de l'intéressante expérience qu'il lui avait permis de faire et lui annoncer qu'il retournait au journalisme sportif. Il envoya à Tom Daley une lettre d'explication.

Lorsqu'il informa Bob Kleinman, celui-ci se mit à bégayer :

— Tu... tu as refusé ce boulot ? Et... et tu vas vivre avec ça ?

— J'ai bien l'intention de me faire augmenter.

— J'espère bien. Et ton contrat ? Il faut déterminer si ta collaboration est exclusive et quels droits tu te réserves.

— C'est fait. Et cette fois, tu n'auras pas besoin de négocier de costumes. Dans ce métier, ce n'est pas nécessaire.

— Doug, c'est vraiment ce que tu souhaites ?

— Ce n'est pas ce que je souhaite, c'est ce que je suis.

Andy venait passer le week-end à New York, et Doug projeta d'emmener les enfants dîner vendredi soir au Blarney. Il appela Nancy pour lui demander de se joindre à eux. Pour Karen, Andy et Nancy, ce furent de vraies retrouvailles. Ils évoquèrent ce qu'ils étaient devenus pendant cette séparation. Puis Doug lâcha sa bombe.

— J'ai un nouveau job. Je suis engagé au service des sports du *Daily News*. Je recommence !

Nancy lui jeta ses bras autour du cou. Les enfants firent un ban en son honneur.

— C'est merveilleux, dit Nancy.

— Nous aurons de nouveau de bonnes places, plaisanta Karen.

— Et nous pourrons de nouveau te lire, dit Andy.

Ils étaient enchantés pour Doug. Lui-même était surexcité. Ce fut un dîner de victoire. A la fin du repas, Doug demanda à Nancy de l'attendre un instant devant sa tasse de café, le temps de mettre Karen et Andy dans un taxi.

— Je suis ravie pour ton job, dit Nancy lorsqu'ils furent seuls.

— Et maintenant, Nancy, pour en savoir plus sur nous, il faut qu'on se marie. Sur ce point, Maître, je vous tiens. Pour savoir si tu veux être ma femme, il faut que tu m'épouses.

— Je t'aime, Doug. C'est le mariage qui m'inquiète.

— Moi aussi il m'inquiète.

— Alors, s'il nous inquiète tous les deux...

— Cette inquiétude nous sauvera. Elle prouve que nous ne sommes pas naïfs, que nous serons attentifs à tout ce qui peut surgir entre nous. Quant à moi, je suis décidé à réussir, cette fois.

— Je ne sais pas.

— Faisons un essai.

Elle se mit à rire.

— Crois-tu que ta formule puisse prendre rang parmi les grandes œuvres romantiques de la littérature anglaise ? Faisons un essai. D'accord, Doug. Faisons un essai.

La cérémonie eut lieu trois jours avant les cinquante ans de Doug, chez les parents de Nancy. La mère de Doug était venue de Floride, Jeannie et son mari, d'Arizona. Tous les parents, amis et relations d'affaires de Nancy étaient là, de même que Tony Rosselli, John McCarthy, Marty, Ellen, et leurs enfants, Sarah et Bob Kleinman. Karen était demoiselle d'honneur, Andy le témoin. A côté du gâteau de mariage, avec cinquante bougies, il y avait le gâteau d'anniversaire de Doug sur lequel figurait une citation du sage Yogi Berra, que Doug avait demandée : « Tant que c'est pas fini, c'est pas fini. »

Dépôt légal : juin 1988.
N° d'Édition : 31130. N° d'Impression : 4055-647.

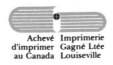

Achevé   Imprimerie
d'imprimer Gagné Ltée
au Canada Louiseville